To Lonelyville

Copyright © 2014 by Tad Hills
All rights reserved. Published in the United States by
Schwartz & Wade Books, an imprint of Random House
Children's Books, a division of Random House LLC,
a Penguin Random House Company, New York.
Schwartz & Wade Books and the colophon are trademarks
of Random House LLC.
Visit us on the Web! randomhouse.com/kids
Educators and librarians, for a variety of teaching tools,
visit us at RHTeachersLibrarians.com

Library of Congress Cataloging-in-Publication Data
Hills, Tad. Duck & Goose go to the beach /written and
illustrated by Tad Hills.   pages cm
Summary: "Duck wants to go on an adventure. Goose doesn't. He
doesn't see the point. After all, why would they go anywhere when
they're happy right where they are? But then Goose sees the ocean
and loves it. Who doesn't? Well, Duck, for one" —Provided by publisher.
ISBN 978-0-385-37235-0 (hardback) — ISBN 978-0-385-37237-4 (glb)
—ISBN 978-0-385-37236-7 (ebook)
[1. Ducks—Fiction. 2. Geese—Fiction. 3. Adventure and adventurers—
Fiction. 4. Beaches—Fiction. 5. Friendship—Fiction.] I. Title. II. Title:
Duck and Goose go to the beach.
PZ7.H563737Duan 2014   [E]—dc23   2013029728

The text of this book is set in Bodoni Old Face.
The illustrations were rendered in oil paint.
MANUFACTURED IN CHINA
10 9 8 7 6 5 4 3 2 1
First Edition

Duck & Goose
Go to the Beach

written & illustrated by Tad Hills

schwartz & wade books · new york

"Don't you just love it here, Duck?" Goose honked.
The two friends relaxed in the early-morning sun
and listened to the hum of the meadow. Butterflies
flitted and grass swished in the breeze.
"Yes, I do," Duck agreed.
"Let's never leave," said Goose.

Suddenly, Duck jumped up. "You just gave me the greatest idea, Goose!" he quacked. "Let's leave! Let's go away!"

Goose gulped. "A TRIP? A trip sounds far away. I like *close*."

"We could go on an adventure!" Duck said.

"An adventure? That sounds scary," Goose honked.

"Come on, Goose. A hike might be fun," Duck quacked.

"A hike?" said Goose. "That sounds like a fine way to twist your ankle."

Duck sighed. He gazed across the meadow toward a distant hill and began walking.

Goose followed. "I will walk, but I will not hike," he grumbled.

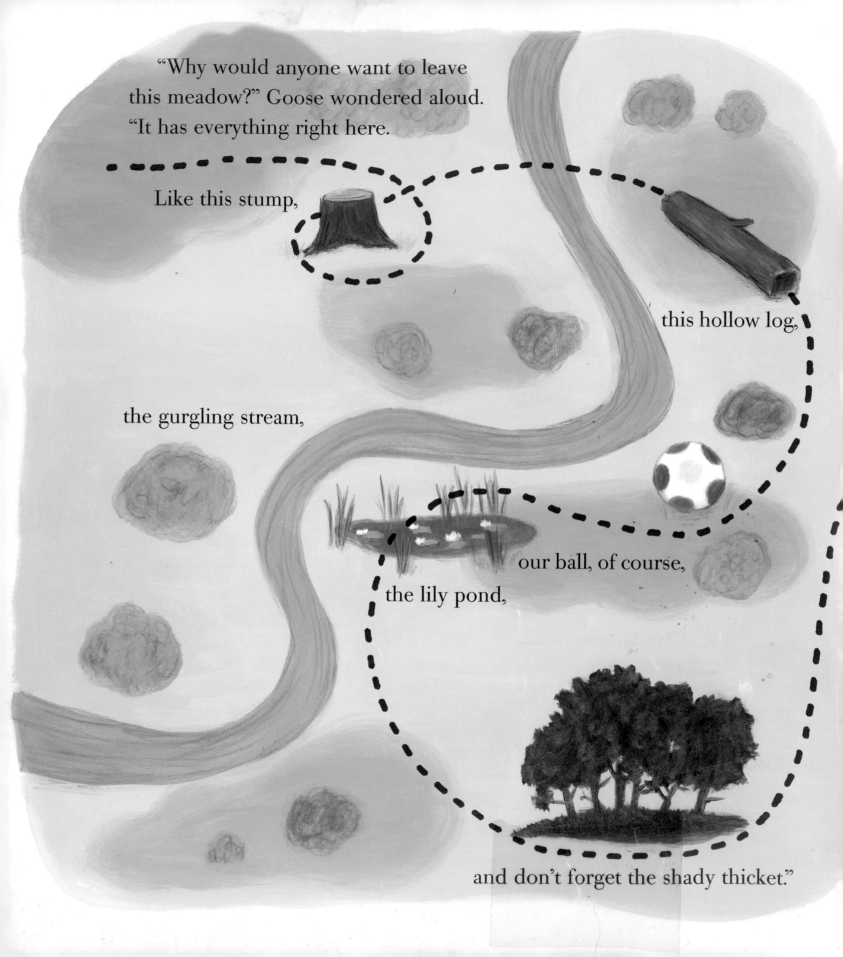

"Why would anyone want to leave this meadow?" Goose wondered aloud. "It has everything right here.

Like this stump,

this hollow log,

the gurgling stream,

our ball, of course,

the lily pond,

and don't forget the shady thicket."

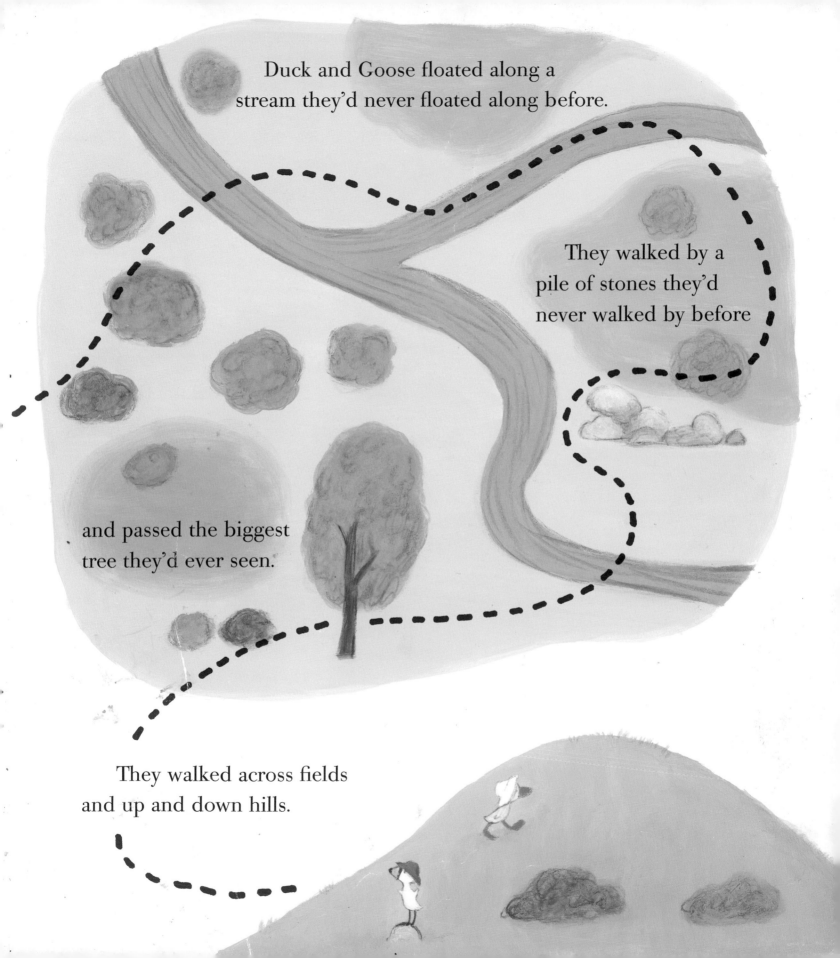

Duck and Goose floated along a
stream they'd never floated along before.

They walked by a
pile of stones they'd
never walked by before

and passed the biggest
tree they'd ever seen.

They walked across fields
and up and down hills.

By the time Goose reached the top of the highest hill, Duck was already gazing off into the distance.

"What's that?" he quacked.

"Could it be the beach?" Goose honked.

Duck's tail twitched with excitement. "I'm pretty sure I love the beach!"

"You've been to the beach?" asked Goose.

"No, not yet," said Duck, and he took off down the hill.

"Follow me, Goose! We are
going to the beach!"

Goose chased after Duck.
"But, Duck, we already had our adventure," he called.

"Wait!" he shouted.

"Slow down!"
he honked.

But Duck did not slow down.

Goose followed him through the brambles and
tall grass until, finally, Duck stopped.
"I think we have arrived at the beach," said Duck.

"Oh my, the beach is LOUD!" yelled
Duck over the sound of the waves. "I can
barely hear my own quack."

Goose stared at the vast stretch of sky,
sand, and sea. "Isn't it magnificent?" he said.

"Oh dear, the beach has SO MUCH water," quacked Duck. "I feel tiny."

"Have you ever seen SO MUCH sand?" honked Goose.

"It's getting in my feathers, and it's too hot on my feet," said Duck. "Let's go."

"Go swimming? Good idea, Duck!" said Goose, and he raced to the water's edge.

"No, Goose! Wait for me!"

Duck dipped his hot feet in the water.
"Goose, you know these waves are very—"

"These waves are very FUN? Is that what you were going to say, Duck?" honked Goose.
"No, not exactly."

The two friends strolled along the beach. They met the locals.

Some were friendly.

Others were not.

Some were shy.

Others were not.

Goose thought Duck might enjoy searching for
sea creatures under the rocks and seaweed.
He did not.

"Be careful, Goose.
You don't know what's
in there," Duck quacked.

They built a drip castle.

And they listened to the gentle roar of the ocean from deep within a seashell. It made Duck homesick.
"It sounds just like our gurgling stream," he quacked.

Later in the day, when the sand had cooled and the waves had settled, Duck and Goose relaxed.

"I like the smell of the beach," Goose said.
"Me too," Duck agreed. "But not as much as the meadow."
"Well, there's no place like the meadow," honked Goose.
"That's very true," said Duck.

So in the late afternoon, Duck and Goose
followed their long shadows home.

They talked about their exciting day and
about the friends they'd met. They talked
about the hot sand and the cool water, the
noisy crashing waves and the quiet tidal pools.

Back in the meadow at last, they watched the sun set.
Birds sang and grass swished in the breeze.

They both agreed that it was nice to be home.

"Duck, where should we go next?" Goose asked.

Duck closed his eyes. "How about to sleep?"

LES PERSONNAGES DE

LUCKY LUKE

et la véritable histoire de la conquête de l'Ouest

Dessin original
de Morris
pour la couverture
de *L'Univers de Morris*
(Dargaud, 1988).

L'homme de l'Ouest

Il y a toujours en nous quelque chose de Lucky Luke. Le goût de la justice. La volonté de redresser les torts. Le besoin de protéger les faibles. Le tout sans jamais perdre son flegme. Notre tragédie, c'est qu'on n'est pas forcément comme ça dans la vraie vie. Nous autres humains, on aimerait aussi avoir le courage de Lucky Luke, sa chance et son humour tranquille dans toutes les situations, même les plus loufoques ou les plus déplorables. Cet homme de l'Ouest ne perd jamais le nord. Avec Astérix et Tintin, Lucky Luke constitue le troisième (ou le premier) pilier de la grande mythologie de la BD franco-belge. Une figure emblématique et moqueuse qui surplombe le paysage. Un monument entouré d'une foultitude de personnages qui ne sont même pas secondaires et qui auraient pu faire des carrières solos, tels les cousins Dalton, Calamity Jane, le cheval Jolly Jumper, le chien Rantanplan, et j'en passe…
Ce qui a fait la gloire de Lucky Luke, c'est, en plus de l'inventivité de ses créateurs, son caractère chevaleresque, un mélange de détermination et de douce désinvolture. Mais c'est aussi l'histoire que nous racontent les albums avec une érudition goguenarde, celle de la conquête de l'Ouest. Les aventures illustrées par le génial Morris et mises en mots par le non moins génial Goscinny sont parfois inspirées de faits réels : sur son chemin, notre cow-boy croisera ainsi Jesse James, le bandit qui se prenait pour Robin des Bois, aussi bien que Ma Barker, la braqueuse de banques qui avait enrôlé ses fils dans son gang.
La morale de Lucky Luke est aussi française qu'américaine. Double, triple et peut-être plus encore, il tire plus vite que son ombre, mais il prend son temps. Même s'il a des principes, il est convaincu que rien n'est grave et que tout s'arrange toujours. Même mal. C'est finalement une sorte de synthèse franco-américaine, optimiste mais lucide. Comme Morris. Comme Hergé. Comme tous les Belges. Voilà pourquoi c'est un personnage universel. Tout le monde est Lucky Luke et Lucky Luke, à un moment ou à un autre, a toujours été tout le monde. ●

Franz-Olivier Giesbert

SOMMAIRE Onzc opus, onze aventures hautes en couleur

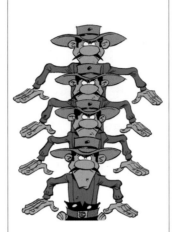

LA BATAILLE DU RAIL

Ceci (la locomotive) tuera cela (la diligence)… La concurrence est rude entre les deux, mais, au final, c'est l'immensité de l'Ouest qui doit s'avouer vaincue.

SUDISTES ET MAUVAIS PERDANTS

Joss Jamon incarne les vétérans de la guerre de Sécession qui, loin d'accepter le verdict des armes, basculent dans la criminalité…

LE CARRÉ D'AS

Quatre bandits, un juge implacable… Les aventures des frères Dalton illustrent un monde dans lequel la violence peut se déchaîner à tout moment.

SOIF DE CONQUÊTE

50 000 colons venus du monde entier se ruent sur un territoire vide, ou presque. Indiens, truands et fermiers vont faire de l'Oklahoma le champ clos de leurs luttes.

LE PÉRIL JEUNE

Dans l'Ouest, la valeur n'attend point le nombre des années. Joueur, voleur de chevaux et redoutable gâchette, Billy meurt à 21 ans, mais entre dans la légende.

qui évoquent onze moments clés de l'histoire américaine

QUI S'Y FROTTE S'Y PIQUE !

Les cow-boys pratiquent un élevage extensif qui s'accorde bien mal avec les fermiers, qui disposent d'une invention récente et pointue : le fil de fer barbelé…

ON L'APPELAIT MARTHA

Martha Jane Canary aurait gagné son surnom, Calamity Jane, alors qu'elle servait dans l'armée comme éclaireur. Un personnage mythique, une vie tragique.

LE VOL DU CONCORD

Pour maintenir les liens dans le Grand Ouest, un seul moyen, la diligence. La Wells Fargo dispose du Concord, un véhicule rapide, robuste – et souvent attaqué !

CHEVALIER DU CRIME

La presse sudiste transforme les crimes du truand Jesse en une épopée romanesque. La vérité est plus simple… et plus sanglante.

MÈRE COURAGE

Une vie de privations et trois fils tombés sous les balles. Le dernier devient avocat et accompagne les derniers jours d'une femme qui voulait tant être ordinaire.

SOMMAIRE

▶ **BIEN ARRIVÉ. STOP.**
Salt Lake City est enfin relié à l'est du continent américain grâce au télégraphe. Le Far West entre dans la modernité, mais Goscinny signe là son ultime scénario.

NOS AUTEURS

DAMIEN AMBLARD

Il a enseigné l'histoire américaine à la *City University of New York* (*Graduate Center* et *Queens College*). Il est aujourd'hui attaché temporaire d'enseignement et de recherche à l'université de Pau et des pays de l'Adour. Il travaille actuellement sur la franc-maçonnerie et les mouvements antimaçonniques aux États-Unis, ainsi que sur la culture politique de la fin de la période coloniale aux années 1880. Il a publié *Le « Fascisme » américain et le Fordisme* (Berg international, 2007).

BERTRAND VAN RUYMBEKE

Spécialiste de l'Amérique pré-industrielle, professeur de civilisation américaine à Paris VIII, il est entre autres l'auteur de *L'Amérique avant les États-Unis. Une histoire de l'Amérique anglaise : 1497-1776* (Flammarion, 2013) et de *From New Babylon to Eden. The Huguenots and their Migration to Colonial South Carolina* (South Carolina University Press, 2006).

FARID AMEUR

Docteur en histoire, spécialiste des États-Unis, il est chercheur associé à l'unité mixte de recherche Irice 8138 (histoire des relations internationales contemporaines). On lui doit *Héros et légendes du Far West* (François Bourin, 2012), « *Voyage en Amérique du comte de Paris, 1861-1862* ». *Un prince français dans la guerre de Sécession* (Perrin, 2011), *La Guerre de Sécession : images d'une Amérique déchirée* (François Bourin, 2011), *Sitting Bull, héros de la résistance indienne* (Larousse, 2010), « *La Victoire ou la Mort !* » *Les derniers jours de Fort Alamo* (Larousse, 2007).

ANNE-MARIE LIBÉRIO

Enseignante en anglais à l'Institut d'optique Graduate School et doctorante en études nord-américaines à la Sorbonne, ses recherches portent sur le rôle de la religion dans l'évolution du statut et du mode de vie amérindiens dans les colonies britanniques.

LAURENT MARÉCHAUX

Voyageur, il s'expatrie en Italie puis en Amérique du Nord, sur les traces de Jack London, avant de combattre en Afghanistan, au début des années 1980, aux côtés des moudjahidine. Il gagne l'Indonésie puis le Kenya, où il écrit trois romans épiques : *Les Sept Peurs*, *Le Fils du dragon* et *Bijoux de famille* (Le Dilettante). Sa passion pour les réprouvés l'a conduit à publier, chez Arthaud en 2009, *Hors la loi : anarchistes, illégalistes, as de la gâchette… ils ont choisi la liberté*.

YVES FIGUEIREDO

Maître de conférences en civilisation américaine à la Sorbonne et rédacteur en chef de la revue *Transatlantica*. Ses recherches ont pour objet l'histoire environnementale des États-Unis depuis la guerre de Sécession jusqu'à l'époque contemporaine. Il est l'auteur de la monographie *Les États-Unis en quête d'Amérique*, à paraître cette année aux Presses universitaires de Paris-Sorbonne.

GREGORY MONRO

Il commence par faire du théâtre et suit des cours à l'*Actors Studio* à Paris et à New York. Sa passion pour la mise en scène le conduit à suivre des études à l'École supérieure de réalisation et d'audiovisuel. Il se spécialise dans les grandes figures féminines et est à l'origine de la nouvelle édition des *Lettres à sa fille* de Calamity Jane (Rivages, 2007) et de la biographie illustrée *Calamity Jane, mémoires de l'Ouest* (Hoëbeke, 2010). Gregory Monro est actuellement en production d'un documentaire pour Arte retraçant la vie de ce personnage.

ANNICK FOUCRIER

Agrégée d'histoire, spécialiste de l'histoire de l'ouest de l'Amérique du Nord et de l'histoire des migrations internationales, professeur d'histoire contemporaine à la Sorbonne, où elle dirige le Centre de recherches d'histoire nord-américaine. Parmi ses publications : *La France et la Guerre de Sécession* (Lemme éditions, 2011), *Les Gangsters et la Société américaine : 1920-1960* (Ellipses, 2001), *The French and the Pacific World, 17th-19th Centuries* (Aldershot, Ashgate, 2005), *Meriwether Lewis et William Clark : la traversée d'un continent, 1803-1806* (éditions Michel Houdiard, 2000), *Le Rêve californien. Migrants français sur la côte pacifique, XVIIIe-XXe siècles* (Belin, 1999). Elle a également codirigé *La Californie, périphérie ou laboratoire ?* (L'Harmattan, 2004).

ANNE BERNET

Historienne, elle brille par son éclectisme. Auteur de livres sur Rome, la Renaissance ou la chouannerie, elle s'intéresse aussi à l'Ouest américain ainsi qu'à la disparition des populations amérindiennes dans le Colorado.

JACQUES PORTES

Professeur émérite d'histoire de l'Amérique du Nord, il a enseigné à l'université Paris VIII. Il a notamment publié, en 2002, chez Fayard, une biographie de Buffalo Bill qui relate l'histoire véridique de cet aventurier (1846-1917) qui, pendant un demi-siècle, a incarné le mythe de l'Ouest américain.

DANIEL COUVREUR

Journaliste au *Soir*, responsable du supplément culturel *Mad*, commissaire d'exposition au Centre belge de la BD, il l'auteur de livres sur l'architecture, le graphisme, le rapport de *Tintin* à l'Histoire et à l'actualité. Il a collaboré à l'intégrale des aventures de *XIII* (Dargaud), aux albums collectors de *Gaston Lagaffe* (Marsu productions), aux versions intégrales des premiers albums de *Blake et Mortimer*, à la collection des figurines Tintin (TF1, 77 vol.)

RÉMY GOAVEC

Traducteur et journaliste spécialisé dans la BD, les mangas, les jeux vidéo et les faits de société, Rémy Goavec a travaillé notamment pour Arte, RFI, Gen4 et *Les Inrockuptibles*. Il a publié trois livres (*L'Odyssée de Shivaji*, *Esprits du Japon* et *Sur les traces des mystérieuses cités d'or*) et coécrit avec Didier Pasamonik *Lucky Luke, les dessous d'une création*. Il planche actuellement – toujours aux côtés de Didier Pasamonik – sur les *Archives Astérix*.

PHILIPPE MELLOT

Ancien rédacteur en chef de *Charlie-Mensuel* et de *Pilote*, il est cofondateur et coauteur des 19 éditions du *BDM*, l'argus biennal de la bande dessinée, et a signé de nombreux ouvrages sur la BD et la vie quotidienne des Parisiens au temps de Balzac et de Maupassant (Flammarion, Gallimard, Omnibus...). Il a coécrit avec Jean-Marie Embs les 2 000 pages encyclopédiques des 35 volumes des *Archives Tintin* (Moulinsart, 2010-2013). On lui doit également, en 1988, *L'Univers de Morris* chez Dargaud.

PASCAL ORY

Professeur d'histoire à la Sorbonne, il a publié de nombreux ouvrages sur l'histoire culturelle et politique des sociétés modernes. Critique de BD (*L'Histoire*, *Lire*), président du jury de la BD historique des Rendez-vous de Blois, il est l'auteur de la biographie de référence sur René Goscinny (Perrin, 2007) et fut l'un des directeurs de *L'Art de la BD* (Citadelles & Mazenod, 2012).

DIDIER PASAMONIK

D'origine belge, ce spécialiste reconnu du neuvième art écrit pour de nombreux journaux. Ses thèmes de prédilection : la caricature, la culture populaire et, bien sûr, la bande dessinée. Il est éditeur délégué du premier site d'information sur la BD francophone (Actuabd.com). Outre son importante contribution à la collection en 38 volumes *Lucky Luke, les dessous d'une création* (Lucky Comics, 2009), il a créé l'exposition «Lucky Luke à Istanbul», qui s'est tenue dans le cadre du Festival Istanbulles (2012).

Lucky Luke, l'arme de distraction massive

Depuis sa naissance, en 1946, et avec trois cents millions d'albums vendus, le cow-boy le plus célèbre du neuvième art n'a pas pris une ride. Le secret de cette éternelle jeunesse ? Un habile dosage de fiction et d'Histoire qui fait la part belle à la parodie.

Il en va de *Lucky Luke* comme d'*Astérix* : n'en attendez pas un cours d'histoire. Si les jalons historiques parsèment parfois ses aventures, ils n'ont rien de rigoureux : dans *Lucky Luke contre Joss Jamon* (1956), il est fait mention de la date de 1865 et de la fin de la guerre de Sécession, tandis qu'un album qui le précède, la première histoire de Lucky Luke, porte le titre d'*Arizona 1880* (1947). « La période d'action de *Lucky Luke* va de la fin de la guerre de Sécession à la fin du XIXᵉ siècle, dit Morris. Si l'on se plaît à compulser des livres, on s'aperçoit que Roy Bean, le juge, est mort au début du XXᵉ siècle. La grande époque pour le western est 1880, mais nous ne sommes pas stricts ! »

De fait, puisqu'on y découvre aussi bien Edwin Drake – qui fora le premier puits de pétrole des États-Unis à Titusville en 1859 (*À l'ombre des derricks*, 1960) – que l'exécution des Dalton, qui intervint en octobre 1892 (*Hors-la-loi*, 1951). Le tout dans un ordre fantaisiste. C'est d'ailleurs pour ce titre où il met en scène pour la première fois ses célèbres malfrats que Morris profita du moment où il habitait New York pour se documenter sérieusement : « Dans l'album *Hors-la-loi*, je raconte à peu près fidèlement comment ils ont été décimés à Coffeyville », dit-il. « À peu près », effectivement…

Avec l'arrivée de Goscinny, en 1954, l'approche change complètement. Cela faisait deux ans que *Lucky Luke* ne paraissait plus dans *Le Journal de Spirou*, et il n'est pas interdit de penser que, sans la rencontre avec Goscinny, son avenir aurait peut-être été compromis. Goscinny utilise d'emblée la matière historique dans le premier récit qu'il scénarise, *Des rails sur la prairie* (1955), où il évoque la construction de la ligne de chemin de fer d'Ohama à Sacramento, qui commença – dans l'Histoire, mais pas dans l'album – en pleine guerre de Sécession. Le moins qu'on puisse dire, c'est qu'il trouve là un filon puisque d'autres de ses créations célèbres, de *Oumpah-Pah* (1958) à *Astérix* (1959) et *Iznogoud* (1962) creuseront dans cette veine. L'Histoire va devenir le moteur des aventures de Lucky Luke : « Nous nous sommes rendu compte que l'histoire du Far West est une des plus merveilleuses et des plus truculentes qui soient, dit le scénariste. Dans une période de quatre-vingts ans, cette région des États-Unis a été le rendez-vous de tous les cinglés de la terre. En piochant dans l'Histoire, on peut aller loin. » Et de constater qu'après des dizaines d'albums ils n'avaient fait qu'effleurer le sujet.

Interrogé au début des années 1970, Morris en avait établi la programmatique et en particulier la géographie : « Lucky Luke est au fond un gars de partout et de nulle part, il s'est écarté du Far West, il est allé sur le Mississippi, en Pennsylvanie, et même en dehors des États-Unis [au Mexique et au Canada]. Goscinny et moi avons l'intention de le promener un jour à San Francisco, à la grande époque avec la Barbary Coast, les saloons… » Il explique que si le cow-boy n'est jamais allé carrément à l'est (New York, Boston ou la Floride…), c'est parce que ce ne sont pas des régions caractéristiques du ●●●

Le père du héros, Maurice De Bevere, alias Morris, immortalisé en 2000, un an avant sa disparition.

DERNIÈRE MAIN Morris dans son atelier en 1991, en train d'encrer une planche où apparaît le personnage de Calamity Jane. L'aventurière, héroïne éponyme de l'album publié en 1967, réapparaît vingt-cinq ans plus tard dans *Chasse aux fantômes*.

●●● western : « Ce sont les Séminoles, les Indiens des marécages et des forêts, ce n'est pas dans la tradition western. Ce qui a de typique dans un western, que ce soit en film ou en roman, ce qu'il faut respecter, ce que les amateurs attendent, et ils sont déçus si cela fait défaut, ce sont les grands espaces, la prairie, les troupeaux, les bisons… »

Bien davantage que l'Histoire, c'est donc le code du western qui régit les aventures de Lucky Luke. Or, on sait aujourd'hui à quel point il est fabriqué. Cette poétisation de la conquête de l'Ouest par Hollywood a d'ailleurs souvent été écrite par ses propres acteurs : Buffalo Bill, Emmet Dalton, Wyatt Earp, le héros de Tombstone, en Arizona, qui y croisa un jeune acteur, Marion Michael Morrison, connu plus tard sous le nom de John Wayne. Les belles aventures peuplées de cow-boys et d'Indiens ont longtemps stigmatisé ses victimes, les Amérindiens, et ignoré ses premiers témoins, les Afro-Américains. Nous avons mis longtemps à apprendre que nos oncles repus, comme ceux de Jacques Brel dans sa chanson *Mon enfance*, nous avaient « volé le Far West ».

De même que le barde gaulois se retrouve bâillonné à la fin de chaque récit, Goscinny met l'Histoire à distance : « Autant se documenter sur Lucky Luke est amusant puisque c'est purement anecdotique, pour *Astérix*, c'est plus difficile et plus ardu. Je dois lire avant tout des livres d'histoire. Ils sont plus

ou moins faciles, mais il y a surtout le fait qu'ils ne sont pas tous d'accord et ça, ça m'a souvent posé des problèmes, ne serait-ce que pour des choses aussi précises qu'un nom de ville, orthographié différemment suivant les auteurs. Je lis d'une certaine façon : je recherche ce qui peut m'être utile. Quand j'ai trouvé un détail qui peut me servir, je l'inscris et j'essaie d'oublier le reste pour ne pas faire un livre qui ne ferait rire que douze historiens. »

Ce code du western, nos auteurs vont s'employer à le déconstruire en parodiant un à un tous ses thèmes : la Ruée vers l'or, le rodéo, la conquête de l'Ouest, les médecins charlatans, les joueurs de poker – et les tricheurs –, les pistoléros, les révoltes indiennes, les hommes de loi et les truands de la pire espèce, de l'agence Pinkerton au juge Roy Bean, de Buffalo Bill à Calamity Jane, des Dalton à Jesse James, les diligences, la bataille du rail, les bateaux à aubes sur le Mississippi, sans compter la galerie de personnages secondaires pittoresques : les shérifs couards, les politiciens véreux, les croque-morts blafards, les blanchisseurs chinois, les coiffeurs et les cuisiniers français… « En fait, il semble que l'une des raisons principales du succès de *Lucky Luke* ou d'*Astérix* vienne de leur orientation fortement parodique, qui a beaucoup séduit les adultes, explique Goscinny. C'est l'humour qui a permis de gagner à la bande dessinée un public très étendu. »

TANDEM
En 1971, en compagnie du scénariste René Goscinny, avec lequel il collabore à partir de l'album *Des rails sur la prairie* (1955) et jusqu'à la mort de ce dernier, en 1977. Derrière eux, les planches du dessin animé *La Ballade des Dalton*, première adaptation télévisée de *Lucky Luke*.

> *PLUS QUE L'HISTOIRE, C'EST LE CODE DU WESTERN QUI RÉGIT LUCKY LUKE. MAIS UN CODE DÉCONSTRUIT*

CASSE *Wanted*, les Dalton le sont aussi à Bruxelles, la capitale de la BD *(ci-dessus, fresque rue de la Buanderie)*. Et les aventures du cow-boy font un tabac jusqu'en Extrême-Orient (*à dr.,* Des barbelés sur la prairie *en vietnamien*).

Cette attitude parodique n'est pas pour autant une prise de position politique. Jamais Morris ou Goscinny, ni les scénaristes qui leur ont succédé, n'ont eu cette prétention: «J'ai passé ma vie à essayer de ne pas être sérieux parce que je ne le suis pas, dit le scénariste, et ce n'est pas maintenant que je le deviendrai. Je ne cherche jamais à prouver quelque chose. Vous pensez bien que ce n'est pas avec *Lucky Luke* que je dénonce le fascisme! S'il m'a fallu *Lucky Luke* pour dénoncer le fascisme, c'est qu'on est bien mal parti! Il n'y a aucun message politique et social dans mes histoires. Absolument aucun, ce n'est pas mon rôle.»

C'est d'autant moins son rôle que longtemps la bande dessinée, suspecte par nature aux yeux des éducateurs et des politiques, fut strictement encadrée. Une loi de 1949 pour la protection de la jeunesse avait même mis en place une commission chargée de la surveiller. Elle s'appliqua à se donner une vertu pédagogique. *Lucky Luke* voisinait avec les pages de *L'Oncle Paul*: «Un jour, nous avons dessiné, dans *Billy the Kid*, le jeune Billy qui, à la place d'un biberon, suçait le canon d'un revolver, raconte René Goscinny. Prenant mes précautions, j'avais écrit: "Un revolver préalablement déchargé…" La page a tout de même été supprimée. Je ne pense pourtant pas qu'après avoir vu ce dessin tous les nouveau-nés allaient se mettre à sucer des revolvers! Alors, nous cherchons des

astuces. Jamais un "méchant" n'a été tué (ce qui est difficile dans le western), jamais personne, à part dans *Le Pied-tendre*, n'a été blessé. Nous avons remis des personnages à leur vraie place. Alors que pendant des années, tous les films tournés à leur sujet ont montré The Kid ou Jesse James comme des braves garçons persécutés, nous en avons fait des gangsters. Nous avons replacé Billy dans la peau d'un blouson noir et Jesse James dans celle d'un voleur.»

Ce qui intéresse les auteurs, ce n'est donc pas la vérité historique, mais la *vis comica* (le «ressort comique»)! Devenu du jour au lendemain une vedette médiatique avec l'apparition à partir de 1966 du «phénomène Astérix», René Goscinny se vit solliciter par les journalistes à tout propos: «Dans un épisode de *Lucky Luke*, j'avais fait quelque chose sur Freud, parce que c'était pour moi un bon ressort comique, et à partir de là tous les psychologues et les psychiatres de France ont commencé à discuter de mon cas. Il y avait ceux qui étaient pour mon interprétation des théories freudiennes, ceux qui étaient contre. J'ai reçu ici un estimable citoyen du *Nouvel Observateur* qui m'a posé des questions tellement démentes que je lui ai dit: "Écoutez, laissez tomber! Arrêtons les frais!" Alors il m'a dit: "Vous êtes donc contre Freud?" Je lui ai répondu: "Non, je ne suis pas contre Freud. Je suis pour dans la mesure où il m'apporte une idée comique."» ●**DIDIER PASAMONIK**

LUCKY LUKE

Dès le départ, notre héros apparaît comme un battant capable de faire le coup de poing et d'enchaîner les courses-poursuites avec la frénésie d'un dessin animé de Tex Avery : « J'avais comme arrière-pensée de créer un personnage dont, tôt ou tard, on pût faire un dessin animé. » Au début, le dessin est rond ; le personnage n'a que quatre doigts, comme Mickey. Morris, qui commença sa carrière dans les métiers de l'animation, appliqua à son trait les règles de base pour une bonne transposition à l'écran : un dessin dépouillé, une silhouette immédiatement reconnaissable. Sous le Stetson blanc, la fameuse mèche est noire ; la chemise est jaune ; le foulard, rouge – noir, jaune, rouge : les couleurs du drapeau belge.

Mais le côté loustic des débuts déplaît aux éditions Dupuis, qui veulent en faire un personnage « crédible », dans la tradition de cette école belge lancée par Hergé où le document tient une place prépondérante. « Je l'ai fait plus loufoque au début, mais c'est sous l'influence de l'éditeur que je l'ai modifié. Dupuis trouvait Lucky Luke trop caricatural, il voulait quelqu'un dans le genre de Spirou, qui puisse servir de modèle aux gosses. À cette époque, le héros devait être respecté, il n'était pas question de le ridiculiser. En appliquant ces règles à la lettre, on arrive à un personnage très, très fade, à un boy-scout. »

Sa rapidité au tir devient vite légendaire. Dans *Rodéo* (1948), le cow-boy est pris dans un guet-apens et se montre déjà d'une

SOUS LE STETSON BLANC, LA MÈCHE EST NOIRE ; LA CHEMISE, JAUNE ; LE FOULARD, ROUGE. NOIR, JAUNE, ROUGE : LES COULEURS DU DRAPEAU BELGE

précision redoutable. Des petits traits accompagnent le tir. Il est finalement capturé, mais c'est parce qu'il tombe à court de munitions. C'est dans *Pat Poker* (1951) que, se faisant passer pour un pied-tendre, il fait pour la première fois la preuve de sa rapidité légendaire dans une de ces ellipses dont la BD a le secret. Dans *Hors-la-loi* (1951), face aux Dalton, c'est son habileté au Colt qui lui permet de s'imposer face aux quatre malfrats. Dans *Lucky Luke et Phil Defer dit le Faucheux* (1954), il se passe cette chose unique dans toutes ses aventures : il tue un homme. Mais c'est parce que l'histoire paraît dans *Le Moustique*, le magazine de radio et télé de Dupuis, pas dans *Spirou*. Ce genre de chose est alors possible, et seulement dans ce cas-là. Dans l'album, le héros n'est que blessé. Dans *Les Cousins Dalton* (1957), il désarme Averell sans même poser sa bouteille de Coca-Cola. Au fil des albums, pourtant, son Colt n'est plus une menace. Sa réputation lui suffit. Et si on la met en doute, comme dans *Billy the Kid*, il fait un tour de papier découpé, comme le ferait un artiste de cirque.

Au début, Lucky Luke ne fumait pas. Il ne s'est mis à fumer qu'au bout de deux ou trois albums. « À la suite de je ne sais quel mauvais exemple, constatait le créateur. C'est à partir de *Cigarette César* qu'il a commencé à fumer. » Lucky Luke fumera trente-six ans durant, comme son modèle, Roy Rogers, comme John Wayne, Gary Cooper, Humphrey Bogart… « Cela faisait partie des clichés du western que j'essayais de parodier », déclara Morris. Dans la BD, Popeye, l'Oncle Paul, le Vieux Nick, le capitaine Haddock fument aussi. La pipe, nous ferez-vous remarquer à juste titre. C'est que le tabac est un attribut viril. Pas seulement : dix ans après Lucky Luke, Gaston fait sa première gaffe aux éditions Dupuis en s'allumant une cigarette. La censure, toujours prompte à supprimer un revolver ou à rhabiller une héroïne, n'y voit alors rien à redire…

Lorsqu'on adapte pour la première fois le cow-boy solitaire à l'écran, en 1971, il garde la cigarette au bec. Ce n'est que quand il passera à la télé, dans les dessins animés de Hanna et Barbera, qu'il lâchera son vice (à partir de *Fingers*). C'est un événement. En décembre 1983, Morris déclarera : « Ils préféraient que le héros ne donne pas le mauvais exemple en fumant, je l'ai donc supprimé. Cela ne me dérange pas vraiment. J'ai mis un brin d'herbe à la place qui lui donne un petit air péquenot… » Cinq ans plus tard, le 7 avril 1988, l'Organisation mondiale de la santé lui remettait une récompense pour cette bonne conduite. Goscinny avait arrêté le tabac quelques semaines avant de décéder d'une crise cardiaque. Morris en fit de même un peu plus tard : « Je savais que Lucky Luke n'allait jamais attraper le cancer, témoigna-t-il malicieusement, mais pour moi, j'en étais moins sûr… »

JOLLY JUMPER

Notre cow-boy, contrairement à ce que dit la chanson, n'est pas solitaire. Il a un compagnon d'aventures : Jolly Jumper. C'est un appaloosa blanc à la robe pommelée de taches claires. Le patronyme de Jolly Jumper va comme un gant à celui du chanceux Lucky Luke. Le Jolly Jumper est le Polichinelle du jeu de cartes, aussi appelé « Jolly Joker », qui surgit dans la partie pour sauver la mise. Et de fait, Jolly est depuis le début de ses aventures celui qui sauve son cow-boy des situations les plus périlleuses. Dans la première aventure de Lucky, il le libère de ses liens à coups de dents. Mais il se révèle bientôt encore plus extraordinaire : il apparaît au premier sifflet de son maître ; mieux, il sait par quelle fenêtre le réceptionner pour le sortir du guêpier dans lequel il s'est fourré.

Cette exceptionnelle monture est incroyablement autonome. Dans *Canyon Apache*, il laisse son cavalier vaquer à ses occupations le temps de se refaire une beauté : « J'ai aperçu une mare, pas loin. Je vais y faire un brin de toilette », lui dit-il. On l'a vu jouer aux échecs (dans *Daisy Town*), pêcher (*Ma Dalton*), cuisiner (*Jesse James*), monter aux arbres (*Canyon Apache*), faire un numéro d'équilibriste sur un ballon de cirque et même compter (*Western Circus*), sauver son maître du supplice des fourmis rouges (*Canyon Apache*), se balader sur une corde en équilibre avec un piano (*La Bataille du riz*), crocheter des serrures (*Chasseur de primes*) et même lire Mark Twain dans le texte ! Un brin cabot, il affecte d'être prudent quand son maître a une réputation de casse-cou : « Si ce cow-boy m'avait écouté quand nous nous sommes connus, il serait fermier, et je tirerais la charrue ! » prétend-il.

Le lien particulier entre un cavalier et son cheval n'est pas propre à Lucky Luke. Dans *Canyon Apache*, O'Véloce arrache une larme à son destrier lorsqu'il lui chante une vieille ritournelle irlandaise. De même, Wanted, le cheval du chasseur de primes Elliot Belt, presse le train quand on lui promet un picotin d'avoine supplémentaire. Mais nul autre que Jolly Jumper ne converse avec son cavalier.

Cette qualité ne lui est pas venue naturellement : il lui faut 14 albums pour prendre la parole. Auparavant, il s'exprime par la pensée : « Je ne te laisserai pas tomber, cow-boy » (*Des rails sur la prairie*). Mais l'apparition de Rantanplan dans *Sur la piste des Dalton* le rend soudainement disert. Ses premiers mots sont d'ailleurs pour l'imbécile à quatre pattes : « Un chien ! Je n'ai jamais aimé ces oiseaux-là… » Lucky Luke et Jolly Jumper conversent-ils vraiment ? Pas sûr, ce sont peut-être des monologues qui se répondent. Le cheval intervient en contrepoint pour commenter l'action, comme le ferait un

C'EST LE POLICHINELLE DU JEU DE CARTES, AUSSI APPELÉ « JOLLY JOKER », QUI SURGIT DANS LA PARTIE POUR SAUVER LA MISE

chœur grec ou le Milou de Tintin. « En BD, on est parfois obligé d'expliquer une action pour rendre la chose compréhensible au lecteur, dit Morris. Jolly Jumper était tout désigné pour le faire. Et puis […] le comique s'est trouvé renforcé et, lorsqu'il y a des temps morts, les réflexions de Jolly Jumper permettent de placer un gag. »

Jolly Jumper est un cheval de caractère. Il est capable de remarques cinglantes et se montre parfois sentencieux, voire grognon. Il aspire à la tranquillité, mais rien n'y fait : le maudit cow-boy attire l'aventure comme la foudre : « C'est bien ma veine, moi qui suis sédentaire, de tomber sur un cow-boy nomade ! » (*Les Dalton dans le blizzard*). Il est en général moins optimiste que son patron : « On a beau avoir un fer dans chaque sabot, on se demande si cette chance va durer » (*Les Rivaux*). Avec le temps, il s'est attaché à son cow-boy : « Je n'aime pas le voir partir seul sans moi. Il est démonté… » (*Le 20ᵉ de cavalerie*). Si ses collègues équidés lui inspirent d'ordinaire peu de sympathie : « Quels chevaux antipathiques et sans personnalité ! Ce ne sont que des véhicules ! » (*Jesse James*), et si les vaches ont droit à sa plus parfaite condescendance : « Ces animaux à cornes, c'est d'un bête ! » (*La Ville fantôme*), c'est en général Rantanplan qui fait l'objet de son hostilité la plus franche : « Il ne manquait plus que cette erreur de la nature ! » (*Les Dalton se rachètent*). Le cabot n'a d'ailleurs pas intérêt à se mettre « à portée de sabot ». ● D. P.

CANADA

Cédé à l'Angleterre en 1818

Cédé par l'Angleterre en 1818

Seattle

WASHINGTON 1889

Spokane

Bataille de Bear Paw 1877

Great Northern Railroad

Portland

MONTANA 1889

DAKOTA DU NORD 1889

Grand Forks

MINNESOTA 1858

OREGON 1859

Southern Pacific Railroad

IDAHO 1890

Boise

Bataille de Little Bighorn 1876

WYOMING 1890

DEADWOOD : entre 1876 et 1879, séjour de Calamity Jane.

DAKOTA DU SUD 1889

Bataille de Saint Paul 1862

NORTHFIELD : braquage fatal aux frères James (sauf Jesse), le 7 sept. 1876.

PROMONTORY POINT : jonction des tronçons de la ligne transcontinentale, le 10 mai 1869.

Central Pacific Railroad

Massacre de Wounded Knee 1890

Union Pacific Railroad

IOWA 1846

Des Moines

NEVADA 1864

Laramie

Ogallala

NEBRASKA 1867

SAINT JOSEPH : Jesse James est abattu le 3 avril 1882.

Sacramento

Salt Lake City

Cheyenne

San Francisco

AUBURN : première attaque de diligence.

Denver

Abilene

Ellsworth

COFFEYVILLE : braquage fatal aux frères Dalton, le 5 octobre 1892.

Sedali

UTAH 1896

Massacre de Sand Creek 1864

KANSAS 1861

CALIFORNIE 1850

COLORADO 1876

36E DEGRÉ DE LATITUDE NORD : l'esclavage est déclaré inconstitutionnel au nord de cette ligne par le compromis du Missouri en 1820.

KINGFISHER : décès de Ma Dalton, le 24 janvier 1925.

Baxter Springs

Atchison, Topeka & Santa Fe R.R.

Santa Fe

Massacre de Washita River 1868

Los Angeles

ARIZONA 1912

FORT SUMNER : décès de Billy the Kid, le 14 juillet 1881.

Oklahoma City

OKLAHOMA 1907

Southern Pacific Railroad

NOUVEAU-MEXIQUE 1912

Tucson

Acquisition Gadsden 1853

El Paso

TEXAS 1845

Fort Worth

Dallas

Fort Concho

Austin

Houston

Bandera

MEXIQUE

100E MÉRIDIEN : limite entre les climats humide de l'Est et semi-aride de l'Ouest.

Fait partie du
Massachusetts
avant 1820

Légende :
- États d'origine en 1776
- Expansion à partir de 1783
- Achat de la Louisiane à la France (1803)
- Annexion du Texas aux dépens du Mexique (1845)
- Cession du Territoire de l'Oregon par l'Angleterre (1846)
- Territoires achetés au Mexique (1848)

UTAH États unionistes   TEXAS États sécessionnistes
1803 Année d'entrée dans l'Union

- Lignes de chemin de fer exploitées de 1860 à 1900
- Route du Poney Express
- Ligne de télégraphe transcontinentale
- Réseau fluvial Missouri-Mississippi
- Principales pistes de transhumance
- Déportation de tribus indiennes vers l'Oklahoma
- Principales batailles ou massacres d'Indiens

0   100   500 km

1. NEW HAMPSHIRE
2. MASSACHUSETTS
3. RHODE ISLAND
4. CONNECTICUT
5. NEW JERSEY
6. MARYLAND
7. DELAWARE
8. DISTRICT FÉDÉRAL DE COLUMBIA 1791

MAINE 1820
VERMONT 1791
Portland
Boston
NEW YORK
Buffalo
New Haven
New York
PENNSYLVANIE
Cleveland
GETTYSBURG : bataille décisive remportée par les forces de l'Union, en juillet 1863.
Pittsburgh
WASHINGTON
OHIO 1803
VIRGINIE-OCC. 1863
VIRGINIE
RICHMOND : ancienne capitale de la Confédération pendant la guerre de Sécession.
APPOMATTOX : capitulation des confédérés, le 9 avril 1865.
Cincinnati
INDIANA 1816
ILLINOIS 1818
Bataille de Tippecanoe Creek 1811
MICHIGAN 1837
WISCONSIN 1848
Milwaukee
Chicago
Saint Louis
Louisville
KENTUCKY 1792
MISSOURI 1821
Nashville
TENNESSEE 1796
ARKANSAS 1836
CAROLINE DU NORD
Wilmington
CAROLINE DU SUD
Columbia
Charleston
Atlanta
GÉORGIE
Savannah
Bataille de Horseshoe Bend 1813
MISSISSIPPI 1817
ALABAMA 1819
MISSISSIPPI
LOUISIANE 1812
La Nouvelle-Orléans
Jacksonville
FLORIDE 1845
Achetée à l'Espagne en 1819

125

PLUSIEURS HEURES PLUS TAR

OUF! C'EST ASSEZ POUR AUJOURD'HUI!..

BLACK WILSON
LE VAUTOUR DU TRANSCONTINENTAL

S'il n'est pas, comparé aux cousins Dalton ou
à Rantanplan, le plus fameux des personnages créés
par Goscinny pour *Lucky Luke*, « l'homme en noir »
a le mérite d'être le premier. Excellant dans le rôle
du méchant, il impose le style du nouveau scénariste.

Écrit en 1955, *Des rails sur la prairie* est le neuvième album de *Lucky Luke* publié aux éditions Dupuis et le premier galop d'essai de René Goscinny. Le scénariste l'a découpé case par case sur sa machine à écrire, une Keystone Royal à clavier américain – que Gilberte Goscinny offrira après la mort du maître au Centre national de la bande dessinée et de l'image d'Angoulême. Les 44 pages sont frappées sur deux colonnes. La première pose l'ambiance et le décor jusque dans les plus petits détails. Par exemple, à la septième case de la première planche, René Goscinny écrit que, parmi les actionnaires de Transcontinental, tous sont enthousiastes, sauf Black Wilson, « l'homme en noir qui suit derrière en se frottant les mains, l'air ironique »… Le ton est donné. Il reste à dialoguer la scène dans la colonne de droite du synopsis, et René Goscinny glisse entre les dents de Black Wilson un sinistre « Hé Hé! Hi Hi! ».

Car le vautour du Transcontinental « nourrit des projets aussi noirs que ses vêtements », écrit René Goscinny dans son scénario à propos de ce personnage qui ne recule devant aucune bassesse pour saboter les travaux du chemin de fer devant relier Dead Ox Gulch à San Francisco. Il ne se cherche même pas d'excuses. « Je suis mauvais de nature », dira-t-il à Lucky Luke après avoir définitivement perdu la partie. Propriétaire de diligences, il voyait dans le train un concurrent mortel pour ses affaires, mais ne parviendra pas à entraver la marche du progrès.

Dans la réalité, des sabotages ont bel et bien eu lieu pendant la construction du transcontinental et, si les promoteurs du chemin de fer n'ont pas fait appel à Lucky Luke, ils ont cependant été contraints de créer leur propre police. Le scénariste avait confié à Morris son intention d'« écrire pour la bande dessinée comme pour le cinéma ». Il a tenu parole. En deux mois à peine, il a bouclé le récit de cette aventure inspirée par la bataille du rail entre la Central Pacific Railroad et l'Union Pacific Railroad pour la construction du Transcontinental Railway, parti pour relier l'est à l'ouest des États-Unis dans les années 1860.

En 1995, Morris a confié le souvenir de ce premier rendez-vous avec René Goscinny à José Louis Bocquet : « C'était à l'occasion d'un voyage à Wilton, une ville où il y avait assez d'artistes et où habitait la famille Gillain. C'est là que j'ai vu Goscinny. J'ai su tout de suite que c'était un humoriste-né. Il n'a pas essayé de se faire valoir. Il était simplement là, très drôle. On est devenus copains. Mais je ne pensais pas encore qu'il serait capable d'écrire un scénario de *Lucky Luke*. Il travaillait pour un éditeur de cartes postales peintes à la main ! »

À New York, Morris et Goscinny se mêlent à l'avant-garde des comics, emmenée par Harvey Kurtzman, futur rédacteur en chef de *Mad*, le magazine culte de l'underground américain. René Goscinny est fasciné par l'aisance et la rapidité du trait de Morris. Le dessinateur belge a déjà deux albums de *Lucky Luke* à son actif, tandis que lui n'a encore rien publié de significatif en dehors des *Playtime Stories*, des livres-puzzles pour enfants illustrés par Fred Ottenheimer. Entre les deux hommes naît une histoire d'amitié et de drôlerie : « Nous étions tout le temps ensemble. Il venait voir la télévision chez moi, racontera Morris. Lui fournissait les cigarettes, moi le whisky, et la logeuse les glaçons. On fumait tellement qu'il n'y avait plus moyen de voir le petit écran. On regardait beaucoup de programmes de boxe. »

Leur collaboration va s'esquisser naturellement. À force de discuter ensemble, ils mettent de plus en plus souvent des idées en commun. « Quand je peinais à trouver une bonne ●●●

p. 20-21
DES RAILS SUR LA PRAIRIE
La voie
du progrès

p. 22-27
CHEMIN DE FER
Un train
d'enfer

●●● chute pour un gag, il était toujours de bon conseil », dira Morris. Et le jour où le créateur de *Lucky Luke* lui propose de passer du conseil amical au scénario, René Goscinny ne se fait pas prier pour accepter la proposition. La création de ce premier album marque aussi, en 1955, le retour au bercail des auteurs. Tous deux rentrent en Europe avant la fin de la publication de l'aventure dans le journal *Spirou*, mais le tandem est bien sur les rails. Dans le livre *Goscinny et moi*, Morris confirme : « Si je ne l'avais pas rencontré, j'aurais continué à écrire les scénarios moi-même, mais je dois avouer que, déjà à ce moment-là, je me sentais davantage dessinateur que scénariste. Et, en même temps, il fallait que le dessinateur et le scénariste aient la même vision de la bande dessinée. C'est comme un mariage. Ils peuvent apporter des choses différentes, mais doivent aller dans le même sens, ne pas se contredire. »

À l'époque, cette rencontre historique passera pourtant inaperçue. En couverture de l'édition originale de l'album *Des rails sur la prairie* ne figure que le nom de Morris. À l'intérieur, la page de garde mentionne « Texte et illustrations de Morris ». Il faut sortir sa loupe pour trouver au bas de chaque planche, à côté de la signature de Morris, les minuscules initiales « R. G. ». Selon Morris, Charles Dupuis a tout fait pour que le nom de René Goscinny n'apparaisse pas : « Dupuis le voyait d'un mauvais œil. » Le scénariste devra lutter pied à pied pour exister – avec l'aide du créateur de Lucky Luke : « J'ai fini par imposer sa signature, car il avait fait ses preuves, et Charles Dupuis a été obligé de s'incliner. »

Avec René Goscinny, le Far West sauvage de *Lucky Luke* entre aussitôt dans l'ère du pastiche. La série abandonne le style « poing sur la gueule » des coyotes à deux pattes, déclarera Morris aux *Cahiers de la bande dessinée*, au profit de celui du juge Honnête Smith de *Des rails sur la prairie* et du jeu de mots. « Ça a été formidable dès le début », dira Goscinny. Bison Accroupi, le grand chef de la tribu des Pieds-Jaunes, a l'intelligence et la superbe de Sitting Bull. Il parle sans accent, avec la faconde d'un visage pâle. L'album est déjà truffé de ces petites phrases qui feront entrer *Lucky Luke* dans la légende de l'Ouest, à l'image de la traduction de signaux de fumée indiens avant l'attaque du train par les Pieds-Jaunes : « Employez la peinture de guerre fabriquée par Petit Nuage… la seule garantie contre les intempéries » ! La poésie de Goscinny touche au sublime quand il invente la ville du milieu de nulle part, Nothing City, avec son saloon du Taureau Boiteux, son hôtel de La Vache Heureuse et son maire, Entrecôte Harry. Une cité pas aussi imaginaire qu'on pourrait le penser, car elle rappelle furieusement la première station de l'Union Pacific, créée au cœur du Nebraska, sur le 100e méridien de longitude à l'ouest de Greenwich.

Le style que donnera Goscinny à la série est donc déjà en place. Même si pour l'aventure suivante, *Alerte aux pieds-bleus*, Morris reprend une dernière fois sa double casquette de dessinateur et de scénariste, *Des rails sur la prairie* marquent le début d'une collaboration – bientôt officialisée – qui ne prendra fin qu'avec la mort prématurée de Goscinny. Entre 1955 et 1977, ce sont 41 albums qui seront conçus par les deux compères, avec autant de régularité dans la production que de constance dans la qualité. *Lucky Luke* y gagnera sa place parmi les plus populaires héros de la bande dessinée. ● DANIEL COUVREUR

Spirou publie l'histoire en 1955 et 1956 (nos 906 à 929) avant que ne sorte l'album en 1957.

C'est Léo Marjane qui crée et popularise en 1942 la chanson *Seule ce soir*, qui aurait inspiré Morris.

LE RITUEL DU COUCHER DE SOLEIL

L'album *Des rails sur la prairie* installe le rituel du coucher de soleil dans la dernière case des *Lucky Luke*, même si sa forme n'est pas encore figée dans le stéréotype. Le cow-boy s'éloigne en effet de droite à gauche, plutôt que de gauche à droite, mais il entonne déjà son célèbre refrain : « *I'm a poor lonesome cowboy… far away from home.* » L'année de sa mort, en 2001, Morris dévoile au quotidien belge *Le Soir* l'origine de cette chanson : « Je vivais, après la guerre, dans un gourbi bruxellois. Ma logeuse chantait sans arrêt : "Je suis seule ce soir…" Ça m'a donné l'idée de créer un cow-boy fantaisiste qui chantonnerait : "Je suis un pauvre cow-boy solitaire…" »

DES RAILS SUR LA PRAIRIE

La voie du progrès

Quoi qu'en pensent les éleveurs de vaches – qui ne sont pas encore habituées à regarder passer les trains – et les propriétaires des compagnies de diligences, le rail est le meilleur moyen d'accélérer la conquête de l'Ouest. Tout cow-boy qu'il est, Lucky Luke l'a compris et vient donner un coup de main décisif à la Transcontinental Railway.

Un clou en or, mais pas de champagne français !

L e 10 mai 1869, à Promontory Point (Utah), la locomotive *Jupiter*, de la Central Pacific Railroad, et la *109*, de l'Union Pacific Railroad, se retrouvent face à face comme les a dessinées Morris. Dans la BD, le patron de la Transcontinental Railway se voit remettre par Lucky Luke un maillet en argent pour enfoncer le dernier clou en or – et ainsi parachever le tracé. Il brandit l'outil et l'abat sur le doigt d'un de ses employés. Dans les faits, Leland Stanford, patron de la Central, puis le vice-président de l'Union, Thomas Durant, ont manqué leur cible, et c'est l'ingénieur en chef de l'Union, Grenville Dodge, qui a frappé le clou *(ci-dessous)*, scellant la jonction de la première ligne transcontinentale. Un détail de la scène manque dans le dessin: le champagne français dont on baptisa les deux locos…

Jolly Jumper aime les histoires vraies

D ans l'édition originale de l'album, Lucky Luke et son fidèle destrier faisaient la publicité des aventures passionnantes puisées dans l'Histoire – et censées «enthousiasme[r] les jeunes». «Jolly est comme moi, affirmait le cow-boy assis contre un cactus, il aime les histoires vraies. Il ne sait pas lire mais ça ne fait rien, celles-ci sont en images…» Les histoires en question étaient celles du fameux Oncle Paul, publiées dans le journal *Spirou*, comme *Guynemer*, *Robert le Diable* ou *Comment naquit la Marseillaise*. Jolly Jumper est ce qu'on appelle un cheval cultivé!

COMME UN AIR DE DEJA-VU

Si Morris n'a jamais caché sa dette à l'égard d'Hergé, Goscinny a été moins disert au sujet du père de Tintin. Sa discrète signature – «R. G.» –, en bas de planche, ne fait que reproduire ses propres initiales, sans autre intention cachée! Il n'empêche: Goscinny avait de bonnes lectures. Le gag qui voit Entrecôte Harry entravé par une tête de vache *(ci-contre)* rappelle inévitablement la mésaventure du même style advenue à Haddock dans *Les 7 Boules de cristal*, et la scène du faux mirage, où Luke trouve l'eau nécessaire à la locomotive, peut être lue comme une réminiscence des variations hergéennes de *L'Or noir*. Mais les emprunts – conscients ou non – sont chose courante en BD, et Hergé lui-même ne s'était pas privé de relire à sa façon ses prédécesseurs, comme Benjamin Rabier ou Alain Saint-Ogan.

LA BÊTE HUMAINE

C'est surtout à partir de 1865, année de la fin de la guerre de Sécession, que les «locos» commencent à quadriller le territoire. L'heure est alors à la reconstruction et à l'élargissement du front pionnier. L'entreprise est vorace en main-d'œuvre : à la veille de la Première Guerre mondiale, un ouvrier américain sur vingt-cinq est employé d'une compagnie ferroviaire.

CHEMIN DE FER UN TRAIN D'ENFER

5 000 kilomètres de voies en 1840, 360 000 en 1920! En l'espace de quatre-vingts ans, les États-Unis se dotent du plus grand réseau ferroviaire du monde. Un tournant dans leur histoire. Et un défi technologique et humain sans précédent – qui n'est pas sans conséquence sur le sort des Indiens.

L e chemin de fer est l'acteur d'une épopée nationale extraordinaire faite de poussière, de bois, de charbon, de sueur, de sang, de fonte et d'acier, au milieu de décors grandioses. Il est au cœur d'un folklore populaire et peuplé de héros légendaires. Au soir du 6 juillet 1881, la chaleur est suffocante, d'épais nuages obscurcissent le ciel du comté de Boone, en plein cœur de l'Iowa. Un orage terrible va s'abattre sur cette vallée du Midwest. La jeune Kate Shelley, comme des dizaines de paysans, se presse pour trouver un abri. La tempête éclate, encore plus soudaine et violente que prévue.

En quelques minutes, les berges de la rivière disparaissent sous les eaux, le bétail est pris de panique, hommes, femmes et enfants se calfeutrent chez eux. Suspendu au-dessus de la rivière en crue, à 56 mètres de hauteur, le High Bridge, un pont à tréteaux qui supporte la ligne de chemin de fer de la compagnie Chicago & Northwestern Railroad, semble sur le point de céder. Le petit affluent de la rivière Des Moines, le Honey Creek, n'est plus qu'un torrent de boue qui ravage tout sur son passage.

Kate et sa famille entendent au loin le vrombissement et le sifflet d'une locomotive auxiliaire (autrement appelée locomotive de «pousse», là où la pente est importante), envoyée de Moingona pour évaluer les conditions de circulation. Elle traverse le High Bridge, mais, au moment où la motrice s'engage sur le pont du Honey Creek, la tempête redouble de puissance. La structure se tord, craque de toutes ses poutres avant de s'écrouler dans un fracas assourdissant. Il est 23 heures, la locomotive sombre, engloutie dans des tourbillons de boue; ses quatre hommes d'équipage sont sur le point de se noyer.

Une jeune orpheline sauve le Midnight Express

Kate Shelley, 15 ans, a perdu son père dans un accident du rail trois ans plus tôt. Elle assiste à la scène, horrifiée. En une fraction de seconde, son inquiétude se porte sur l'arrivée prochaine du Midnight Express venant de l'ouest: il faut qu'elle prévienne les gens à la station de Moingona! Le ciel

MAGNATS DU RAIL

Pour accélérer la mise en place de la première ligne transcontinentale, le chantier débute simultanément à ses deux extrémités: à Sacramento (Californie), par la Central Pacific Railroad, présidée par Lelan Stanford *(à g.)*, et à Omaha (Nebraska), par l'Union Pacific Railroad, sous l'égide de l'ingénieur en chef Grenville Dodge *(à dr.)*.

est noir, sans lune, rayé d'éclairs puissants. Elle se précipite vers le grand pont de la rivière Des Moines et s'engage sur l'étroite passerelle qui le longe. Bravant le danger, la jeune fille rampe, se cramponne, lutte pour ne pas tomber elle aussi. Elle parvient à la gare voisine alors qu'on aperçoit déjà au loin les lanternes du train express. Kate guide alors un équipage de secours pour sauver les hommes prisonniers du torrent. Deux d'entre eux seront sains et saufs.

Grâce à son acte héroïque, l'adolescente a sauvé des centaines de personnes d'une fin funeste. Elle devient une icône et sera glorifiée dans de nombreux récits. Cette histoire a tous les éléments d'un drame populaire: la tempête effrayante, la rivière en crue, le pont disloqué puis effondré, la jeune orpheline pauvre des campagnes, sa lutte dantesque contre la montre et contre les éléments pour sauver un convoi et ses passagers…

Autre grande figure, assurément le plus célèbre: John Henry, surnommé le «*Steel Drivin'Man*», le «pousseur ● ● ●

UN TRAVAIL DE TITANS

En moyenne, entre un et deux kilomètres du réseau transcontinental sont posés par jour. Mais les ouvriers paient le prix fort pour tenir les cadences imposées par les compagnies – qui ont reçu de la part du Congrès de généreux prêts et des gratifications territoriales «en échange» de chaque mile achevé…

la machine… Mais a-t-il réellement existé? L'historicité du personnage compte peu en regard de son importance symbolique immense et durable: celle de la victoire de l'homme sur la machine et sur la nature.

L'épopée du rail fait partie intégrante du mythe de la conquête de l'Ouest. Une aventure héroïque, immortalisée par les westerns, qui ont véhiculé pendant des décennies une masse de clichés sur cette époque. L'une des scènes favorites de ces films est celle de l'attaque d'un train par des hordes de cavaliers indiens. Mais le mythe et la réalité sont souvent indissociables.

Le «Peau-Rouge», obstacle au réseau ferré

À la suite d'une telle forfaiture près de Cheyenne, dans le Wyoming, le 14 juin 1870, le général Dodge écrit au général Sherman: «Nous devons balayer [*clean out*, en version originale] les Indiens ou bien abandonner. Le gouvernement doit choisir.» Les chantiers ferroviaires sont harcelés en permanence. Des petits groupes de guerriers les prennent régulièrement pour cible, blessant et tuant ouvriers et «habits bleus» chargés de les protéger. La menace du «Peau-Rouge sanguinaire» devient un motif de paranoïa chez les travailleurs du rail.

Sans conteste, les tribus indiennes représentent un obstacle à la construction du réseau ferré. Leur souveraineté sur ces terres est inacceptable pour les compagnies ferroviaires de même que pour le Parti républicain. Tous la considèrent comme une contradiction avec l'idéal d'unité nationale née de la guerre de Sécession. En 1871, le

●●● d'acier». Né dans les années 1840, cet esclave affranchi après la guerre de Sécession est une force de la nature, un colosse de deux mètres. Sur un chantier de la Chesapeake and Ohio Railway, au cœur des montagnes de la Virginie-Occidentale, on doit creuser un tunnel à travers le mont Big Bend. Le chantier avance peu, et les tombes de fortune d'ouvriers se multiplient autour du campement.

La compagnie décide d'employer une nouvelle invention technique, le marteau-pilon à vapeur. John Henry voit l'arrivée du mastodonte de fonte comme une menace pour lui et ses collègues. Un combat de titans s'engage. John empoigne dans chaque main une masse de dix kilos et pioche dans un vacarme assourdissant, au milieu d'un nuage de poussière et de débris de roche.

Au bout de trente-cinq minutes, il a creusé deux trous de deux mètres de profondeur, tandis que le marteau-pilon achève sa première excavation. Il sort de cet enfer et brandit son outil en signe de triomphe sous les hourras de ses collègues. Soudain, il s'écroule… Au prix de sa vie, John Henry a vaincu

DROIT DE CITE

Tandis que le «cheval de fer» se lance à la conquête de l'Ouest, baraquements et campements de «forçats» *(ci-contre en Utah en 1869)* poussent le long du trajet, formant d'éphémères îlots de vie au milieu des déserts traversés.

COOLIES

Chacune des deux compagnies recrute quelque 12 000 personnes pour venir à bout du chantier. L'Union Pacific, chargée du tronçon oriental, emploie majoritairement des Irlandais; côté ouest, les Chinois *(ci-contre)* forment le principal contingent.

Congrès revient sur le système de traités qui permettaient aux Indiens de négocier avec le gouvernement fédéral en tant que nations indépendantes. Et, en 1887, la loi Dawes permet aux spéculateurs fonciers de s'emparer de leurs territoires. L'épopée du rail est en marche.

Entre 1870 et 1900, les États-Unis changent de visage. Cette période est baptisée *« Gilded Age »* (l'« Âge doré »), un emprunt à l'écrivain Mark Twain, qui intitule ainsi un roman satirique publié en 1873 ayant pour trame le matérialisme effréné qui caractérise ces

L'ARRIVÉE SUR LE CONTINENT AMÉRICAIN DE LA LOCOMOTIVE À VAPEUR EST VÉCUE PAR LA POPULATION COMME UN DON DU CIEL, UNE DÉLIVRANCE DE LA TYRANNIE DE LA DISTANCE

années-là. Le pays traverse alors la révolution économique et sociale la plus rapide et profonde de son histoire. Dans ce contexte, avec l'appui inconditionnel du gouvernement fédéral, le train est l'élément qui parachève en apothéose cette période de croissance industrielle et agricole.

Les compagnies ferroviaires bénéficient de conditions économiques exceptionnelles, puisque le gouvernement encourage directement la construction de nouvelles voies en leur attribuant systématiquement et massivement des lots fonciers pour leur usage propre – et ce, aux dépens, bien entendu, des tribus indiennes. Ces dernières, s'il leur vient la mauvaise idée de s'interposer, sont brutalement forcées de quitter des terres qui

reviennent de droit à de gigantesques corporations minières, agricoles, sylvicoles – ou aux magnats du rail.

Le plus célèbre de ces tycoons est Cornelius Vanderbilt, baptisé par la presse « le colosse moderne du chemin de fer ». La mission divine qui consiste à répandre la démocratie et la civilisation vers l'Ouest – connue sous le nom de « Destinée manifeste » du peuple américain et magistralement dépeinte par John Gast en 1872 – semble implacable. La technologie l'emporte sur l'archaïsme ; la civilisation, sur la sauvagerie. Depuis l'aube de la civilisation, depuis l'établissement des grands empires de l'Antiquité à ceux de l'ère dite « moderne », d'Alexandre à Napoléon en passant par Jules César et Charles Quint, on n'avait rien vu de plus rapide qu'un cheval au galop… En 1829, Andrew Jackson, qui vient d'être élu septième président des États-Unis, arrive à la Maison-Blanche dans une voiture tirée par un attelage. Il repartira de Washington huit ans plus tard en empruntant le train.

L'arrivée sur le continent américain de la locomotive à vapeur est vécue par la population comme un don du ciel, une délivrance de la tyrannie de la distance. Il faut vaincre les éloignements immenses de ce territoire grand comme un continent, il faut l'unifier et le mettre en valeur. Entre la date de la pose du premier rail, en 1830, de Baltimore à l'Ohio, et la fin du XIXᵉ siècle, on en aligne des kilomètres à une allure frénétique. La simple énonciation des chiffres donne le vertige. À la fin des années 1830, on compte environ 450 locomotives (essentiellement anglaises) dans le pays et plus de 5000 kilomètres de voies. Dix ans plus tard, 12000 kilomètres de plus, et en 1860 ce sont presque 50000 kilomètres supplémentaires qui donnent aux États-Unis le réseau ferré le plus étendu et le plus performant au monde. En 1880, le pays dispose de 150000 kilomètres de voies ferrées, plus de 250000 kilomètres en 1888 et environ 360000 kilomètres en 1920 – soit un tiers de la totalité des voies existantes sur la planète. ●●●

EN 1957
- MORRIS -

Lorsque *Des rails sur la prairie*, le neuvième album des aventures de Lucky Luke, le joyeux cow-boy, parvient sur les rayonnages des librairies, son créateur s'apprête à fêter ses 44 ans. Pour la première fois, il s'est adjoint les services d'un scénariste, encore jeune dans le métier, mais prometteur : René Goscinny. L'intérêt que Maurice De Bévère, alias Morris, porte à la bande dessinée remonte à l'enfance : « Un des premiers albums que j'ai lus a été *Tintin au pays des soviets*, nous confiait-il en juillet 1988, album que j'ai lu et relu, redessiné, recopié deux ou trois fois – et que je possède encore. J'ai même dessiné des aventures de Tintin et Milou de mon propre cru. » Cela dit, il puise surtout son inspiration dans les comics et le cinéma américain – une source d'innombrables idées et références… pour mieux en jouer : « Mon œuvre est une parodie du cinéma western, dont j'ai utilisé des clichés et des personnages : Rintintin, j'en ai pris le contre-pied et j'ai créé Rantanplan. » Via le Mexique et en compagnie de Jijé et Franquin, il se rend aux États-Unis en 1948. Il y séjourne plus de six ans et y rencontre Goscinny et l'équipe déjantée du magazine *Mad* : Harvey Kurtzman, Jack Davis et Wallace Wood. Cette escapade sera aussi le prétexte pour Morris d'enrichir sa documentation sur le Far West, des recherches qui vont l'orienter vers un profil d'aventures où figureront, remis à sa sauce, les grandes légendes de l'Ouest, dont les frères Dalton sont le plus parfait exemple. ● PHILIPPE MELLOT

RACCORDEMENT

Le 10 mai 1869, à Promontory Summit, dans l'Utah, la locomotive *Jupiter*, en provenance de Sacramento *(à g.)*, et la *119*, partie d'Omaha *(à dr.)*, opèrent pour la première fois la jonction des deux tronçons. Le dernier tire-fond – en or – est enfoncé : champagne !

D'un point de vue politique, si le train a contribué à renforcer les échanges est-ouest, cela s'est fait au détriment des relations nord-sud, en court-circuitant le réseau fluvial du bassin Missouri-Mississippi, et les grands canaux du Nord-Est. Il n'est pas abusif de penser que ce dynamisme transcontinental a d'une certaine façon contribué à ralentir l'unité des États-Unis et a distendu les liens entre la partie septentrionale, devenue le théâtre d'une industrialisation rapide, et l'Amérique sudiste, esclavagiste, essentiellement agraire et économiquement à la traîne.

Partisan du nationalisme, Abraham Lincoln, candidat républicain à la présidence, souscrit à l'impériosité de l'aide gouvernementale à la construction d'une ligne ferrée transcontinentale. Avec les *Pacific Railroad Acts* de 1862, 1864 et 1867, le cadre législatif d'une telle entreprise est posé.

En 1881, l'année où Kate Shelley devient la première héroïne féminine du folklore ferroviaire, le peintre Thomas Hill immortalise la pose du « dernier tire-fond » (*The Last Spike*). Cette fresque épique représente la cérémonie du 10 mai 1869, à Promontory Summit (Utah), au cours de laquelle est en-

foncé le dernier clou reliant les rails de la Central et ceux de l'Union. Au milieu de ce désert, deux locomotives se font face *(ci-contre)*. Des milliers de curieux assistent à cette mise en scène ordonnée par le président Ulysses S. Grant, qui a choisi lui-même le lieu de la rencontre. Thomas Hill peint une Amérique unifiée qui célèbre ses propres exploits : hommes politiques, soldats, notables locaux, pasteurs, fermiers, ouvriers, cow-boys, femmes, Noirs et même quelques Indiens sont rassemblés autour de ce petit morceau de métal précieux, bientôt baptisé le « tire-fond en or ». Grenville Dodge, ingénieur en chef de l'Union Pacific Railroad, l'enfonce dans une traverse en bois de laurier de Californie, sous les cris de la foule. Plusieurs photographies et un bref message télégraphique consacrent la prouesse technique et ce symbole de l'unification d'une nation-continent.

New York-San Francisco : huit jours, au lieu de six mois

Il n'aura fallu que six années pour construire les 3000 kilomètres de voies de la transcontinentale entre Omaha et Sacramento. La locomotive relie en six jours les Grandes Plaines à la Californie et traverse la barrière des Rocheuses. Bientôt, le voyage de New York à San Francisco – qui durait en diligence ou par la mer entre six et dix mois – se fera en huit jours de train.

D'abord profondément anarchique et sauvage, l'expansion du réseau ferroviaire s'uniformise : un écartement standard des rails de 1435 millimètres permet à chacune des milliers de lo-

☉ 1877 : L'AUTRE BATAILLE DU RAIL

La prodigieuse croissance économique de la fin du XIXᵉ siècle s'accompagne d'âpres luttes syndicales. En 1877, une série de grèves de cheminots touche une douzaine de villes aux États-Unis. Connue sous le nom de *Great Railroad Strike* (« grande grève du rail »), elle est le premier conflit social de portée nationale dans l'histoire américaine *(ci-contre, une illustration datée de 1877 évoquant les heurts en Virginie-Occidentale)*. Alors que le pays traverse une crise économique et financière, les ouvriers s'opposent à une réduc-

tion de 10 % de leurs salaires en bloquant des voies, paralysant l'ensemble du commerce. 60 000 unités de la milice sont dépêchées pour les forcer à reprendre le travail. À Pittsburgh, des soldats de la garde nationale tirent sur les manifestants, tuant 20 personnes, dont des femmes et au moins trois enfants. Les ouvriers forcent les militaires à se retrancher et mettent le feu au complexe ferroviaire, détruisant des millions de dollars de matériel et d'installations de la Pennsylvania Railroad. Le président Rutherford Hayes envoie finalement un contingent de

troupes fédérales pour réprimer cette révolte – qui se solde par plus de 40 morts –, mais les forces de l'ordre mettent plusieurs semaines pour mettre au pas les grévistes. Le président écrira dans son journal que les ouvriers ont été « écrasés par la force ». Cette grève consacre l'alliance du gouvernement fédéral et des compagnies privées. Pour garantir à tout prix le sacro-saint droit de propriété, après 1877, le gouvernement fédéral construit des casernes dans les villes ouvrières pour que les troupes ne soient jamais trop loin d'un potentiel foyer de rébellion... **D. A.**

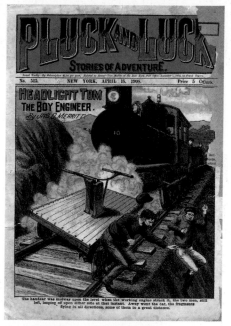

PLUS VRAI QUE NATURE

En 1939 sort sur les écrans américains *Pacific Express*, réalisé par Cecil B. De Mille. Le long métrage relate la construction du premier réseau est-ouest. Comme le souligne Jean Tulard dans son *Guide des films*, le cinéaste fait preuve d'un «souci d'exactitude assez rare», en ayant recours à des poseurs professionnels.

A TOUTE VAPEUR

L'hebdomadaire *Pluck and Luck*, fondé en 1898, choisit pour sa une du 15 avril 1908 l'un des nombreux accidents ferroviaires qui ont émaillé l'histoire des États-Unis: une draisine, actionnée par deux ingénieurs qui vérifiaient l'état des voies, est percutée par une locomotive.

comotives – à présent américaines – de chevaucher à travers l'Ouest. Celui qu'on appelle désormais affectueusement le «cheval de fer» (*Iron Horse*) prend la tête des régiments de fantassins de pionniers.

Tous les rails sont en fer, les traverses en bois, comme la plupart de ces ponts à tréteaux monumentaux, aussi emblématiques que les canyons qu'ils enjambent. Les matières premières ne manquent pas, et la main-d'œuvre vient des quatre coins de la planète: des immigrants franco-canadiens, des Irlandais, mais surtout des Chinois. Leurs compagnons de labeur les méprisent. Pourtant, c'est bien à ceux que l'on surnomme péjorativement les *«coolies»* ou les *«celestials»* que l'on doit l'édification des grandes lignes transcontinentales. La Central Pacific Railroad emploie jusqu'à 12000 d'entre eux, soit plus des neuf dixièmes de sa main-d'œuvre totale. À mesure que les chantiers avancent et que les conditions de travail se durcissent, leur nombre augmente. Dans les années 1880, la quasi-totalité des poseurs de rails viennent de Chine.

Chaque chantier est un exploit technologique titanesque, digne de la Rome antique. On emploie des millions de tonnes de matériaux, on travaille jour et nuit, une fourmilière d'ouvriers s'active sans relâche pour tenir les délais imposés par les investisseurs. D'abord, les arpenteurs choisissent le terrain. Ils sont suivis par les tunneliers et les pontiers, puis par les équipes de terrassiers. Viennent ensuite les poseurs de traverses. On en cale des centaines de milliers, environ une tous les soixante centimètres. Arrivent enfin les «bouffeurs de rouille», les poseurs de rails, qui les reçoivent sur des charrettes lancées au galop pour ne jamais ralentir l'avancée du chantier. Il faut quatre hommes pour lever, placer et aligner un rail, sous l'œil expert du contremaître, qui vérifie l'écartement. Enfin, les poseurs de tire-fonds, à raison d'un tire-fond tous les vingt centimètres, chevillent le rail à la terre.

La révolution des transports est un facteur essentiel du développement du capitalisme américain tout au long du XIXᵉ siècle, en particulier dans les territoires à l'ouest du Mississippi. Sans le train, il n'y aurait pas eu d'expansion territoriale ni de colonisation de l'espace. La «Destinée manifeste» ou la conquête de la Frontière seraient restées lettres mortes. Le train est le vecteur par lequel les États-Unis deviennent à la fois une réalité territoriale et nationale, et une entité économique unifiée. Sans lui, le marché national aurait été inopérant, le développement du capitalisme domestique aurait été freiné, il n'y aurait pas eu d'enrichissement ni de progrès possible.

Ces rails sont autant d'artères qui drainent le territoire en hommes, en matériaux et en capitaux. La locomotive métamorphose aussi l'espace-temps… Elle avait déjà remodelé la

> *LA RÉVOLUTION DES TRANSPORTS EST UN FACTEUR ESSENTIEL DU DÉVELOPPEMENT DU CAPITALISME AMÉRICAIN TOUT AU LONG DU XIXᵉ SIÈCLE, SURTOUT À L'OUEST DU MISSISSIPPI*

géographie en rétrécissant les distances, elle se charge à présent de réorganiser le temps: en 1883, les grandes compagnies divisent le pays en quatre grands fuseaux horaires, toujours en usage aujourd'hui.

Le chemin de fer est l'outil d'une immense opération d'aménagement du territoire orchestrée par le pouvoir. Ce processus violent, fulgurant et implacable entraînera la sujétion des nations indiennes et la mise en place d'un empire industriel capitaliste continental.

● **DAMIEN AMBLARD**

JOSS JAMON
LE DESPERADO DU SUD

Archétype de ces confédérés vaincus qui, plutôt que de retourner dans leur cher Sud, choisissent la vie de hors-la-loi à l'Ouest, Joss Jamon est à la fois le premier et le dernier des «méchants» créés par Goscinny.

Au contraire de l'album *Des rails sur la prairie*, où Goscinny n'était pas crédité, *Lucky Luke contre Joss Jamon* est le premier sur lequel figure son nom. Ce statut de «nègre» semble aujourd'hui surprenant mais, dans les années 1950, c'était quasiment la règle dans la BD franco-belge. L'éditeur se contentait de faire appel à un dessinateur – libre à ce dernier de s'adjoindre les services d'un scénariste, sur ses propres deniers. C'est ce qui se produit pour *Des rails sur la prairie*. Mais les deux hommes se rendent vite compte que leur collaboration est partie pour durer – en dépit d'une interruption avec *Alerte aux pieds-bleus*. Morris obtient donc de Charles Dupuis que la signature de son complice figure sur cet album-ci. Jusque-là exceptionnel, ce tandem dessinateur-scénariste va vite devenir presque systématique en BD, mais il laissera des traces, notamment un partage des droits d'auteurs longtemps en défaveur du second. Ce tabou sera brisé dans les années 1960 par un autre acolyte de Goscinny, Albert Uderzo, qui laissera la moitié des revenus d'*Astérix* à son coauteur – décision qui lui sera souvent reprochée par ses confrères dessinateurs.

Pourquoi un tel choix de la part de Morris, lui qui, jusqu'à la fin de ses jours, n'a cessé de rappeler que Lucky Luke était son personnage, sa créature – presque son enfant? Sans doute parce qu'en 1954, quand il fait pour la première fois appel à René Goscinny, le dessinateur a compris qu'il se trouvait dans une impasse, commercialement et artistiquement. *Lucky Luke* marche bien, la série est appréciée par les lecteurs de *Spirou*, mais les ventes d'albums ont du mal à décoller et, surtout, Morris est de plus en plus empêtré dans la contradiction originelle de sa création, qui devient de plus en plus difficile à assumer. En effet, ce fan de westerns a fait le pari de créer une histoire de cow-boys «au premier degré», comme les premiers albums de *Blueberry* ou, avant cela,

Jerry Spring, qui paraît avec succès dans le même journal de *Spirou* sous la plume de Jijé – Goscinny en a d'ailleurs écrit un court épisode, *L'Or du vieux Lender*, en 1956. Toutefois, contrairement à ces deux séries, *Lucky Luke* n'est pas dessiné de manière réaliste mais humoristique – toute sa vie, Morris restera profondément influencé par les cartoons, notamment ceux de Chuck Jones et de Tex Avery. Or il est difficile de faire accepter au public des histoires aussi sombres et violentes que *Phil Defer*, *Pat Poker* ou *Les Dalton* sous un tel trait. Morris sent qu'il doit choisir une direction pour son héros et il comprend que, pour ce faire, il a besoin d'aide. René Goscinny arrive à point nommé.

Comme la plupart des premiers albums de *Lucky Luke* écrits par Goscinny, *Joss Jamon* possède a posteriori une vraie valeur programmatique, qui annonce non seulement les thèmes mais aussi le casting des 34 albums à venir. Déjà, dans *Des rails sur la prairie*, on avait pu discerner des idées chères à l'auteur, qui reviendront de façon récurrente dans son œuvre: la conquête de l'Ouest, l'esprit pionnier, l'incroyable optimisme et la foi dans le progrès qui caractérisent l'Amérique de la fin du XIXᵉ siècle. Mais on y décèle aussi le côté sombre de cette formidable épopée, avec des Indiens qui, déjà, ne semblent pas trouver leur place dans ce nouveau monde et des *homesteaders*, ces fermiers venus de l'est du pays en abandonnant tout, dont les terres sont dévastées par les grandes compagnies ferroviaires. Avec *Lucky Luke contre Joss Jamon*, c'est un autre aspect noir et souvent caché de la conquête de l'Ouest que le scénariste met en lumière, celui de la corruption endémique et des *robber barons* («barons voleurs»), prêts à tout pour accaparer les richesses d'un pays encore largement sans loi et pas encore remis des profondes blessures de la guerre de Sécession (1861-1865).

•••

•••De fait, comme beaucoup des méchants mis en scène par Morris et Goscinny (le plus célèbre d'entre eux étant le faux Robin des bois Jesse James), Joss Jamon et sa bande sont, pour la plupart, de ces soldats perdus, généralement d'anciens confédérés qui, plutôt que de regagner leur Sud adoré et dévasté, choisirent, dans la seconde moitié des années 1860, de hanter les nouveaux États de l'Ouest. Ces désespérés – que les Mexicains, encore très nombreux au Texas, désignent à juste titre d'un nom qui fera florès, les «desperados» – fournissent alors le gros des troupes de hors-la-loi que combattent les héros ou antihéros, comme le marshal Wyatt Earp ou l'«indépendant» Lucky Luke. Toutefois, Joss Jamon et les siens poussent les choses encore un cran plus loin : au lieu de continuer la dure et dangereuse vie de bandits itinérants, ils décident de s'installer dans une ville et de la mettre sous coupe réglée, sous les apparences de la légalité.

Le parcours de Joss Jamon ressemble à celui d'un certain Henry Plummer, un ex-marshal né en 1832 renvoyé pour avoir abattu un homme dans des circonstances troubles. Après la guerre civile, il passe définitivement de l'autre côté de la loi ; avec sa bande composée d'autres anciens soldats, il pille les camps de mineurs du Nevada. Après la mort d'un shérif, Plummer et sa bande, poursuivis, s'enfuient au Montana. Là, il a la même idée que Jamon : comme personne ne le connaît, il se fait élire shérif, puis maire de la ville de Bannack. Grâce à cette façade de respectabilité, il met alors sur pied une bande d'une centaine d'hommes, «les Innocents», qui met la région en coupe réglée pendant dix-huit mois. Devant la hausse de la criminalité et l'inefficacité – et pour cause ! – de leur shérif, les citoyens réunissent un comité de vigilance. Ils capturent l'un des «innocents», qui finit par leur donner l'identité de son chef, Plummer, lequel est lynché par ses administrés furieux.

Ce côté obscur de la conquête de l'Ouest est souvent occulté – ainsi de l'échec du film *La Porte du Paradis* de Michael Cimino (1978). L'arrière-plan assez sombre de *Lucky Luke contre Joss Jamon* (élections truquées, atmosphère de terreur à Los Palitos, et Luke qui échappe deux fois de justesse à la pendaison) n'empêche pas Goscinny d'intégrer déjà, dès cette deuxième collaboration, sa touche personnelle. Là où le héros du seul Morris aurait affronté les malfrats dans des combats au Colt dignes de *Règlement de comptes à OK Corral*, ce nouveau Luke préfère la ruse à la force. Et surtout, dans ce combat du faible (le héros isolé, des habitants désarmés) contre le fort (une bande redoutable et sans pitié), le cow-boy sait qu'un tyran ne survit pas au ridicule. Il leur montre le vrai visage de ceux qui leur font peur : des pantins, des bouffons. Le scénariste entoure donc Jamon d'un groupe de bras cassés aussi patibulaires que grotesques, qui annoncent ce que seront désormais à ses yeux les ennemis de Lucky Luke – à l'instar des plus fameux, les Dalton. Seuls Sam le Fermier, avec son «visage d'honnête homme», et Jamon lui-même apparaissent réellement dangereux. Jamon, d'ailleurs, est sans doute le dernier vrai méchant de la saga de *Lucky Luke*. En effet, fidèle à son credo, selon lequel les ennemis des héros sont d'autant plus drôles qu'il font surtout preuve de bêtise, Goscinny opposera plus Luke à des dangereux crétins qu'à des «génies du mal» autoproclamés, comme Joss Jamon. ● RÉMY GOAVEC

Publié dans le journal *Spirou* en 1956-1957 sous le titre «Lucky Luke et la Bande de Joss Jamon», l'album sort chez Dupuis en 1958.

799 VOIX SUR 800 VOTANTS !

Joss Jamon et sa bande ne font pas dans le détail ! Ils se rendent d'abord maîtres de la banque, à laquelle les habitants de Frontier City sont contraints de déposer leurs avoirs. Jamon devient ensuite propriétaire du saloon, puis de l'hôtel-restaurant, de la boulangerie-pâtisserie, de la boucherie-charcuterie. Sans oublier l'entreprise de pompes funèbres, dont ces affreux seraient les principaux pourvoyeurs. Reste à asseoir définitivement le pouvoir de Joss en conquérant la mairie. À coup de promesses démagogiques («du pain et de la bière pour tout le monde»), de réunions électorales remplies sous la contrainte et d'un vote très encadré, nul n'est besoin de surcroît de bourrer les urnes. Le verdict est sans appel : tous votent pour Joss Jamon, à l'exception de la voix d'un ivrogne, qui va à Lucky Luke, dont le seul programme était de mettre la bande sous les verrous. Partie remise...

Belle brochette d'idiots

Aux côtés de Joss Jamon, Goscinny invente une terrible galerie de seconds couteaux tous plus bêtes les uns ques les autres : Joe l'Indien, véritable cliché ambulant de l'aborigène fruste qui ne pipe mot ; Pete l'Indécis, un être aussi fourbe que lâche ; Jack le Muscle, archétype d'armoire à glace sans un gramme de cervelle ; Bill le Tricheur, sorte de sous-Pat Poker. Le point commun de tous ces énergumènes : leur stupidité, qui range la bande de cet escroc patenté qu'est Jamon dans le cercle peu enviable des imbéciles patentés plutôt que dans celui des authentiques affreux !

LUCKY LUKE CONTRE JOSS JAMON

Plus bêtes que nuisibles?

Si le fond plutôt pessimiste de l'histoire rend bien l'atmosphère de la fin de la guerre civile, qui vit des hordes de «soldats perdus» tenter de se refaire à l'Ouest, l'apport scénaristique de Goscinny entraîne déjà l'aventure et son héros vers ce qui fera bientôt le style et le succès de la série: parodie et dérision, plutôt que réalisme et sérieux.

UN JURY PROPHETIQUE

Dans ce premier album officiel, il est naturel que Goscinny cherche encore ses marques et lance beaucoup de ballons d'essai. Il expérimente, dans ce récit initial, ses personnages, sans doute pour voir quelle sera la réaction des lecteurs et déterminer ainsi les directions dans lesquelles il pourra, ou non, aller. À ce titre, rien n'est aussi prophétique que le jury très «people» réuni par Joss Jamon pour faire «légalement» condamner à mort le cow-boy solitaire. Jamon en fait lui-même les honneurs: «Billy the Kid, Jesse James, les cousins des Dalton et Calamity Jane! [...] Des affreux, des amis!»

Autrement dit, dans ce procès truqué, nous avons sous les yeux la bande-annonce et le casting des cinquante prochaines années de *Lucky Luke* – les personnages les plus emblématiques étant bien entendu les cousins des Dalton, qui seront les stars de 30 autres épisodes et qui figurent déjà au générique de l'album suivant. À noter que le scénariste fera repasser la pauvre Calamity Jane «du côté des anges» dans l'album qui lui est consacré en 1967 et que Morris donnera à celle-ci, tout comme à Jesse James et plus encore à Billy the Kid, un aspect physique profondément différent.

Morris souhaite la bienvenue à Goscinny!

Morris, grand dessinateur, s'est aussi fait un nom pour ses caricatures de personnes célèbres, omniprésentes dans les albums de *Lucky Luke*. Les lecteurs de 1956 ont sans doute reconnu Jean Gabin sous les traits du faux vieillard sans défense (Lucky Luke, grimé), mais aujourd'hui c'est plutôt Pete l'Indécis qui attire l'attention. En effet, il s'agit là d'une caricature pas du tout dissimulée de René Goscinny (évidemment inconnu à l'époque), que son acolyte a croqué en lui donnant le rôle du plus lâche et du plus sournois des complices de Joss Jamon. Une façon quelque peu sarcastique pour le dessinateur belge de souhaiter la bienvenue à son scénariste – complice par ailleurs d'une entreprise bien plus durable et fructueuse que celle de Jamon et sa bande...

L'INFLUENCE DES COMICS

Jamon et sa bande sont une nouvelle preuve des influences américaines encore fraîches dans le cerveau fertile de Goscinny: un méchant imbu de lui-même entouré d'une escouade de brutes épaisses et d'un bras droit – en l'occurrence, Sam le Fermier –, voilà, résumé, le schéma scénaristique du *villain* des comics qu'affrontaient déjà outre-Atlantique les superhéros Superman ou Batman depuis une vingtaine d'années.

ÉTENDARDS SANGLANTS

Le *Stars and Stripes*, la bannière du Nord, se compose de 13 bandes alternées rouges et blanches (symbolisant les colonies devenues indépendantes). Le drapeau du Sud se distingue par son champ rouge, sa croix de Saint-André, ses 13 étoiles blanches (correspondant aux 11 États et aux deux factions sécessionnistes du Missouri et du Kentucky). *(Bataille de Stone River, 1863.)*

Guerre de Secession La Nation en Berne

Pour ou contre l'esclavage ? La question est au cœur du terrible conflit qui oppose les nordistes abolitionnistes aux sudistes, déterminés à ne pas affranchir leur main-d'œuvre servile, moteur de leur économie. Entre 1861 et 1865, le pays se transforme en un amas de cendres.

Quatre ans de combats et un tournant majeur. Au-delà des chiffres, ce conflit, le plus meurtrier de l'histoire militaire des États-Unis (plus de 600000 morts), décide de l'avenir du pays. Lorsque, en 1865, les canons se taisent, une nouvelle nation naît.

Pour comprendre les causes de cet événement fondateur, il faut remonter à la fin du XVIIIe siècle, au moment de l'indépendance. À l'époque, l'esclavage est répandu dans toutes les colonies – États depuis 1776. Mais ceux situés au nord de la frontière, entre le Maryland et la Pennsylvanie, font le choix de l'abolir progressivement dès le milieu des années 1780. Lors de la Convention constitutionnelle de 1787, il est décidé d'interdire l'importation des esclaves aux États-Unis à partir de 1808. Dans les premières décennies du XIXe siècle, le fossé se creuse…

Au Sud, l'esclavage se développe et alimente l'expansion vertigineuse de la culture de coton. Au Nord, une forte immigration et l'urbanisation posent les jalons d'une première industrialisation avec une main-d'œuvre ouvrière libre. En 1820, une crise politique majeure est évitée grâce au compromis du Missouri, qui incorpore le Maine (libre) et le Missouri (esclavagiste), en préservant l'équilibre au Congrès entre les deux camps.

L'annexion du Texas (1845) et la guerre contre le Mexique (1846-1848), par laquelle les États-Unis acquièrent de vastes territoires s'étendant des Rocheuses au Pacifique, changent la donne. Les futurs États de l'Ouest seront-ils esclavagistes ? La question clé des années 1850 n'est pas tant l'esclavage à proprement parler – un mal accepté par la classe politique à Washington –, mais son extension vers le Pacifique. Les événements se précipitent. En 1850, la Californie est incorporée à l'Union comme État libre. La même année, un nouveau compromis est adopté par le Congrès : en échange de l'admission de la Californie, le gouvernement fédéral aidera les planteurs du Sud à récupérer leurs esclaves en fuite ; toute personne assistant ces derniers sera sévèrement punie. Washington penche alors ostensiblement du côté du Sud esclavagiste. Deux ans plus tard, Harriet Beecher-Stowe publie *La Case de l'oncle Tom*. Ce roman abolitionniste est un véritable best-seller : 300000 exemplaires vendus l'année de sa publication. On attribuera au président Lincoln d'avoir salué l'auteur avec ces mots : «C'est donc cette petite dame qui est responsable de cette grande guerre.» Une citation apocryphe qui révèle l'énorme impact de cet ouvrage.

Premières salves, en 1854, au *«Bleeding Kansas»*

Se pose alors une question fondamentale : qui peut décider si un État, nouvellement intégré, sera libre ou esclavagiste, le Congrès ou la population de l'État en question ? En 1854, à l'occasion de la création du Kansas et du Nebraska, Washington opte pour la «souveraineté populaire». Ce choix s'avère désastreux. Le Kansas est mis rapidement à feu et à sang lorsque les

esclavagistes, arrivés du Missouri, et les abolitionnistes, venus de Nouvelle-Angleterre, s'affrontent. Le *«bleeding Kansas»* (le «Kansas ensanglanté») annonce la guerre civile ; chaque camp est prêt à en découdre. Les victimes sont peu nombreuses – à peine une cinquantaine –, mais l'impact psychologique et politique de ce conflit est considérable. Le pays est sous tension extrême. Plus grave encore, Washington est incapable de régler le problème de l'extension de l'esclavage, un véritable cancer qui mine le pays.

Une affaire judiciaire portée devant la Cour suprême va accentuer la division. Dred Scott, un esclave du Missouri qui a passé plusieurs années avec ses maîtres dans l'Illinois, où l'esclavage n'a jamais existé, entame une action en justice pour être affranchi. Il plaide qu'on ne peut le contraindre à rester esclave dans le Missouri (où il a été ramené par ses maîtres) ●●●

ESCALADE
Le 6 novembre 1860, l'élection d'Abraham Lincoln – surnommé le «républicain noir» par les sudistes durant la campagne – met le feu aux poudres. La Caroline du Sud est le premier État à décréter la dissolution de l'Union, le 20 décembre. *(Photo au camp d'Antietam, Maryland, le 3 octobre 1862.)*

CONSCRIPTION

Après les succès des confédérés en 1861, l'Union offre des primes importantes aux nouvelles recrues et vote, le 17 juillet, une loi pour renforcer les contingents des milices et en disposer au besoin pour une période de neuf mois. *(Troupes fédérales à Harper's Ferry, en Virginie, en 1862.)*

●●● alors qu'il a séjourné plusieurs années dans une région où l'esclavage est illégal. D'appel en appel, l'affaire atteint la Cour suprême en 1855. La décision est rendue deux ans plus tard : Dred Scott n'est pas considéré comme un citoyen des États-Unis, non seulement en tant qu'esclave mais surtout en tant que Noir, il ne peut donc pas entamer une action en justice. D'après les juges, son séjour dans l'Illinois n'a en rien fait de lui un homme libre. Enfin, la Cour estime que le compromis du Missouri de 1820, qui interdit l'esclavage au-dessus du 36e degré de latitude nord, est inconstitutionnel, car il révèle une atteinte à la propriété privée, protégée par la Constitution. Les États-Unis atteignent une impasse politique et juridictionnelle.

À l'automne 1859, l'abolitionniste John Brown s'empare, avec un groupe de 18 hommes, de l'arsenal fédéral situé à Harper's Ferry, en Virginie. Objectif : armer les esclaves des plantations pour faciliter leur rébellion. Échec : Brown est capturé, jugé et pendu. L'attaque de Harper's Ferry confirme les pires craintes des sudistes. À leurs yeux, il est clair que les abolitionnistes veulent inciter les esclaves à se soulever.

L'élection présidentielle de l'automne 1860 s'annonce décisive. Quatre candidats se présentent : Abraham Lincoln, candidat du jeune Parti républicain, fondé en 1854 ; Stephen Douglas, candidat officiel du Parti démocrate ; John Breckinridge, candidat démocrate soutenu par le Sud esclavagiste ; et John Bell, qui prône la fin de la division et le retour à des partis unifiés. Lincoln remporte 19 États et 38 % des suffrages ; Breckinridge gagne 11 États du Sud ; Bell, 3 États ; et Douglas, aucun. Lincoln est donc élu président des États-Unis.

À l'époque, le président élu entre en fonctions au mois de mars. Entre novembre 1860 et mars 1861, c'est l'« hiver de la Sécession ». La Caroline du Sud, le Mississippi, la Floride, l'Alabama, la Géorgie, la Louisiane et le Texas – qui ne reconnaissent pas la légitimité du nouveau président et le perçoivent à tort comme un abolitionniste – se retirent de l'Union, malgré les positions conciliatrices de Lincoln. L'heure est extrêmement grave.

Le 12 avril, un mois après la prise de fonctions de Lincoln, la milice de Caroline du Sud bombarde le fort Sumter, un bastion fédéral situé dans la baie de Charleston. Le bruit des canons pousse la Virginie, la Caroline du Nord, l'Arkansas et le Tennessee à rejoindre le camp des sécessionnistes. Les États dits frontaliers, à savoir le Kentucky, le Missouri, le Delaware et le Maryland, restent dans l'Union.

Plus du tiers des habitants du Sud sont des esclaves

Les onze qui ont quitté l'Union forment la Confédération, un pays indépendant avec sa constitution modelée sur celle des États-Unis. Il reconnaît explicitement l'esclavage et une plus grande autonomie des États membres, dispose de son drapeau, de son armée et de sa marine. Richmond, en Virginie, est choisie comme capitale. Jefferson Davis, un diplômé de West Point originaire du Mississippi, est élu président de la Confédération. La guerre est désormais inévitable. L'heure de la mobilisation a sonné : 100 000 hommes au Sud pour une année ; 75 000 au Nord pour trois mois. Chaque camp prévoit une guerre courte.

L'asymétrie des ressources en présence de chaque côté frappe l'observateur. Le Nord a une population de 23 millions d'habitants ; le Sud en compte 9 millions, dont 3,5 millions d'esclaves. Le Nord a une économie di-

ARTILLERIE LOURDE

Dès avril 1861, Lincoln ordonne le blocus de l'ennemi pour étouffer son économie, fortement dépendante de l'étranger. Cette stratégie implique de transformer la flotte en marine de guerre. *(Le cuirassé USS [United States Ship] Baron De Kalb en octobre 1861.)*

UN FLEURON EN RUINE

Richmond, la capitale sudiste, tombe le 3 avril 1865 *(ci-dessus)*. Deux jours plus tard, arpentant les rues sous les acclamations de la population noire, Abraham Lincoln, heureux de la victoire, s'exclame: «Je remercie Dieu d'avoir vécu assez longtemps pour voir cela.» Il sera assassiné dix jours plus tard, à Washington, par un extrémiste acquis à la cause sécessionniste.

EN 1958
GOSCINNY

versifiée capable de produire des uniformes, des chaussures, des armes, des canons en grand nombre et de nourrir les troupes; il est en pleine croissance grâce à l'immigration et à son dynamisme industriel; il dispose également d'une marine plus importante et d'un meilleur réseau de voies ferrées. L'Union a un grand président, Lincoln, dont la détermination et le sens politique seront déterminants. Avec une économie archaïque presque exclusivement tournée vers l'exportation du coton, le Sud possède beaucoup moins de ressources. Mais il est riche… surtout d'esclaves!

La Confédération compte faire pression sur l'Angleterre et la France, qu'elle fournit en coton, pour obtenir leur soutien. Mais ces deux puissances n'osent pas s'engager dans un conflit dont l'issue est très incertaine. Au début des combats, le Sud, qui jouit d'une grande tradition militaire, présente de meilleurs généraux (tels le Virginien Robert E. Lee et le Louisianais Pierre Gustave Toutant de Beauregard). Enfin, il mène une guerre essentiellement défensive, donc moins gourmande en hommes. En résumé, les forces du Nord se révéleront décisives au fil du conflit quand les belligérants devront puiser profondément dans leurs ressources.

La bataille fait rage sur trois fronts: sur la côte Atlantique, principalement en Virginie et en Pennsylvanie; à l'ouest, le long du Mississippi; en mer, au large des ports sudistes. Il s'agit d'une guerre totale, menée avec des moyens modernes. Les batailles sont excessivement meurtrières. L'année 1863 constitue le tournant militaire et politique de la guerre. Alors qu'en 1861 et 1862 les sudistes comme les nordistes remportent des vic- ●●●

LA BATAILLE FAIT RAGE SUR TROIS FRONTS: SUR LA CÔTE ATLANTIQUE, LE LONG DU MISSISSIPPI ET EN MER, AU LARGE DES PORTS SUDISTES. IL S'AGIT D'UNE GUERRE TOTALE, AVEC UN ARMEMENT MODERNE

C'est la dernière année difficile dans la carrière de René Goscinny, qui, à partir de 1959, ne cessera de gagner en visibilité, en reconnaissance et en autorité. Il court encore le cachet: scénariste de tout un chacun, en particulier auprès du journal *Tintin*, où il est même, un temps, gagman de Franquin pour la série *Modeste et Pompon*.

Deux ans plus tôt, il a été licencié par Georges Troisfontaines, flamboyant et tyrannique patron de l'agence World Press, à laquelle il fournissait articles de magazines et scénarios de bandes dessinées pour la presse belge. Son crime: avoir pris la tête d'un mouvement de revendication des droits des pigistes, payés exclusivement au forfait là où Goscinny, soutenu par ses amis Albert Uderzo et Jean-Michel Charlier, réclame des droits d'auteur: tout un symbole.

Dans ces conditions, la proposition de Morris, en 1955, de lui passer la responsabilité du scénario de *Lucky Luke* a été une grande chance. Morris, quant à lui, faisait le choix d'un vrai «pro», dont il avait découvert le talent pendant leur séjour commun aux États-unis. Tous ceux qui ont travaillé avec Goscinny ont témoigné de sa rigueur et de son efficacité. Ses scénarios, tapés sur une machine à écrire Royal Keystone devenue mythique, il les fournit à l'heure et ils sont impeccables – Charlier, l'autre grand scénariste de l'école belge de l'époque, est sur ce plan son exact opposé.

Sur le fond, la collaboration avec Morris permet au scénariste de donner libre cours à son goût pour la culture western et, surtout, à son génie comique, particulièrement sensible dans l'invention de nouveaux personnages – plusieurs centaines entre 1956 et 1977, à commencer par Rantanplan et les quatre Dalton. ● PASCAL ORY

EPILOGUE

Le général Ulysses S. Grant *(à g.)*, nommé par Lincoln en 1864, et son adversaire, Robert E. Lee *(à dr.)*, après sa reddition, le 9 avril, à Appomattox. Quelques heures plus tôt, le sudiste, résigné, confiait : « Il ne me reste plus rien à faire que d'aller voir Grant, mais je préférerais souffrir mille morts. »

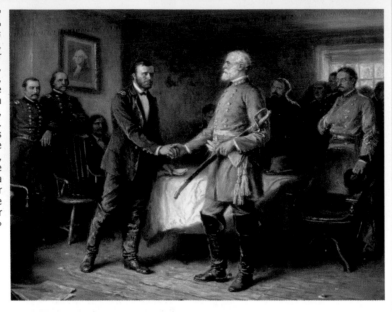

LIBERTE

La victoire est saluée à travers tout le pays par la population servile. Le conflit, qui, initialement, consistait pour le Nord à restaurer l'Union, avait pris, après la Proclamation d'émancipation du 22 septembre 1862, la forme d'une véritable croisade contre l'esclavage.

●●● toires et subissent des défaites, le 4 juillet 1863, les armées du Nord s'emparent de Vicksburg et contrôlent désormais le fleuve Mississippi. Au même moment, les confédérés tentent une percée en Pennsylvanie et sont défaits à Gettysburg. D'un point de vue politique, le 1er janvier 1863 rentre en vigueur la Proclamation d'émancipation, annoncée par le président Lincoln dès septembre 1862. Les esclaves sont libérés dans les États du Sud que ne contrôlent pas les armées du Nord. Cela peu paraître inopérant et paradoxal, puisque Lincoln libère les esclaves là où il n'a pas les moyens de le faire, mais, en fait, cette décision marque un pas décisif vers l'abolition de l'esclavage.

Les débuts de la conquête de l'Ouest

Après trois années de guerre, Lincoln s'affiche comme un abolitionniste. En novembre 1863, il prononce un discours à Gettysburg en hommage aux milliers de soldats tombés sur le champ d'honneur. La *Gettysburg Address*, qui connaîtra une grande postérité, replace la guerre dans la perspective de l'histoire des États-Unis en se référant aux idéaux de liberté et d'égalité, fondateurs de la nation.

Pendant le conflit, le Nord, débarrassé de la pression des États du Sud au Congrès pour étendre l'esclavage vers le Pacifique, amorce sa conquête de l'Ouest. Deux décisions fondamentales sont prises par Lincoln. En mai 1862, il signe le *Homestead Act*, une loi qui accorde 65 hectares à tout pionnier qui promet d'y résider cinq ans. Cette

---

● LA BATAILLE POLITIQUE POUR L'ABOLITION DE L'ESCLAVAGE

Au début de la guerre, le président Lincoln *(illustration, à g.)*, déterminé mais modéré, ne souhaite pas abolir l'esclavage. Le Nord, d'ailleurs, n'y est pas prêt. L'abolition est une mesure extrême qui ne sera prise qu'à la toute fin du conflit et au prix d'une dure bataille politique. C'est aussi le résultat d'un cheminement personnel de Lincoln, qui en fera progressivement une priorité. Les lois sur la confiscation des esclaves de 1861 et de 1862, qui autorisent les troupes du Nord à saisir les populations serviles aux rebelles pour les libérer, constituent une première étape, mais ce sont des mesures plus militaires que politiques. En janvier 1863, la Proclamation d'émancipation prévoit la libération de tous ceux qui vivent dans les régions encore aux mains des troupes confédérées. D'une portée pratique limitée, Lincoln libère les esclaves dans les zones où il n'en a pas le pouvoir ; cette proclamation constitue néanmoins un immense pas en avant politique vers l'abolition. Reste à Lincoln et aux abolitionnistes de gagner la bataille au Congrès et de convaincre leurs concitoyens. Le Congrès est alors divisé entre les républicains radicaux, abolitionnistes, et les démocrates, fidèles à l'Union qui souhaitent ménager le Sud. Pour remporter cette ultime bataille, Lincoln doit considérer deux calendriers : militaire et politique. En avril 1864, le 13e amendement est approuvé par le Sénat. Une pause est alors nécessaire en attendant des nouvelles du front. En juillet, Atlanta est capturé par les armées du Nord. À l'automne, Lincoln est réélu. En janvier 1865, il peut se lancer à corps perdu dans la bataille nécessaire à l'adoption de l'amendement par la Chambre des représentants, où républicains radicaux et démocrates s'affrontent violemment. À force de discours enlevés, de manipulations et d'achats de vote, le 13e amendement est adopté par la Chambre le 31 janvier 1865 par 119 voix contre 56, soit tout juste la majorité des deux tiers nécessaire. Ratifié par les États, y compris certains du Sud, l'amendement est intégré dans la Constitution en décembre 1865, huit mois après l'assassinat de Lincoln. **B. V. R**

LA FLEUR AU FUSIL

Sept idéalistes quittent leur Texas natal pour rejoindre les troupes de Lee, positionnées à Shiloh, dans le Tennessee (le titre original est *Journey to Shiloh*). Leur périple, semé d'embûches, leur révèle le vrai visage de la guerre. Sortie en 1968, *La Brigade des cow-boys*, de William Halle, fait écho à un tout autre conflit : le Vietnam.

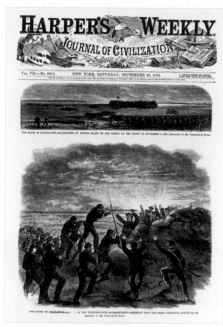

SUR LE FRONT

Harper's Weekly est – de 1857 à 1916 – l'un des hebdomadaires de référence de la guerre civile. S'il n'a pas soutenu la candidature d'Abraham Lincoln, il prendra position en faveur de l'Union. Les unes de cette période sont consultables sur le site : http://www.sonofthesouth.net/leefoundation/the-civil-war.htm.

mesure remporte un grand succès : 20000 fermiers s'établissent au-delà du Mississippi en trois ans. En juillet de la même année, Washington décide du tracé du chemin de fer transcontinental qui reliera la ville d'Omaha, dans le Nebraska, à San Francisco *(lire p. 22-27)*. Longtemps bloquée par les sudistes, qui souhaitaient un tracé plus méridional, cette décision ouvre la Californie à l'immigration et participe à une union plus solide des différentes régions des États-Unis.

Même si l'année 1864 est marquée par de nombreux carnages, l'issue du conflit ne fait plus de doute. Le Sud n'envahira jamais le Nord, ne réussira pas à capturer Washington et capitulera à terme. En mars 1864, Lincoln nomme Ulysses S. Grant, vainqueur du siège de Vicksburg, général en chef des armées du Nord. Grant saura se montrer à la hauteur du stratège sudiste Robert Lee. Pendant l'été et l'automne 1864, William T. Sherman dévaste la Géorgie : Atlanta est attaqué et incendiée. Les combats font aussi rage en Virginie. Finalement, c'est une Confédération toujours fière mais exsangue qui capitule le 9 avril 1865 à Appomattox, en Virginie. La guerre est finie. Une semaine plus tard, Lincoln est assassiné, lors d'une représentation théâtrale à Washington, par un partisan sudiste : John Wilkes Booth.

Les conséquences de ce conflit décisif sont multiples et profondes. En

1865, le 13ᵉ amendement abolit l'esclavage *(encadré ci-contre)*. En 1868, le 14ᵉ amendement octroie aux Noirs leurs droits civiques. Ils sont désormais des citoyens américains à part entière. En 1870, le 15ᵉ amendement donne aux Noirs le droit de vote. Les États du Sud subissent une occupation militaire jusqu'en 1877.

Sur un plan politique, la guerre marque la victoire des républicains, qui contrôleront le pays jusqu'à l'élection de Franklin D. Roosevelt en 1933. Grant est élu président des États-Unis en 1868 et réélu en 1872. De 1860 à 1933, soit pendant plus de soixante ans, le Parti démocrate ne verra que deux des siens accéder à la magistrature suprême : Grover Cleveland et Woodrow Wilson. Le Sud, ravagé par la guerre, se retrouve marginalisé non seulement politiquement et économiquement, mais aussi d'un point de vue culturel. Après 1865, c'est le Nord, surtout la Nouvelle-Angleterre, qui diffuse son histoire et ses valeurs dans tout le pays. Thanksgiving Day («Jour des

actions de grâce»), à l'origine une fête puritaine du XVIIᵉ siècle, devient une fête nationale. Certains ex-confédérés refusent la politique du Congrès républicain en faveur des Noirs et fondent le Ku Klux Klan dans le Tennessee en 1866. La violence s'éteint petit à petit, mais le ressentiment de certains sudistes envers les Afro-Américains s'institutionnalise avec l'émergence de la ségrégation, entérinée par la Cour suprême en 1896 avec l'arrêt Plessy contre Fergusson. Elle ne disparaîtra qu'avec les lois pour les droits civiques des Noirs dans les années 1960. D'un point de vue militaire, les États-Unis réduiront considérablement leurs forces armées après le conflit, et beaucoup d'officiers vétérans serviront à l'Ouest dans les guerres indiennes.

Le pays sort du conflit plus fort et plus uni. Il est désormais tourné vers le futur, profitant pleinement de l'industrialisation, de l'immigration et de la conquête de l'Ouest. En définitive, il reprend sa marche en avant… ●

BERTRAND VAN RUYMBEKE

> *LE SUD, RAVAGÉ PAR LA GUERRE, SE RETROUVE MARGINALISÉ. APRÈS 1865, C'EST LE NORD, SURTOUT LA NOUVELLE-ANGLETERRE, QUI DIFFUSE SON HISTOIRE ET SES VALEURS DANS TOUT LE PAYS*

LES DALTON
QUATRE CAVALIERS DE LA BÊTISE

Du plus petit – et plus méchant –, Joe, au plus grand
– et plus bête –, Averell, le quatuor impose vite sa loi :
Morris et Goscinny seront donc condamnés à faire
des Dalton les faire-valoir perpétuels de leur cow-boy.

Dans une préface à l'édition française de l'autobiographie d'Emmet Dalton, *Nous, les Dalton…*, Morris raconte les circonstances de la genèse de ses célèbres malfrats. Cela fait cinq ans qu'il a créé *Lucky Luke*. Jusqu'à présent, influencé par le dessin animé de Walt Disney, il en avait fait un cartoon de papier : de courts récits de longueur variable, ponctués de gags. Mais, entre-temps, le dessinateur belge a pris le chemin de l'Amérique. L'épisode est connu : en 1948, inquiété par la tournure que prend la guerre froide, Joseph Gillain, alias Jijé, part avec sa famille se réfugier outre-Atlantique. Il emmène avec lui Franquin et Morris. Pensant se faire engager chez Walt Disney, nos compères se lancent dans une équipée échevelée pour finalement rentrer au pays. Tous, sauf Morris, qui, avec son épouse venue l'y rejoindre, habite maintenant Brooklyn. Confronté aux paysages et à la réalité des États-Unis, plus question d'évoquer un western approximatif de carton-pâte. À l'exemple d'Hergé, le pionnier de la bande dessinée réaliste, Morris va sérieusement se documenter : «C'est en 1951, à New York, où je vivais à l'époque, que l'idée me vint de mettre en scène dans ma bande des personnages historiques, puisque les figures truculentes foisonnent dans les annales de l'Ouest et que, jamais et nulle part, la réalité n'a autant dépassé la fiction qu'au nom de l'inénarrable conquête de ce continent.»

Quand il voit le film de George Marshall, *When the Dalton Rode* (1940), il se dit que ce quarteron de malfrats ferait de bons personnages : «[…] l'idée de ces quatre frères unis au service de la même mauvaise cause m'avait séduit. Je me suis donc documenté à la bibliothèque de New York sur les hauts faits de cette belle famille à travers des comptes rendus où les faits réels et la fiction s'entremêlaient inextricablement. À la lumière de ces rapports, on comprend mal la terrible notoriété de la bande des Dalton [qui ne comptait que trois frères : Bob, Gratt et Emmet, Bill ne devait tourner mal que plus tard].

Leur carrière criminelle ne dura que deux ans et se compose essentiellement d'une série d'attaques de train, réalisées avec une singulière maladresse, témoignant d'un manque total d'imagination, accompagnées d'inutiles tueries et ne rapportant que des butins de misère.» Même si Morris minore ici la réalité de leurs exactions, il est vrai que les circonstances de la mort de deux des Dalton à la suite de la double attaque des banques de Coffeyville ne sont pas vraiment dignes de leur réputation d'ennemis publics : ils font leur casse affublés de fausses barbes grossières puis se laissent convaincre par le directeur de la banque qu'un mécanisme bloque l'ouverture des coffres, alors même que celui-ci est ouvert ! Il ne reste plus qu'à les cueillir une fois l'alerte donnée.

Morris, découvrant la bêtise de ses modèles, voit tout le parti à en tirer : alors que le genre du western domine le cinéma comme la bande dessinée, il a l'idée de génie d'en faire la parodie : «La littérature et le film ont toujours eu une étrange tendance à idéaliser les pires canailles de l'Ouest, confiera-t-il plus tard. […] Dans *Lucky Luke*, au contraire, ces chevaliers, soi-disant sans peur et sans reproche, sont démystifiés, voire ridiculisés sans pitié.» Fidèle peu ou prou à la vérité historique, Morris prend soin d'occire les malfrats à la fin de l'épisode de *Hors-la-loi*. Ce n'est qu'à la sortie de l'album en 1954 que Morris réalise son erreur : le voilà piégé par son réalisme.

Comment faire revenir des personnages qui sont historiquement morts, mais que les lecteurs réclament à cor et à cri ? Heureusement, son nouveau compère connaît ses classiques. Celui qui popularisera bientôt «nos ancêtres les Gaulois» sait que la petite histoire s'accommode facilement de la grande. Après tout, avant lui, Alexandre Dumas avait fait vivre d'Artagnan quinze ans avant sa naissance et Conan Doyle avait ressuscité Sherlock Holmes, pourtant assas- ●●●

p. 40-41
LES COUSINS DALTON
Les meilleurs ennemis

p. 42-47
UN AIR DE FAMILLE
Frères de sang

●●● siné par Moriarty. Les cousins jumeaux des Dalton font une première apparition dans le deuxième épisode signé par le scénariste français : *Lucky Luke et la Bande de Joss Jamon* (1956). Leurs premiers mots ? « Ah ! Si nos cousins étaient là, ils se seraient amusés dans cette ville… » Ils ajoutent aussitôt, prophétiques : « À nous de rendre leur nom impérissable ! » Sur le registre de l'hôtel où ils résident, on découvre leur nom : Dalton Joe, Dalton Bill, Dalton Jack et Dalton Averell. Dalton Bill, comme celui qui est décédé dans *Hors-la-loi* ? Goscinny lui redonnera bien vite son prénom de William.

En 1958 sort en librairie l'album, prépublié en feuilleton dans *Spirou* en 1957.

Morris avait déjà parfaitement saisi le parti comique de la ressemblance des quatre frères à la croissance en escalier. Mais, alors qu'il avait fait du plus grand le chef de la bande, Goscinny va inverser la donne et affiner les psychologies de la fratrie. Chez lui, le plus petit, Joe, est « le plus méchant et par conséquent le plus bête (j'ai la faiblesse de penser que la méchanceté n'est pas une preuve d'intelligence) », proclame-t-il. À l'autre bout de la toise, il y a Averell, le plus tendre, « un gaffeur-né », caractérisé par une réplique entrée dans la légende : « Quand est-ce qu'on mange ? » Entre les deux, explique Goscinny, « William et Jack constituent le chœur grec, ils sont unis par leur dévotion envers Joe et leur mépris pour Averell. […] William et Jack jouent un rôle essentiel. Ils me permettent de commenter et de souligner les raisonnements farfelus des autres. »

Analysant les vertus de Superman, Umberto Eco soulignait à quel point un superpouvoir est un phénomène préoccupant pour un scénariste. Comment en effet rendre passionnant un héros à qui rien ne résiste ? Face à l'homme qui tire plus vite que son ombre, Goscinny a recours à une fameuse potion magique : la bêtise. En faisant s'évader les Dalton pour la première fois dans *L'Évasion des Dalton* (1958), le scénariste invente le *running gag* suprême, basé sur un éternel recommencement, comme dans une autre de ses séries cultes, *Iznogoud,* le type qui rêve en vain de devenir « calife à la place du calife ».

Le lecteur connaît d'entrée la règle : les Dalton se font la belle, et Lucky Luke les rattrape immanquablement. Oui, mais comment ? Tout est dans la recette, et Goscinny, comme le druide Panoramix, sait comment l'accommoder… en y ajoutant du homard – « pour le goût ! ». Cet album, une fois encore, est programmatique : on y fait allusion à la mère des quatre malfrats. Elle avait dissimulé une lime dans une miche de pain (elle n'apparaîtra que treize ans plus tard…), et la psychologie des quatre « désastreux desperados » (Morris) s'affine comme dans ce dialogue, planche 37, où les Dalton comparent leur bêtise et qui se conclut par cette réflexion de Joe à propos de ses frères : « Vous êtes tous bêtes ! » Un dialogue à rapprocher de celui du chef teuton d'*Astérix chez les Goths* : « Ils sont tous bêtes et je suis leur chef ! » ● D. P.

Une question de taille

Ils sont donc quatre – par ordre de grandeur : Joe, William, Jack et Averell. Mais saurez-vous les distinguer mieux que leurs auteurs ? Dès la page 33 des *Cousins*, les auteurs se trompent dans l'ordre des frères du milieu ; William devient le deuxième en taille à la place de Jack. Dans *L'Évasion des Dalton*, ils sont correctement nommés à la page 2, mais les patronymes de William et de Jack s'inversent à la page 26, de même que dans *Les Dalton dans le blizzard* et *Les Dalton courent toujours*. Ils apparaissent dans le bon ordre au début des *Dalton se rachètent*, dans le désordre au milieu, et la généalogie s'inverse à la fin ! Elle est correcte dans *Tortillas pour les Dalton,* mais à nouveau fautive dans *Dalton City*. Comme dirait un célèbre Gaulois, il y a de quoi en perdre son latin !

LES COUSINS DALTON

Les meilleurs ennemis

« Si j'écoutais le public, dira Morris, je mettrais les Dalton dans chaque histoire ! » Avec Goscinny, il se contentera d'en faire les vedettes une fois sur trois en moyenne… sans compter les rôles de figuration. Il est vrai que, dès leur entrée en scène, ces quatre idiots de frangins se sont d'emblée imposés comme les meilleurs promoteurs du talent de Lucky Luke.

TAGADA, TAGADA…

En 1967, *Lucky Luke* devient, plus lentement qu'*Astérix*, un best-seller. Joe Dassin, faisant ses débuts dans la chanson, sort le maxi 45 tours *Les Daltons* – fautivement écrit avec un *s*. Le succès, énorme, contribuera grandement à sa notoriété. Écrite par Jean-Michel Rivat et Frank Thomas, la chanson obtint un succès extraordinaire qui lance la mode western dans la chanson française. Sur la scène de L'Olympia, Joe Dassin se fait donner la réplique par le shadokissime Claude Piéplu, le narrateur du clip de la chanson. « Tagada, tagada, voilà les Dalton… » est une ritournelle que fredonne même l'ineffable… Averell !

UNE FAMILLE BIEN NOMBREUSE

Les Dalton historiques se prénomment Frank, Robert alias Bob, Emmett, Bill et Grattan, alias Grat. Les plus attentifs de nos lecteurs ont correctement compté : les frères sont effectivement… cinq ! Morris écarte en effet Frank d'entrée. Il a quelques raisons à le faire : Frank est le shérif de la famille et n'a jamais braqué la moindre banque ! Il est même mort en service, tué par un desperado – la honte ! Dans l'album *Marcel Dalton* (1998), le scénariste Bob De Groot imagine un Dalton… honnête – pis : banquier, suisse de surcroît, il veut acquérir une banque américaine. Ses concurrents ont l'idée d'engager ses neveux pour l'en dissuader…

Joe Dassin, sur la scène de L'Olympia, le 24 octobre 1969.

Répliques cultes

Le fameux « Quand est-ce qu'on mange ? » lancé à tout moment par Averell, qui n'est rassuré sur la régularité de sa pitance que lorsqu'il est en prison, est aussi populaire chez les amateurs de bande dessinée que le « Je dirais même plus » des Dupondt d'Hergé, le « M'enfin » de Gaston Lagaffe chez Franquin et, bien sûr, les variations d'Obélix, qui n'est pas gros mais « tout juste enveloppé ». Il faut dire que Goscinny se montre plus soucieux de rassasier le Gaulois que le bandit dégingandé !

ENFANTS MODELES

Robert (Bob), Grattan (Grat), William (Bill), Emmett *(de g. à dr. et de haut en bas)*. Avant de faire parler d'eux, les quatre rejetons nés de l'union de Lewis Dalton et Adeline Younger (ils ont six autres fils), aident leur père dans ses travaux à la ferme et suivent les préceptes rigoristes de leur mère. Ils s'évertuent pieusement, dans un premier temps, à gravir les échelons de la société américaine.

FRERES DE SANG

Un air de famille : Bob, Grattan, Emmet et Bill sont les cousins des personnages croqués par Morris. Ils n'ont foi que dans l'appât du gain et les mauvais coups. Passés maîtres dans l'attaque des convois ferroviaires, ils ne se fixent aucune limite. Jusqu'au carnage final.

R ien ne prédestinait les quatre frères Dalton à embrasser une carrière criminelle. Et pourtant, pendant deux ans, leur gang va défrayer la chronique par le récit ininterrompu de leurs attaques à main armée. Partout sur leur passage, ils ne laissent derrière eux que des cadavres. Produits d'une société en pleine mutation, les célèbres hors-la-loi incarnent la violence endémique qui sévit dans l'Ouest américain à la fin du XIXe siècle.

Fiers de leur renommée et pleins d'assurance, ils sont l'illustration d'une jeunesse dépravée et habituée à manier la gâchette pour se faire respecter. « À cette époque, écrira l'un d'eux, l'homme agissait d'instinct. Il ne se donnait jamais ni le temps ni la peine d'expliquer les raisons de ses actes. Il en était ainsi, et non autrement. Ce qui était à faire devait l'être, voilà tout… »

Issu d'une famille d'origine irlandaise, leur père, Lewis Dalton, a participé à la guerre du Mexique (1846-1848), sous les ordres du général Taylor, avant de s'installer dans le Kansas, où il a été tour à tour fermier, vendeur de chevaux et tenancier de bar. Dur à la tâche, il y acquiert la réputation d'un homme honnête, austère et animé de principes religieux. À Kansas City, il rencontre et épouse la belle Adeline Younger, une cousine éloignée de Jesse James, qui lui donne 15 enfants – dix garçons et cinq filles !

Pendant les années troublées de la guerre de Sécession (1861-1865) et de la reconstruction, ils grandissent dans une ferme du Missouri qu'il a achetée avec ses maigres économies. Mais la fortune n'est pas au rendez-vous. Une série de mauvaises récoltes le décide à prendre la route de l'Ouest, où des terres fertiles et bon marché viennent d'être ouvertes à la colonisation.

À l'été 1882, la famille au grand complet s'installe sur le territoire indien, dans l'actuel Oklahoma, à proximité d'une réserve cherokee. Aidé de ses fils, Lewis Dalton s'y adonne à la culture et à l'élevage, encore qu'il lui arrive, à l'occasion, d'élire domicile à Coffeyville, dans le sud-est du Kansas, pour y faire fructifier ses intérêts. À défaut de faire fortune, il engrange des bénéfices suffisants pour faire vivre les siens à l'abri du besoin.

Ses enfants sont élevés suivant la morale rigoriste. Dévoués à leur mère, qui leur a insufflé le goût du travail et le sens de l'éthique, ils fréquentent avec assiduité les offices religieux et s'efforcent, tant bien que mal, de gravir les échelons de la hiérarchie sociale. Les deux aînés, Benjamin et Cole, montrent l'exemple en sortant diplômés de l'université. Modèle d'intégrité personnelle, Frank porte avec fierté l'étoile de marshal adjoint fédéral dans l'Arkansas. William, quant à lui, devient un entrepreneur prospère en Californie. Son sens des affaires est tel qu'on lui prédit un brillant avenir politique.

Une enfance, à l'abri du besoin, en territoire indien

Le destin est cependant capricieux. Criblé de dettes, Lewis Dalton noie son chagrin dans l'alcool et sombre dans la dépression. Plutôt que d'affronter le courroux de ses créanciers, il choisit d'abandonner sa femme et ses enfants. Face à l'adversité, son épouse reste admirable de sang-froid et de dignité.

En décembre 1887, un autre drame vient frapper la famille. Mandaté par les autorités fédérales, Frank est abattu alors qu'il tente d'interpeller des trafiquants de whisky. Sa disparition brutale est d'autant plus mal ressentie qu'elle prive ses cadets d'une influence modératrice, empreinte du respect de la morale et des convenances sociales. Par tradition plus que par conviction, Grattan, son benjamin, demande à récupérer ses fonctions de marshal. Ce qu'il obtient. Son premier soin est de s'adjoindre les services de deux de ses frères, Bob et Emmett, avec lesquels il entretient une relation quasi fusionnelle.

Seulement voilà : très vite, les trois hommes montrent peu d'empressement à servir la loi. Turbulents, mûs par l'appât du gain et le goût de l'action, ils n'en font qu'à leur tête, s'acoquinent avec des hors-la-loi et rackettent les négociants en échange de leur protection. Irascible et querelleur, Bob s'impose comme le meneur de la bande. Plus prompt à dégainer qu'à discuter, il répond à un code de conduite fondé sur l'honneur et la vengeance. Comble de l'ironie, malgré sa moralité douteuse, il est nommé chef de la police indienne de la tribu des Osages en 1888.

Fidèles à eux-mêmes, tout aussi enclins à la rapine qu'au pillage, lui et ses acolytes se servent de leurs ●●●

TRAQUE

Le marshal fédéral Heck Thomas *(assis, à g.)* poursuit le quatuor à travers tout l'actuel État de l'Oklahoma. Pour ce faire, il s'entoure d'éclaireurs indiens, réputés pour leur excellente connaissance du terrain.

LES DEUX MAGOTS

Hommes de loi et chasseurs de prime sont à leurs trousses. Bob, le cerveau du gang, décide de frapper un dernier grand coup : un double braquage à Coffeyville. Emmett et lui dévaliseront la First National City Bank ; Grattan et deux hors-la-loi, la Condon Bank *(ci-dessus, à g.)*. Le 5 octobre 1892 au matin, les malfrats pénètrent, déguisés, dans la cité. Sans se douter qu'ils ont été démasqués.

●●● attributions pour couvrir leurs méfaits. En août 1889, Bob abat de sang-froid le dénommé Charlie Montgomery, un cow-boy qui a eu l'imprudence de courtiser Eugenia Moore, la femme dont il est follement épris et qui lui sert d'informatrice.

Quelques mois plus tard, les frères réclament, en vain, des émoluments aux autorités. Déboutés, ils en conçoivent une vive amertume à l'égard de leur hiérarchie et passent la plupart

> ### GRATTAN, DEVENU MARSHAL, S'ADJOINT LES SERVICES DE SES FRÈRES BOB ET EMMETT. TRÈS VITE, LES TROIS HOMMES MONTRENT PEU D'EMPRESSEMENT À SERVIR LA LOI

de leur temps à s'occuper de choses étrangères au service. Leurs activités frauduleuses leur attirent bientôt les foudres de la justice. En mars 1890, ils sont accusés de concussion avec des intérêts privés. Bob est soupçonné d'être le cerveau d'un trafic d'alcool dans le territoire indien. Au lieu de rendre des

comptes, il disparaît avant l'ouverture de son procès… Au même moment, Grattan multiplie les vols de chevaux, un crime passible de la peine de mort dans la plupart des États de l'Ouest américain. À la suite d'une dénonciation, il doit corrompre des élus pour échapper à une comparution devant les tribunaux. Plus effacé, le jeune Emmett, qui ne rêve que d'aventures, obéit aveuglément à ses aînés. Cette fois, la rupture est consommée. Sans éprouver le moindre scrupule, les trois frères passent définitivement de l'autre côté de la loi.

Désœuvrés, les Dalton forment aussitôt leur propre gang. Recrutés à la hâte dans les saloons de l'Oklahoma et du Kansas, leurs complices comptent des têtes brûlées telles que

Bill Doolin, Charley Bryant, Bill Mc-Elhanie et George Newcomb – de dangereux hors-la-loi dont la tête est déjà mise à prix. Leur sombre équipée est inaugurée par des vols de bétail, des pillages d'entrepôt et des braquages de diligence. Insaisissables, surgissant toujours à l'improviste, les cavaliers répandent la terreur. Avec une rapidité d'exécution stupéfiante, ils font main basse sur le cheptel, le numéraire et les objets de valeur, avant de s'évanouir dans la nature. Malheur à ceux qui osent leur résister.

Leurs forces : audace, zèle… et liens familiaux

Lorsqu'ils sont poursuivis, ils prennent l'habitude de se séparer pour brouiller les pistes. Et, quand les circonstances s'y prêtent, ils se postent en embuscade derrière des accidents de terrain. La tactique s'avère payante. De l'Oklahoma au Nouveau-Mexique, les bandits ne reculent devant aucun procédé pour assouvir leur quête de butin. Leur principale force tient à la solidité des liens les unissant, mais aussi à leur zèle et à leur audace. Ainsi, de passage à Silver City, ils dévalisent, sur un coup de tête, une salle de jeu et s'enfuient sous les regards médusés des passants. Les gazettes locales relatent l'événement avec force détails, n'hésitant pas à grossir les faits et à attribuer à la bande des crimes qu'elle n'a pas commis.

Cette couverture médiatique n'est pas sans conséquences. Elle soulève l'ire du magistrat Isaac Parker, plus connu sous le surnom de «Juge de la potence». Depuis le tribunal de Fort Smith, dans l'Arkansas, où il applique une justice implacable sans sourciller, il jure de provoquer la perte des frères Dalton. Il les veut «morts ou vifs». Les autorités, à la vérité, se montrent d'autant moins disposées à faire preuve de mansuétude à leur égard que les frères avaient jadis représenté la loi.

À l'instigation du juge Parker, les représentants de l'ordre se lancent à leurs trousses. Ils ont reçu l'autorisation d'employer «tous les moyens imaginables» pour mettre fin à leurs agissements. Les détectives de l'agence Pinkerton leur prêtent main-forte. Alléchés par la promesse d'une forte récompense, des chasseurs de primes prennent également la piste.

Dans les solitudes de l'Oklahoma, le marshal Heck Thomas et ses adjoints mènent la traque sans relâche. La course-poursuite est ponctuée de nombreuses échauffourées. Aux confins d'une réserve indienne, Emmett, blessé au cours d'une fusillade, échappe de justesse à la capture. Mais les Dalton courent toujours. Sur leurs gardes, ils exploitent leur connaissance du terrain et bénéficient de la connivence de certains fermiers pour semer leurs poursuivants. En octobre 1890, las de se terrer dans les montagnes, Grattan et Bob finissent par trouver refuge dans le sud de la Californie, chez leur frère Bill, dont ils compromettent, en connaissance de cause, l'avenir politique. Leur recrue porte à quatre le nombre de Dalton à suivre la carrière du crime.

Sur place, la bande ne tarde pas à faire parler d'elle. Le 6 février 1891, un train de la Southern Pacific Railroad est attaqué en Californie. Les enquêteurs soupçonnent aussitôt les frères. Cerné par la police, Grattan est arrêté, reconnu coupable et condamné à vingt ans de travaux forcés dans un pénitencier de l'Arizona. Six mois plus tard, à l'occasion de son trans- ●●●

IMPLACABLE
Isaac Parker (1838-1896), surnommé *«Hanging Judge»* (le «Juge de la potence»), s'est taillé une solide réputation de bourreau en se chargeant lui-même de pendre la plupart des criminels qu'il a condamnés. Les Dalton figurent sur sa liste noire.

EN 1958

– Morris –

A près un dernier galop en solitaire avec l'épisode *Alerte aux Pieds-Bleus*, Morris a renouvelé en 1956 sa confiance à René Goscinny dans son rôle de scénariste de *Lucky Luke*. Ils ne se quitteront plus. Si le cow-boy solitaire est un compagnon exigeant – il réclame au moins une aventure par an –, son créateur n'en poursuit pas moins d'autres activités. Jusqu'en 1957, il se livre à l'exercice difficile de dessinateur sportif, traitant le Tour de France dans le quotidien flamand *Het Laatste Nieuws*; une demi-page de dessins humoristiques est publiée à l'issue de chaque étape. Avec Goscinny, il crée ensuite, dans *Le Hérisson*, une hilarante parodie des films noirs français intitulée «Du raisiné sur les bafouilles», avec dans le premier rôle Fred-le-savant, un caïd philatéliste auquel Morris a prêté les traits de Jean Gabin.

Ce jeu de la caricature et du *private joke* est un art que le dessinateur affectionne particulièrement. Il en glissera des dizaines dans les aventures de Lucky Luke, composant ainsi une galerie de personnages tout à fait atypiques. Lorsque les cousins des Dalton entrent en scène, elle réunit, entre autres, Franquin (un buveur dans *La Mine d'or de Dig Digger* puis un chanteur dans *Arizona*), son propre père (un mineur dans les dernières planches de *La Mine d'or*), Jack Palance (Phil Defer), Michel Simon (Dopey) et même Goscinny lui-même (dans le rôle de Pete l'Indécis)… Le jeudi 4 février 1960, ce sera au tour de Rintintin, héros canin de la prime enfance de Morris, de faire son entrée «triomphale» dans *Sur la piste des Dalton*, sous les traits en négatif de Rantanplan. ● PH. M.

FIN DE PARTIE

Les corps de William Powers, Bob Dalton, son frère Grattan et Dick Broadwell *(de g. à dr.)* après l'ultime fusillade de Coffeyville. Au moment des faits, la compagnie ferroviaire Southern Pacific Railway, dont les trains ont été attaqués par les frères, offre 6000 dollars de récompense pour la tête de Bob.

●●● fert, il réussit une évasion spectaculaire en sautant du train au moment précis où celui-ci emprunte un pont surplombant la rivière San Joaquin. Livré à lui-même, il parvient, non sans peine, à rejoindre le reste du gang dans son repaire situé dans l'Oklahoma.

À son retour, les hors-la-loi reprennent de plus belle leurs activités. Ils décident de se spécialiser dans les attaques de convois ferroviaires. Le 9 mai 1891, déjà, ils ont pillé un train à proximité de la gare de Wharton, dans le Nouveau-Mexique. Au mois de septembre, ils récidivent à Lillieta, dans le Territoire indien, et se partagent un butin de 10 000 dollars. À l'été 1892, ils frappent encore à Red Rock (Okla-

homa), puis à Aldair (Iowa). C'est l'apogée de leur carrière criminelle. Pour leur plus grand plaisir, les quatre frères font la une des journaux. Bob, en particulier, en tire une immense fierté, malgré les remontrances de sa mère. Par vanité, il caresse le rêve de surpasser les exploits des frères James, ses héros de jeunesse.

Un riche butin pour une première dans l'Histoire

En fait, les Dalton courent à leur perte. Ils se croient invincibles, exécutent des coups de main de plus en plus hardis et dépensent sans compter leur argent dans les saloons et les bordels de l'Oklahoma. Or, en septembre 1892, la situation devient tendue.

D'abord parce que l'étau se resserre autour d'eux. Plusieurs de leurs acolytes, dont Charles Bryant, ont été abattus par la police, ce qui les oblige à renouveler leur bande. À Memphis, puis à La Nouvelle-Orléans, Bob et Emmett échappent aux détectives de l'agence nationale Pinkerton, dont les agents font régner la loi dans le Far West. Aussi nourrissent-ils pendant un temps le projet de déplacer leurs activités en Amérique du Sud, où personne ne les connaît.

Mais, pour l'heure, les Dalton ont des motifs de préoccupation autrement plus pressants. Vivant au-dessus de leurs moyens, ils ont épuisé leurs réserves… Contre l'avis de ses cadets, Bob conçoit alors un plan d'une folle témérité : attaquer, pour la première fois dans l'Histoire, deux banques simultanément. Son choix se porte sur la ville de Coffeyville, dans le Kansas *(cf. carte p. 16-17)*, que lui et ses frères connaissent parfaitement pour y avoir passé une partie de leur enfance.

Pour l'occasion, ils requièrent les services de Bill Powers et de Dick Broadwell, deux vieux compagnons en lesquels ils ont une confiance absolue. L'enjeu est grand. Avec le butin, les Dalton espèrent passer la frontière mexicaine et y couler des jours tranquilles. Un double casse qui éclipserait la légende des frères James…

Le 5 octobre 1892 au matin, les cinq cavaliers pénètrent dans la rue principale de Coffeyville. Ils n'ont pas pris la peine de reconnaître les lieux. Erreur. Une mauvaise surprise les attend : des travaux publics les empê-

● SHÉRIFS ET MARSHALS

Pendant la conquête de l'Ouest, les citoyens font respecter la loi et l'ordre. Élu à l'échelle d'un comté, le shérif est à la fois un policier et un représentant de l'autorité administrative. Plus souvent recruté pour sa témérité et son adresse au tir que pour sa moralité ou ses connaissances en droit, il perçoit les impôts locaux et intervient dans les conflits de sa juridiction. En ville, le marshal est engagé par le conseil municipal pour faire respecter les ordonnances sur la voirie, la santé publique, la circulation, mais aussi pour collecter les taxes (licences de magasin, de bordel, de saloon). Responsable de la sécurité, il veille au respect de l'interdiction du port d'armes et fait des rondes dans les quartiers à risque. Il contrôle les allées et venues des fauteurs de trouble, se jette au besoin dans le feu de l'action. Mandaté par les autorités gouvernementales, le marshal fédéral, lui, voit sa compétence étendue à l'échelle d'un « district » – État ou territoire rattaché à l'Union. Entre ces représentants de l'ordre, les nuances sont juridiques. Secondés par des hommes sûrs, shérifs et marshals apparaissent comme les agents régulateurs d'une société en pleine mutation et exposée à une violence endémique. **F. A.**

DES HEROS TOUT TROUVES

Dans *Les Quatre Bandits de Coffeyville*, film réalisé en 1945 par Ray Taylor, les malfrats s'associent, pour leur dernier casse, à un shérif – une pure invention. Le titre original, *The Daltons Ride Again*, est un clin d'œil à l'autobiographie d'Emmett, *When the Daltons Rode*, parue en 1931 et qui fut adaptée au cinéma en 1940.

SUR LE VIF

L'année même où se déroule l'épilogue sanglant, le *Coffeyville Weekly Journal*, dirigé par David Stewart Elliott, relate par le menu, en 66 pages illustrées, le «dernier raid des Dalton» *(ci-dessus, une réédition de 1954)*. Cet organe de presse fut aux premières loges lorsque éclata la fusillade.

chent de se rendre à cheval jusqu'aux banques. Les voilà contraints d'attacher leurs montures dans une petite allée, un demi-pâté de maisons plus loin que prévu. Les hors-la-loi se séparent en deux groupes. Entouré de Bill Powers et de Dick Broadwell, Grattan se dirige vers la Condon Bank. Sur le trottoir opposé, Bob et Emmett Dalton marchent en direction de la First National City Bank. Les passants ne leur prêtent guère attention.

Mais la chance finit par tourner. Sorti par hasard de son épicerie, un certain Alexander McKenna reconnaît les frères Dalton, malgré leurs fausses barbes. Prompt à la manœuvre, il s'en va donner l'alerte chez l'armurier. Les commerçants se déploient autour des deux établissements et se préparent à recevoir le gang.

Pendant ce temps, à l'intérieur, les bandits rencontrent des difficultés inattendues. À la Condon Bank, un caissier invente une minuterie inexistante pour ouvrir le coffre. Trois minutes d'attente qui vont leur être fatales. À la First National City Bank, Bob et Emmett raflent 23 240 dollars, mais ils cèdent à un début de panique. Ils ne comprennent pas pourquoi leurs acolytes, en face, prennent autant de temps et s'inquiètent que les rues soient désertes. Soudain, une rafale se fait entendre. Les vitres de la banque volent en éclats. Les Dalton sont sommés de se rendre. Quelques instants plus tard,

la fusillade éclate. Bob et Emmett sortent de la First National City Bank par la porte de derrière et, chemin faisant, abattent trois hommes qui tentaient de leur barrer la route. Au même moment, à la Condon Bank, leurs complices semblent pris au piège. Les balles fusent. Grattan ouvre la porte principale et tente une sortie en hurlant. Ses deux compagnons le suivent de près.

C'est un véritable carnage. Sous un déluge de feu, ils se précipitent vers leurs chevaux, montent en croupe et

LA CÉLÈBRE FRATRIE FAIT LA UNE DES JOURNAUX. CE DONT BOB TIRE UNE IMMENSE FIERTÉ, LUI QUI CARESSE LE RÊVE DE SURPASSER LES EXPLOITS DES FRÈRES JAMES, SES HÉROS DE JEUNESSE

cherchent à prendre la fuite. En vain. S'ils réussissent à abattre le marshal de la ville et à blesser deux autres citadins, ils sont écrasés sous le poids du nombre. Bob et Grattan Dalton sont les premiers à tomber. Bill Powers, touché en pleine poitrine, s'effondre à son tour.

Dans un fracas de sabots, Emmett Dalton et Dick Broadwell tentent de quitter la ville. Soudain, pris de remords, Emmett tourne bride et revient chercher son frère Bob, en train d'agoniser. Peine perdue. Avant qu'il ait pu

le redresser, il est lui-même fauché de plusieurs balles. Par miracle, il survivra à ses blessures. Broadwell, alors qu'il a atteint les portes de la ville, est abattu d'un coup de fusil par le fils d'un commerçant. Il est 9 h 54. La fusillade a duré dix minutes. Les habitants de Coffeyville exultent. Le gang des Dalton n'existe plus.

Devant la prison de la ville, leurs cadavres sont exposés et photographiés. Le lendemain, Adeline Dalton se rend sur place pour enterrer ses deux fils. Emmett, lui, est condamné à la prison à perpétuité. Quatorze ans plus tard, il est relâché pour bonne conduite. Une brillante carrière d'agent immobilier, d'écrivain, de scénariste et d'acteur l'attend. Au moment de la prohibition, on le consulte parfois en tant qu'expert du banditisme. Toujours hanté par ses souvenirs de jeunesse, il meurt à Los Angeles en 1937. «Nous avons payé le prix fort pour nos crimes, répétait-il. La famille Dalton est quitte envers la société. Laissez-nous en paix…» ● FARID AMEUR

COYOTE WILL
INIQUE, VOUS AVEZ DIT INIQUE

À la différence de Rome, Boomville s'est faite en un jour, tant les colons sont pressés de faire fortune. Malheureusement pour eux, il y a Coyote Will, un sacré renard. Et surtout l'Oklahoma, et sa nature trop hostile.

Perdu au cœur de l'Amérique profonde, l'Oklahoma est à la fin du XIXᵉ siècle un district inoccupé de ce Territoire indien où les tuniques bleues ont déporté les tribus des «cinq tribus civilisées»: Cherokees, Creeks, Chickasaws, Choctaws et Séminoles. En 1889, le gouvernement des États-Unis imagine de livrer ce district sans âme qui vive aux cow-boys. Une véritable course à la terre est ouverte au coup du canon. En moins d'une journée, 50 000 colons prennent possession de l'Oklahoma, tandis que deux villes champignons, Oklahoma City et Guthrie, pousseront au milieu du désert…

L'aventure fascine Morris et Goscinny. En 1958, ils revisitent cette ruée sauvage à leur manière dans le journal *Spirou*. Ils racontent le rachat de l'Oklahoma aux Indiens par les tuniques bleues, le temps pour les Blancs de s'apercevoir que la terre est trop inhospitalière et de la leur revendre contre un collier de verroterie. Plutôt que des Pieds-Jaunes ou des Pieds-Bleus, les auteurs mettent cette fois en scène de vrais Peaux-Rouges, avec du plomb dans la tête: ceux des «cinq tribus».

La plupart du temps, Morris choisit lui-même le thème des albums. Encyclopédie vivante de la conquête de l'Ouest, il aime partir d'un fait réel, comme celui de la ruée vers l'Oklahoma. À cette époque, assure ainsi le créateur de Lucky Luke, «la réalité dépassait la fiction». Ensuite, René Goscinny rédige son synopsis sur trois ou quatre pages, dans lesquelles il prévoit déjà les gags et les scènes qui les provoqueront. Mais Morris se réserve le *final cut*, comme l'on dit au cinéma, le montage définitif: «Je me suis toujours considéré comme le metteur en scène», dit-il d'ailleurs. Le décor historique planté, l'ouverture de *Ruée sur l'Oklahoma* est le prétexte à la création d'une galerie de portraits folkloriques et de gags pure-

ment imaginaires. En parfait gardien de la loi, Lucky Luke transforme le premier saloon en prison et invente le panier à salade, réquisitionnant pour ce faire le chariot ambulant de Happy Joyful. Il fait la chasse aux «prématurés», ces colons de peu de foi prêts à resquiller pour s'emparer des meilleures terres avant l'heure et la date prévues. Repoussant la frontière graphique de la parodie, Morris réussit l'exploit improbable de dessiner un arrêt sur image. René Goscinny lui suggère un personnage «parfaitement immobile mais tendu comme prêt à prendre le départ»; sur le papier, Speed Jones apparaît littéralement figé – comme sur pause –, dans l'attente symbolique du départ de la ruée…

Autour de Speed Jones, il y a John Smith, le cow-boy qui perd son chariot, ses chevaux et ses économies au poker, Flash Bingo, le tricheur qui a horreur des jeux de hasard, Jones et Martin, les colons qui se marchent sans cesse sur les pieds… Mais le regard se porte surtout sur la bande à Coyote Will, le sournois, entouré de la brute épaisse Beasty Blubber et de Dopey, un naïf affublé du prénom anglais de Simplet dans *Blanche-Neige et les Sept Nains*. Ces trois-là, c'est sûr, ont tout pour nuire… Il faut attendre la planche 17 pour entendre enfin le grand *Boom!* du départ qui vaudra aux colons de l'Oklahoma leur surnom historique de *«Boomers»* – appelés «boumiers» dans la BD.

Lucky Luke, médusé, assiste alors à la fondation instantanée de la première ville, Boomville, au milieu du désert. L'hôtel est construit en une nuit autour de Jolly Jumper. Les élèves font la queue devant l'école pendant que le maître joue au charpentier. Un pied dans le saloon, les cow-boys assoiffés attendent que le bar soit posé. Polis et bien élevés, les voleurs patientent jusqu'à la pose de la porte de la banque avant ●●●

●●● de tenter de voler le coffre. À force de précipitation, les bâtisseurs oublient même de tracer les rues. Les auteurs ont bien lu *La Véritable Conquête de l'Ouest*, de Jean-Louis Rieupeyrout, et ils en rajoutent à peine. Ils établissent la légende de Boomville sur les modèles de Guthrie et d'Oklahoma City, les villes des boumiers, dont les rues ont été tracées en une demi-journée, les écoles construites en une semaine, et les banques en un mois. À l'image des marshals dépêchés par Washington en 1889, Lucky Luke essaie tant bien que mal de maintenir l'ordre dans ce nouvel État improvisé. En contravention avec le deuxième amendement de la Constitution des États-Unis, il a l'audace d'interdire le port d'armes : une loi d'exception jugée aussitôt « scandaleuse ». Un cow-boy sans fusil ni revolver, cela reste « indécent ». Même Barack Obama n'a pas osé l'imposer à l'Amérique, mais Morris et Goscinny assument.

La 14ᵉ aventure de Lucky Luke est prépubliée dans *Spirou* en 1958 et paraît en album en 1960.

Tant qu'à faire, Lucky Luke bannit aussi l'alcool et le jeu, avant de se dire qu'il serait peut-être temps de passer la main à un vrai gouvernement. En réalité, dès le premier coucher de soleil de la vraie ruée sur l'Oklahoma, certains colons avaient entamé des discussions sur la formation d'un gouvernement local. Morris et Goscinny en profitent pour tourner la politique en dérision. Les trois quarts de la population se portent candidats. Le vieux Old Timer appelle à voter pour un gouvernement « jeune ». Le gras Fats Williams promet de nourrir tout le monde, et le minuscule Tom Thumb jure de défendre la grandeur de Boomville, mais c'est le candidat le plus naïf qui l'emporte : Dopey ! À contre-pied des clichés de la politique, Dopey sortira grandi par la fonction. Il se rachète une conduite et se distingue par son comportement exemplaire, résistant à toutes les tentatives de corruption.

Cet épisode développé sur tout le dernier tiers de l'album fuse de plaisanteries goscinniennes, transformées en autant de cartoons par son complice. « Je gardais toujours les dialogues tels quels, dira Morris, mais s'il avait prévu une image qui n'était pas strictement nécessaire alors que j'avais trouvé un bon gag qui pouvait le remplacer, je le faisais, tout en respectant sa ligne de dialogue, car il faut que le dessinateur et le scénariste tapent sur le même clou. » Coyote Will et Beasty Blubber vont aussi enfoncer le même clou, usant et abusant du mot *inique* contre Dopey. Les braves citoyens n'y comprennent rien, mais peu importe car « Ce sont toujours les mêmes qui iniquent » ! Finalement, une tempête de sable rouge balaie la contestation et transforme Boomville en cité fantôme.

L'Oklahoma a bien été victime de cette catastrophe climatique, mais dans les années 1930. Comme pour la découverte des gisements de pétrole de l'Oklahoma, Morris et Goscinny tordent la chronologie pour mieux nous faire sourire. Leur miracle de l'or noir rendra les Indiens milliardaires, mais seulement au début du XXᵉ siècle, quand le Bureau des affaires indiennes aura mis fin aux tentatives de spoliation par les colons. Dans la dernière planche, les Indiens mènent le représentant du gouvernement par le bout des moustaches. Morris dessine la scène du chef allumant son calumet avec un billet de 100 dollars : une image que Serge Gainsbourg reproduira à la télévision, vingt-quatre ans après la sortie de l'album, sur le plateau de l'émission *7 sur 7* avec un billet de 500 francs… ● D. C.

BOBONNE LA FEMME A POIGNE DE RENE GOSCINNY

On l'avait déjà entraperçue dans *Des rails sur la prairie* et la revoici dans *Ruée sur l'Oklahoma* ! Caricature de la femme dominatrice, Bobonne étouffe les ambitions politiques de son petit mari, Smitty, qui se serait bien vu dans le fauteuil de maire de Boomville. Envahissante, Bobonne réapparaîtra régulièrement dans les aventures de Lucky Luke sous différents traits, mais toujours avec la même poigne ! René Goscinny utilisait ce surnom pour désigner ces épouses qui poussent l'homme à faire le contraire de ce qu'il souhaite entreprendre. Dans *Les Dalton courent toujours*, Bobonne sera l'épouse du shérif de Pocopoco Pueblo, et on la retrouvera dans *L'Empereur Smith* en femme du tailleur du palais.

RUÉE SUR L'OKLAHOMA

Rien ne sert de courir…

La morale de l'histoire est que, pour s'enrichir, il ne faut pas être pressé. Ceux qui se sont rués sur les nouveaux territoires ont fui dès que les vents mauvais se sont levés, laissant les superficies arides à leurs anciens propriétaires, les Indiens – qui profiteront plus tard de la manne pétrolière. Pour les colons, l'Oklahoma n'a pas été un eldorado.

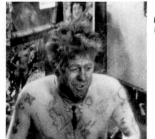

LE PREMIER WESTERN DE MICHEL SIMON

Un peu à l'ouest, Dopey se pose en cow-boy distrait et naïf tout au long de la première partie de *Ruée sur l'Oklahoma*. Il est totalement sous l'emprise de Coyote Will mais va se bonifier au fil des planches pour finir maire de Boomville et se porter garant de la sécurité de ses concitoyens. Morris s'est visiblement inspiré des traits de Michel Simon pour dessiner Dopey. Le personnage porte les bretelles du père Jules, le rôle qui a rendu l'acteur français célèbre dans *L'Atalante*, le film réalisé par Jean Vigo en 1934. Pour le distinguer de l'original, Morris s'est contenté de lui nouer un foulard de western autour du cou.

Le père des Schtroumpfs maire de Boomville ?

Dans la première case montrant la file d'attente à l'entrée du bureau de vote improvisé sous la tente, une vache porte un curieux slogan barbouillé sur le corps : « Votez Culliford ». L'homme qui se cache sous ce mystérieux candidat à l'élection municipale de Boomville n'est autre que Pierre Culliford, plus connu sous le nom de Peyo, le créateur belge des Schtroumpfs et de Johan et Pirlouit ! Morris débute sa carrière de dessinateur en sa compagnie et celle de Franquin, futur père de Gaston Lagaffe, aux studios de dessins animés de la Compagnie belge d'actualités (CBA). C'est dans ce studio que Morris imagine pour la première fois, en 1945, de créer le personnage de Lucky Luke, dont le cheval, Jolly Jumper, serait le confident. Mais le jeune dessinateur devra patienter encore vingt-cinq ans avant de voir son cow-boy solitaire s'animer à l'écran. De son côté, Peyo ébauche avec Franquin chez CBA des lutins dont la silhouette préfigure celle des Schtroumpfs. Ce clin d'œil amical de l'affiche bovine renvoie à ces temps pas si lointains de vache maigre pour les trois compères.

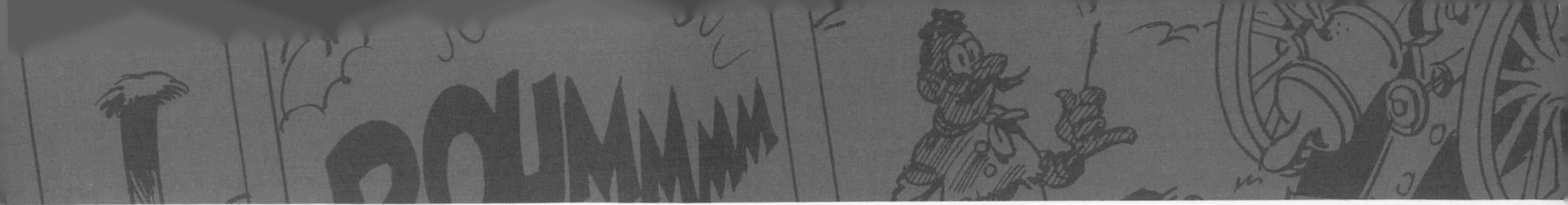

DEFERLANTE HUMAINE

Le feu vert de la «course» (*Land Run* ou *Hoss Race*) est donné le 22 avril 1889. Des dizaines de milliers de colons, rassemblés à la frontière nord du Texas et dans le sud du Kansas, s'élancent, dans un épais nuage de poussière, à la conquête d'un arpent de terre sur lequel construire leur rêve américain. Qui, paradoxalement, tient davantage de la lutte des places…

OKLAHOMA
LE RUSH VERS LA TERRE

Entre 1889 et 1907, près d'un million et demi de colons s'installent sur ce Territoire indien. Une politique d'annexion qui frise la spoliation. Car la notion de propriété privée, imposée aux membres des tribus, est un choc culturel qui, telle une flèche empoisonnée, les atteint en plein cœur…

William Willard Howard, correspondant du *Harper's Weekly*, témoin de l'arrivée des pionniers sur les sites de Guthrie, d'Oklahoma City, de Norman et de Kingfisher, livre un récit pittoresque de l'ouverture officielle aux colons du District de l'Oklahoma, le 22 avril 1889: «Des hommes accompagnés de familles nombreuses s'installèrent sur les terres [de l'Oklahoma] avec moins d'un dollar en poche pour se préserver de la famine. Comment ils comptaient vivre jusqu'à ce qu'ils puissent tirer une récolte de leurs terres était un mystère. […] Comme des enfants déraisonnables, ils pensaient qu'en atteignant les belles pentes verdoyantes de la terre promise leur pauvreté prendrait fin.»

À compter de la seconde moitié du XIXᵉ siècle, les États-Unis connaissent une expansion territoriale vers l'Ouest sans précédent. L'or, la terre et la promesse d'une vie meilleure sont les principaux mirages guidant les milliers de pionniers qui choisissent de quitter leur État d'origine. La Californie est le théâtre de ruées spontanées après la découverte de la première pépite d'or en 1848.

En Oklahoma, c'est en faisant la «course» (*land run*), sous le contrôle des marshals du gouvernement, que les Américains accèdent à la propriété foncière. La terre est alors la seule richesse offerte par cette région, où la plupart des colons méconnaissent autant leur nouvelle contrée que leurs prédécesseurs, arrivés à l'époque coloniale. Le 23 mars 1889, le président

Benjamin Harrison proclame officiellement l'Oklahoma ouvert aux *home seekers*, ou «chercheurs de terre(s)», par analogie avec les chercheurs d'or de la Californie. Chaque individu peut revendiquer autant de parcelles de 160 acres (65 hectares) qu'il est en mesure de cultiver ou d'exploiter. Suivant les dispositions du *Homestead Act* de 1862, les colons reçoivent un titre de propriété au bout de cinq ans, ou de quatorze mois s'ils paient 1,25 dollar de l'acre.

Des milliers d'aventuriers font demi-tour

Cinq courses sont organisées entre 1889 et 1895. Selon les estimations, 50000 personnes accèdent de cette manière au District de l'Oklahoma lors de la première course. Les plus patients attendent l'ouverture du Territoire pendant plusieurs années. Les autres se faufilent sur les terres interdites, en passant par l'ouest du district, moins surveillé par l'armée. Ils y guettent, aussi discrètement que possible, la date du 22 avril 1889 pour planter leurs piquets et revendiquer leur lot. Leur arrivée anticipée leur vaut le surnom de *«Sooners»*, alors que les pionniers partis au son du clairon ou du pistolet sont baptisés *«Boomers»*.

Plusieurs lignes de départ sont fixées à différents lieux du district. La plupart des *Boomers* viennent du Nord, arrivant par le train d'Arkansas City, au Kansas, pour se diriger vers Guthrie. D'autres se positionnent au sud, près de Purcell, en Territoire indien, à l'affût du clairon sonné par la

CLE DES CHAMPS
Le président Benjamin Harrison (1833-1901) déclare officiellement, le 23 mars 1889, l'ouverture du Territoire indien de l'Oklahoma (le «peuple rouge» en choctaw). Une décision prise sous la pression des fermiers, des compagnies ferroviaires et des agents immobiliers.

cavalerie du lieutenant Samuel Adair. Ils s'apprêtent à traverser la Canadian River, à une demi-journée de marche d'Oklahoma City.

Au mépris des protestations des colons, bon nombre d'employés du gouvernement, tels les arpenteurs chargés de mesurer le district avant la course du 22 avril, choisissent leur portion de terre en toute illégalité… Les spéculateurs fonciers trouvent également leur compte en s'appropriant des parcelles vendues au plus offrant, y compris aux aspirants fermiers, qui, dans la ferveur du moment, ne se soucient pas toujours de la fertilité des terres.

La première semaine, la sécheresse, la poussière et l'insalubrité des campements viennent à bout des rêves de propriété de plusieurs milliers d'aventuriers, préférant retourner d'où ils sont venus pour ne pas mourir de faim. Malgré ces débuts peu engageants, Howard se fait ●●●

●●● le porte-parole de l'opinion générale, en déclarant que le «lundi 22 avril [1889], à midi, la dernière frontière de sauvagerie disparut aux États-Unis». L'installation des Américains sur des terres ayant appartenu au Territoire indien est vécue comme une victoire de la «civilisation» sur les derniers espaces «sauvages» de l'Ouest (*wilderness*). L'arrivée des arpenteurs, *Boomers*, *Sooners* et autres spéculateurs ne constitue pourtant pas le préambule de l'Oklahoma.

L'histoire débute en réalité par deux décennies de cessions de terres ayant été accordées par des traités aux autochtones.

Dès 1866, les «cinq nations», ou «cinq peuples civilisés» (Cherokees, Choctaws, Creeks, Chickasaws et Séminoles), sont contraintes de céder une partie de leurs terres en raison de leur alliance avec les confédérés pendant la guerre de Sécession. Le projet de création du District de l'Oklahoma

DEMEMBREMENT

Les réserves indiennes sont un obstacle à la conquête de l'Ouest. Mais les droits des tribus sont protégés par des traités. Habilement, le gouvernement fédéral s'emploie à détricoter les accords passés pour s'emparer de ces terres convoitées. *(Caricature parue en 1886.)*

se concrétise au début des années 1880, quand le gouvernement recense près de deux millions d'acres inexploités (8000 km²) – ou «non attribués» (*Unassigned Lands*) – aux autochtones sur le Territoire indien.

On prévoit de diviser cet espace en 11000 parcelles de 160 acres chacune. En un demi-siècle, les terres de l'Oklahoma reçoivent le statut de Territoire indien, qui s'efface progressivement à mesure que le District de l'Oklahoma s'étend, pour devenir finalement le Territoire de l'Oklahoma, par la loi du 2 mai 1890 (*Oklahoma Organic Act*). Le premier gouverneur, George W. Steele, originaire de l'Indiana, prend ses fonctions quelques semaines plus tard.

À la fin du XIXe siècle, face au flux incessant des Américains vers l'Ouest,

LA PROPRIÉTÉ COMMUNE DE LA TERRE EMPÊCHE L'ADAPTATION DES INDIGÈNES À LA «CIVILISATION»… UN ARGUMENT DE POIDS POUR LES TENANTS DE SA REDISTRIBUTION

le gouvernement s'efforce de libérer de la place pour ses citoyens. Les terres des réserves indiennes sont une cible privilégiée, faisant figure d'obstacle à l'avancée du «progrès et de la civilisation». Le Congrès vote ainsi le *Dawes Severalty Act*, le 8 février 1887.

Cette loi doit mettre fin à la possession des terres des réserves selon le système tribal (un régime foncier collectif) et distribue à chaque famille amérindienne 65 hectares, qu'elles ne peuvent ni vendre ni hypothéquer pendant vingt-cinq ans. Le surplus des terres tribales, considéré comme «vide» ou inexploité, est à restituer au domaine public, avant d'être mis à disposition de la population américaine. Outre la perte de millions d'hectares, la loi vise à imposer aux autochtones la notion de propriété

EN GRANDE POMPE

Andrew Jackson, septième président de l'Union, déclarait en 1830 : «Vos frères blancs ne revendiqueront jamais ce territoire [à l'ouest du Mississippi] et vous pourrez y vivre aussi longtemps que l'herbe poussera et l'eau coulera.» Soixante ans plus tard, une délégation de Comanches, avec à sa tête Quanah Parker *(debout, à dr.)*, est reçue à Washington pour faire valoir leurs droits. Ils seront contraints de brader leurs terres.

privée, à laquelle les nations amérindiennes ne sont pas favorables, présageant que cette nouvelle répartition va entraîner une perte de leur identité et de leur autonomie.

«Depuis Colomb, un fil de promesses non tenues»

Si le Territoire indien échappe pendant deux ans à l'effort de réduction drastique des réserves, le gouvernement se ravise en 1889, en créant la commission Cherokee. David H. Jerome, ancien gouverneur du Michigan, la préside à partir du 1er janvier 1890, sous l'égide du secrétaire de l'Intérieur, John W. Noble. Jerome reçoit la consigne d'offrir aux autochtones 1,25 dollar de l'acre, la somme pouvant être modulée selon la valeur estimée des terres.

De 1889 à 1893, le territoire de treize nations est évalué et visité par les commissaires. Certains peuples ne sont pas en mesure de résister longtemps au dessein expansionniste américain. Les Sac and Fox, les Iowas, les Pottawatomies et les Shawnees se résignent à céder 900 000 acres (3 642 km²) en 1890. Les Cheyennes et les Arapahos font de même l'année suivante, pour une surface de trois millions d'acres (12 140 km²). L'attention de la commission se tourne alors plus particulièrement vers les terres des Cherokees. Le *Cherokee Outlet* représente six millions d'acres (24 281 km²), à la frontière entre

l'Oklahoma et le Kansas actuels. David Jerome, le juge Alfred M. Wilson et l'avocat Warren G. Sayre se rendent à Tahlequah, siège de la nation cherokee, à plusieurs reprises.

Les propos du chef principal, Joel B. Mayes, et des représentants autochtones, William P. Ross et L. B. Bell, sont éloquents: «Nous avons laissé derrière nous nos préjugés et nos traditions en acceptant de vous rencontrer [...] et de parler de la vente des tombes de nos morts. À présent, je [m'adresse à vous] au nom de la justice que vous nous avez si souvent promise, et à laquelle vous avez si souvent failli. De l'arrivée de Colomb à ce jour, les promesses du gouvernement sont simplement un fil de promesses non tenues, du début à la fin», déclare Bell. Deux années de débats viennent à bout des arguments des Cherokees, qui acceptent de vendre cet *Outlet*, le 19 décembre 1891, pour la somme de 8 595 736 dollars.

Six mois après la ratification de la transaction par le Congrès, le 17 mars 1893, la quatrième et plus grande course vers l'Oklahoma a lieu. Le 16 septembre 1893, quelque 40 000 parcelles de terres sont ouvertes à des résidents non Amérindiens. Les Kickapoos finissent, à leur tour, par vendre une partie de leur réserve en 1895, suivis par les Kiowas, les Comanches et les Caddos en 1901. Le gouvernement attribue les terres de ces der- ●●●

EN 1959
GOSCINNY

L'année 1959 permet à Goscinny d'entrer par la grande porte dans l'univers de la bande dessinée, mais aussi de la littérature populaire. C'est en effet cette année-là que l'amitié de Sempé lui permet de devenir l'auteur du *Petit Nicolas*, plébiscité par le public du supplément dominical du journal *Sud-Ouest*, où la série paraît initialement, et que le lancement d'un nouvel hebdomadaire français pour la jeunesse, *Pilote*, fait de lui le scénariste d'*Astérix*, dessiné par Albert Uderzo. Dans les années qui suivent, Goscinny est au sommet de sa puissance créatrice. Il est capable de fournir simultanément les textes du *Petit Nicolas*, les scénarios millimétrés de *Lucky Luke*, d'*Astérix* et, à partir de 1962, d'*Iznogoud*, tout en se payant le luxe de travailler pour *Jours de France* (séries *Gaudeamus* ou *La Fée Aveline*). On aperçoit encore parfois son nom aux côtés de dessinateurs de renom comme Bob de Moor, Macherot ou Tibet. Le duo Goscinny-Morris fonctionne à cette époque à son maximum. La comédie humaine de *Lucky Luke* s'enrichit sans cesse de blanchisseurs chinois, de croque-morts opportunistes, de hors-la-loi hauts en couleur, et le sens goscinnyen de la formule humoristique fait mouche à tous les coups : «Étrangers, notre cimetière est plein d'étrangers», annonce une pancarte à l'entrée d'une bourgade (*Sur la piste des Dalton*), «L'école est petite, monsieur Luke, mais la cour de récréation est la plus grande du monde», note une institutrice de *La Caravane*.

Le temps passant, c'est *Astérix* qui va prendre de plus en plus de place dans la vie de son scénariste et, surtout, dans l'esprit du public. On retrouve dans cette série toutes les qualités déjà perceptibles dans *Lucky Luke*, en particulier le jeu avec l'Histoire, mais il s'y ajoute le péché mignon de Goscinny, que Morris avait refusé: le calembour. ● **P. O.**

ELDORADO

Guthrie, ville champignon. Le site, localisé dans les zones non attribuées (*Unassigned Lands*), n'était qu'une vaste plaine recouverte de poussière ; dix mille personnes s'y fixent au premier soir de la colonisation.

●●● nières cessions lors d'une loterie, organisé le 6 août 1901, et d'une vente aux enchères, en décembre 1906.

L'acquisition du «surplus» des réserves ne suffit pas aux réformateurs de l'époque. Les réserves elles-mêmes doivent être démantelées, et les Amérindiens intégrés à la société dominante, en tant qu'individus auxquels on promet la citoyenneté américaine, et non plus le statut de nations indépendantes.

Afin d'imposer ces mesures à ses opposants les plus influents, ceux des «cinq peuples», le Congrès nomme une nouvelle commission (*Dawes Commission*), le 3 mars 1893. Pendant près de vingt ans, la tâche des commissaires consiste à faire accepter aux nations «civilisées» la dissolu-

tion des juridictions tribales et le régime foncier individuel, pour favoriser leur «civilisation».

Dans la pratique, les membres des «cinq peuples» sont appelés à se faire enregistrer auprès de la commission Dawes, sur des registres (*rolls*) ouverts en juin 1896. Ils sont ensuite invités à choisir une parcelle pour laquelle ils reçoivent un certificat, dans l'attente du titre de propriété.

En ratifiant le même jour l'accord d'Atoka du 23 avril 1897, le «chef principal» des Choctaws et le «gouverneur» des Chickasaws voient leurs réserves divisées en parcelles individuelles de 160 acres, inaliénables pendant vingt et un ans. Les portions de terre peuvent toutefois être louées pour une durée de cinq ans, non re-

nouvelable. La souveraineté des gouvernements choctaw et chickasaw est également abordée.

Les dirigeants sont uniquement autorisés à exercer leurs fonctions comme suit: «Aucune loi, ordonnance, ou résolution du Conseil des tribus choctaw ou chickasaw, affectant de quelque manière que ce soit la terre de la tribu, ou les individus, après l'attribution des terres en parcelles [*allotment*], n'aura de validité jusqu'à ce qu'elle soit approuvée par le président des États-Unis. [...] Le président [...] les approuvera ou rejettera dans un délai de trente jours [...].»

Une bataille s'engage sur le front juridique

Au bout de huit ans, à compter du «4 mars mille-huit-cent-quatre-vingt-dix-huit [1898] [...] les gouvernements tribaux cesseront [et] les Choctaws et Chickasaws seront investis de tous les droits et privilèges des citoyens des États-Unis». Les Séminoles en 1898, et les Creeks en 1901, emboîtent le pas des deux premières nations, en cédant à la politique de répartition des terres et à ses conséquences désastreuses sur la souveraineté amérindienne.

Les Cherokees sont les derniers à se plier au morcellement de leur réserve. L'accord du 1er juillet 1902 stipule que les parcelles accordées aux membres de la nation cherokee ne peuvent excéder 110 acres (45 hectares), inaliénables pendant cinq ans. Tout Cherokee tentant de s'approprier plus de 45 hectares encourt une amende de 100 dollars. Passant presque inaperçue, la section 63 des «Affaires diver-

● LE CRÉPUSCULE «AMER INDIEN»

Dès les années 1860, les peuples des Grandes Plaines sont considérés comme rebelles tant qu'ils n'ont pas accepté de vivre dans les réserves créées par le gouvernement. À la fin du siècle, épuisés par trois décennies de luttes avec l'armée et par leur vie misérable dans les réserves, les autochtones recherchent dans le monde spirituel ce que leur condition matérielle leur interdit. Wovoka, un prophète paiute du Nevada, promet que la *Danse des esprits* (*Ghost Dance*) apporte réconfort et renouveau. Les agents aux Affaires indiennes

y voient au contraire un mouvement de révolte. En s'associant à cettte danse, les Sioux du Dakota du Nord et du Sud sont perçus comme des ennemis. À la suite de la mort de Sitting Bull, le 15 décembre 1890 dans la réserve de Standing Rock, Big Foot quitte Cheyenne River pour se diriger vers la réserve de Pine Ridge (Dakota du Sud). Le 28 décembre, lui et les 350 membres de son groupe sont interceptés à Wounded Knee par un régiment du 7e régiment de cavalerie, commandé par colonel James W. Forsyth. Le lendemain, les soldats encerclent les Lakotas ; Forsyth juge

nécessaire de désarmer les Amérindiens et exige qu'ils soient fouillés. Les Minneconjous ne montrent aucun signe d'hostilité, mais un coup de feu éclate, qui sonne le glas de cette branche lakota. L'armée, se croyant attaquée, ouvre les hostilités. Les Sioux se défendent comme ils le peuvent face aux mitrailleuses... En quelques heures, environ 200 Minneconjous périssent, dont Big Foot. Les Américains perdent 25 des quelque 500 soldats du régiment. Wounded Knee devient le symbole de la fin de la résistance armée des autochtones aux États-Unis. A.-M. L.

LA CARAVANE PASSE

Sortie en 1931, alors que la dépression s'abat sur le pays, *La Ruée vers l'ouest* (*Cimarron*), mise en scène par Wesley Ruggles, relate l'aventure des époux Cravat, partis tenter leur chance dans l'Oklahoma. Le film comporte notamment la fameuse scène du grand rush – et sa noria de convois.

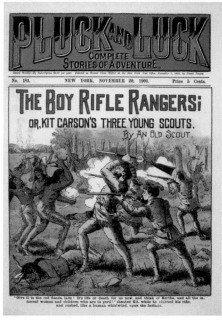

A L'ASSAUT

La conquête de l'Ouest est surtout le théâtre de conflits sanglants avec les tribus. *Pluck and Luck* (*lire p. 27*), dans son numéro 181 de novembre 1901, prend le parti des expansionnistes en louant les exploits de Kit Carson, un pionnier de la première moitié du XIXe siècle qui prit part à ces guerres.

ses» de l'accord indique enfin que «le gouvernement tribal de la nation cherokee doit cesser après le quatre mars mille-neuf-cent-six [1906]». En 1907, la commission Dawes clôt ses registres. Alors que près de 300 000 individus se présentent comme «Amérindiens», membres des «cinq peuples», seules 101 506 personnes au total sont enregistrées.

Forts de leur connaissance du fonctionnement et des paradoxes du gouvernement fédéral dans les affaires indiennes, les «cinq peuples» se mobilisent dès l'arrivée des premiers commissaires. En réaction contre leurs rapports envoyés au secrétaire de l'Intérieur, les Cherokees vont eux-mêmes défendre leur position au Congrès. Les Choctaws et les Chickasaws livrent une bataille juridique audacieuse au même moment.

Une assimilation forcée retardée mais inéluctable

Par ces entreprises, les autochtones ne font que reporter leur assimilation forcée, mais ne parviennent pas à l'empêcher. En comparaison des bénéfices économiques pouvant être tirés des activités des compagnies de chemin de fer, des éleveurs de bétail, et des fermiers, l'adaptation économique et politique réussie par ces nations – de leur arrivée en Oklahoma, dans les années 1830, aux années 1890 – pèse peu dans la balance du gouvernement.

La loi Curtis de 1898 (*Curtis Act*) généralise ainsi la suppression des gouvernements et des cours de justice autochtones sur le Territoire indien, en raison du nombre trop important d'Américains établis sur ces terres, ou à proximité, sur le Territoire de l'Oklahoma.

À la veille de l'annexion du Territoire de l'Oklahoma à la fédération

> ## AU DÉBUT DE L'ANNÉE 1889, LE TERRITOIRE INDIEN SE LIMITE À MOINS DE LA MOITIÉ DE SA SURFACE D'ORIGINE – *LE GOUVERNEMENT AYANT DÉJÀ GRIGNOTÉ PLUS DE 60 000 KM²*

américaine, le Territoire indien se limite à moins de la moitié de sa surface d'origine, le gouvernement étant parvenu à reprendre près de 15 millions d'acres (60 702 km²) aux autochtones. À l'échelle nationale, leurs terres sont réduites de 138 millions d'acres (558 466 km²) en 1887 à 52 millions (210 436 km²) en 1934.

Ce que Washington perçoit comme le dilemme d'avoir accordé «trop de terres à trop peu d'Indiens», selon les termes de l'historien Francis Prucha, semble finalement résolu. La population «officielle» des nations amérindiennes (environ 100 000 individus) est par ailleurs largement dépassée par

celle des non-Indiens (1 300 000), selon un recensement conduit en 1907. Au début du XXe siècle, dans l'État que l'on surnomme aujourd'hui l'«Amérique autochtone» (*Native America*), les Amérindiens ne sont plus qu'une minorité démographique.

Trois options sont enfin envisagées quant au devenir des deux territoires. On pense à demander une double annexion, permettant aux deux espaces d'accéder séparément au statut d'État, ou uniquement à celle du Territoire de l'Oklahoma, en proposant aux Amérindiens de se joindre au futur État quand ils le souhaitent. La dernière solution consiste à dissoudre définitivement le Territoire indien.

Lors du discours présidentiel annuel du 5 décembre 1905, Theodore Roosevelt (1858-1919) «recommande que le Territoire indien et l'Oklahoma soient admis comme un seul État». La suggestion du président est confirmée par la loi du 17 septembre 1907, connue sous le nom d'*Oklahoma Enabling Act*.

● ANNE-MARIE LIBERIO

PAS MAL, GAMIN, PASSE-MOI UN AUTRE CARAMEL...
O.K., COW-BOY...
JE LÂCHE CE CARAMEL...
1000
100

BILLY THE KID
LE SALE GOSSE ET LES LACHES

Au temps où, comme le dit la ballade écrite en souvenir
du vrai Billy, «la seule loi de l'homme était son 44»,
on ne plaisante pas avec les meurtriers. Mais le Kid
de Morris et Goscinny est une crapule… juste pour rire.

Publié initialement dans *Spirou* entre juin et novembre 1961, *Billy the Kid* est le vingtième album des aventures de Lucky Luke. Est-ce pour cela qu'il met en scène un personnage mort avant même d'avoir pu fêter ses 21 ans? Quoi qu'il en soit, *Billy the Kid* est sans aucun doute, sous des aspects inoffensifs de satire et de caricature, l'un des albums les plus provocateurs et les plus pessimistes de Morris et Goscinny. Il met en scène Lucky Luke arrivant dans la petite ville (imaginaire, bien sûr) de Fort Weakling, au Texas. Un drôle de nom pour une cité de courageux pionniers, puisque Fort Weakling peut se traduire par le «fort des faibles» (presque un oxymore), comme si les habitants avaient voulu dès la fondation de la ville signifier au monde entier leur absence de courage et d'amour-propre. Luke, qui visiblement connaît bien la ville, est surpris par son calme. Il se souvient d'une bourgade vivante et animée, et se retrouve à traverser une ville morte, presque fantôme. Il va jusqu'à se demander si une épidémie ne l'a pas décimée. S'il s'agit bien d'une épidémie, le virus responsable a un nom: Billy the Kid!

De fait, si la ville est déserte, c'est parce que depuis plusieurs semaines elle est terrorisée, dominée et mise en coupe réglée par ce dernier. Dynamitant en une seule case le mythe du desperado, Morris et Goscinny nous dépeignent le jeune William H. Bonney (beaucoup plus jeune ici que dans la réalité de l'époque de ses exploits) comme un préadolescent pleurnichard et capricieux, à qui son inconscience tient lieu de courage – le fameux «sentiment d'invulnérabilité» des adolescents dont parlent si souvent les psychiatres. Mais son attitude bravache et sa rapidité à dégainer suffisent pour que tous les notables de la ville, du maire au shérif en passant par le barman, lui montrent un respect absolu, un respect né

de la crainte qu'inspire sa seule réputation. De fait, dans cet album, on voit très peu Billy se servir de son arme: il lui suffit de menacer les gens pour obtenir tout ce qu'il veut. A-t-il seulement tué ou blessé quelqu'un dans Fort Weakling? On en doute, en tout cas personne n'en parle, même quand les habitants supplient Lucky Luke de les délivrer de ce «fléau». Au fond, Billy the Kid est une sorte d'archétype, la somme de tous les adolescents du monde, idiots et brutaux, inconscients, vantards mais ayant encore un pied de l'enfance. Ces «petits crétins», que les Américains appellent les *bullies*, qui pourrissent l'existence de tout leur entourage en tyrannisant les plus faibles, tellement ils sont sûrs de leur supériorité et de leur impunité.

En reprenant le vocabulaire psychologique à la mode, on peut dire que, dans cet album, Billy the Kid cherche «les limites». C'est un enfant qui transgresse. En d'autres temps, loin du jeune homme à la cavale tragique et poursuivi par le destin que l'Histoire a retenu, le personnage réel aurait de nos jours semé la terreur dans les cages d'escalier d'une barre d'immeuble de banlieue. Ici, en plein Texas, ce sale gosse tient tous les adultes en respect en jouant sur leur seule poltronnerie. Ils ne comprennent pas que Billly les tyrannise parce qu'il les méprise. Morris s'amuse visiblement beaucoup à dessiner cette humanité rampante que la peur fait passer sans cesse du blanc à un verdâtre maladif.

Dans ce panorama humain peu flatteur, seul surnage à peu près le directeur du journal local, Josh Belly (sans doute nommé ainsi à cause de son gros ventre, «bedaine»). Est-ce une déclaration de foi de la part de Goscinny envers la presse américaine, véritable quatrième pouvoir? Toujours est-il qu'il est le seul habitant de Fort Weakling décidé à agir ●●●

 p. 60-61

BILLY THE KID

Tel est pris qui
croyait prendre

 p. 62-67

Tueur
malgré lui

●●● contre la tyrannie de Billy – d'ailleurs, une seule voyelle sépare les noms des deux hommes. Mais Belly, qui n'est pas un homme d'action, ne peut agir seul. L'arrivée de Lucky Luke lui apparaît donc comme un don du ciel : il a désormais un allié de poids contre le Kid, un allié dont la réputation égale, voire surpasse, celle du desperado en culottes courtes. Mais le Kid, comme tous les tyrans, s'est pris d'affection pour le cow-boy, le seul qui ose lui tenir tête.

Heureusement, ce dernier a l'idée de le prendre à son propre jeu en faisant semblant d'être pire que lui, et ce, pour que, atteint dans sa vanité puérile, le gamin se décide à le défier. C'est l'idée géniale de Goscinny dans cet album, et la partie la plus jouissive pour les fans : nous donner à voir un Luke méchant… Un retournement de caractère rare dans la BD franco-belge, mais récurrent dans les comics américains – que Goscinny connaît bien. Combien de fois a-t-on vu Spiderman ou Superman, contrôlés malgré eux par les forces du Mal, se retourner contre ceux qu'ils protègent habituellement ?

Quid des habitants ? Goscinny commence par nous faire penser qu'il va les accabler jusqu'au bout : après les avoir désignés comme des lâches, il met en lumière leur cupidité. Après l'arrestation de Billy, ce n'est que lorsque Luke et Josh Belly leur annoncent qu'ils seront intégralement remboursés de tous les dégâts causés par Lucky Luke pendant sa petite démonstration qu'ils se décident enfin à l'acclamer, alors qu'il les a délivrés de leur oppresseur. La dernière planche, heureusement, apporte une petite lueur d'espoir dans ce très sombre tableau humain. Elle montre un Jessie James (assez différent de l'aspect qu'il aura dans l'album qui porte son nom) désireux de prendre la place laissée par le départ forcé de Billy comme tyran local. Mais, cette fois, les habitants de Fort Weakling (qui devrait du coup être rebaptisé), le pleutre épicier en tête, vont se montrer à la hauteur et escorter le bandit vers la sortie, recouvert de goudron et de plumes. Un message optimiste qui contraste avec le ton général de l'album et nous montre que l'action de Luke n'a pas été vaine.

Celle-ci n'a pas porté ses fruits avec Billy : il se montre toujours aussi colérique et insupportable après sa défaite contre Lucky Luke. On peut en juger dès la fin de l'album, où, au pénitencier, son sale caractère est redouté même des Dalton, qui préfèrent rester à distance. Et plus encore quand il revient dans une autre aventure de Lucky Luke, *L'Escorte*, moins connue que l'album qui porte son nom.

Entre ces deux histoires, deux années ont passé dans l'univers fictif du cow-boy solitaire – dans la réalité, quatre ans séparent la parution des deux albums. C'était bien trop court, sans doute, pour que la prison – où il était censé passer… mille deux cent quarante-sept années de travaux forcés – ait le temps d'amender le jeune desperado, à supposer que la détention offre de réelles occasions de réinsertion. Le Kid réapparaît inchangé, égal à lui-même ; bref, toujours insolent et sûr de lui, certain qu'il arrivera à s'évader et qu'il est de taille à intimider Luke. Ce dernier n'a pas davantage changé d'avis sur Billy, qui n'est à ses yeux qu'un sale gosse relevant d'une bonne fessée de loin en loin pour le ramener au calme, sinon dans le droit chemin. En l'occurrence, l'indifférence, voire le mépris, dont fait preuve notre cow-boy à l'égard du sacripant ne lui simplifiera pas la tâche. Il n'en aura que plus de mal à dompter ce damné Billy. ● **R. G.**

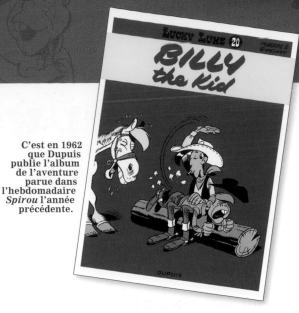

C'est en 1962 que Dupuis publie l'album de l'aventure parue dans l'hebdomadaire *Spirou* l'année précédente.

1981

Il aura fallu attendre presque vingt ans pour retrouver la vignette du Kid tétant un revolver à la première page de l'histoire. Le dessin, d'abord paru dans Spirou puis dans le premier tirage de l'album, passa rapidement à la trappe. La faute à la fameuse loi de 1949 – censée protéger la jeunesse – et aussi, pourquoi ne pas le dire, à l'extrême pusillanimité en la matière des éditions Dupuis. C'est là l'un des exemples les plus connus, et les plus tardifs, de la censure – ou de l'autocensure – que dut affronter Morris en plusieurs occasions.

BILLY THE KID

Tel est pris qui croyait prendre

À terreur, terreur et demie… Pour déstabiliser
le « gamin », qui fait trembler les honnêtes –
mais terriblement couards – gens de la ville,
Lucky Luke imagine de se poser en rival de Billy
en se transformant le temps de la démonstration
en desperado. Le Kid finira par craquer, et tout
se terminera – ou presque – par une bonne fessée !

JOHN TURNSTALL

Rien ne prédispose John Henry Tunstall, né en 1853 à Londres dans une famille de la grande bourgeoisie, à devenir l'un des héros et le premier martyr de la sanglante guerre de Lincoln, à laquelle Billy prend part à ses côtés. Pourtant, Tunstall, comme beaucoup d'Anglais de sa génération, est animé par un grand esprit d'aventure. À 19 ans, il s'embarque pour le Canada, où son père a déjà investi dans des fermes et des ranchs en Colombie-Britannique. Il y apprend le métier et, pécule en poche, part à Lincoln, au Nouveau-Mexique, où la terre est bon marché et abondante pour le bétail. Il y crée non seulement l'un des plus grands ranchs de la région, mais aussi une banque et un magasin général. Il se heurte à Lawrence Murphy et à Jesse Dolan, qui règnent sur tout le comté en *robber barons,* et surtout au groupe « mafieux » dont ils font partie, le Santa Fe Ring, composé d'affairistes véreux et de shérifs, magistrats et procureurs corrompus. Turnstall rassemble ses hommes pour faire face aux tueurs à gages de la bande Dolan-Murphy, mais il meurt dans une embuscade des adjoints du shérif Brady, une « créature » du Ring. Billy, arrivé trop tard pour sauver son patron, ne se le pardonna jamais.

Gaucher ou droitier?

En se basant sur la façon dont le jeune homme porte son arme sur la seule photo connue de lui, on a toujours pensé qu'il était gaucher. N'est-ce pas le titre du film d'Arthur Penn (*The Left Handed Gun*, en version originale), dont il fut le héros en 1958 ? Morris le dessine comme tel peu après – c'est d'ailleurs le seul point commun entre l'insupportable Billy de l'album et celui incarné à l'écran par Paul Newman. L'historien Clyve Jeavons, après avoir analysé la photo, estima en 1954 que le négatif avait été inversé. Aurait-on poussé notre dessinateur favori à l'erreur ? Eh non, car des témoignages d'époque retrouvés depuis lors semblent établir qu'il était ambidextre – comme Morris le représente dans *L'Escorte*…

LES *DIME NOVELS*

Rien ne fera autant pour forger la légende des bandits de l'Ouest que les *dime novels,* ces petits bouquins vite écrits vendus 5 ou 10 cents – d'où leur nom (*dime* signifie la pièce de cette valeur). Ces romans-feuilletons – il ne fallait généralement pas attendre plus d'une semaine entre deux volumes – ont passionné les foules de 1860 (date à laquelle Ann Stephens publie *Maleaska, the Indian Wife of the White Hunter*) à 1896, quand les *pulps*, encore moins coûteux, les supplantent. Billy the Kid en est un lecteur assidu, avant d'en devenir le héros, aux côtés de Jessie James, Buffalo Bill ou de son propre meurtrier, Pat Garrett. Certains hors-la-loi participent même à la rédaction de leurs aventures, comme Buck English, le Bob English de Clint Eastwood dans *Impitoyable* (1992), rossé par le shérif Daggett, incarné par Gene Hackman.

$ 500
REWARD!

William Bonney
alias **BILLY THE KID**

CHASSE A L'HOMME

En 1881, le gouverneur du Territoire du Nouveau-Mexique offre 500 dollars de récompense pour la capture du dénommé William Bonney, ce malfrat tout juste sorti de l'adolescence au «casier» déjà bien rempli. Le jeune en cavale est un expert dans le maniement du Colt et donne du fil à retordre aux chasseurs de prime lancés à ses trousses.

This robber and murderer
IS STILL AT LARGE!

I will pay $500 for the capture
of Billy the Kid.   by order of

L. WALLACE
Gov. New Mexico

May 4th, 1881, Santa Fe, N. Mexico

Tueur Malgre Lui

Qui vole un œuf vole un bœuf… L'enfant terrible, né dans la misère et victime de ses mauvaises fréquentations, sombre dans la spirale infernale du crime. Mais, dans cet Ouest sauvage, repaire des desperados de la pire espèce, ses manières et son éducation font de lui un hors-la-loi atypique.

Né le 20 novembre 1859 dans un quartier misérable de New York, rien ne prédispose Henry McCarthy, le futur Billy the Kid, à devenir un des hors-la-loi les plus célèbres de l'Ouest. Mais la vie ne lui fait pas de cadeaux: il naît de père inconnu, et sa mère, Catherine, une émigrée d'origine irlandaise, l'élève seule. Pour fuir la misère, la famille se lance, comme tant d'autres avant elle, à la conquête de l'Ouest, persuadée qu'aux confins de cette «nouvelle frontière» se trouve la fortune, synonyme pour une mère courageuse d'aisance matérielle et d'éducation décente pour ses rejetons. Si l'argent facile est bien au rendez-vous, il rime dans ces contrées rugueuses avec ambition, alcool et mort violente chaque fois que le «code de l'Ouest» l'exige.

Première étape de leur périple: Wichita, au Kansas. Catherine s'y installe en 1870 avec ses deux enfants – Henry et Joe, cinq ans de différence entre eux – et son nouveau compagnon, Bill Antrim, un ancien soldat – treize ans plus jeune qu'elle –, qu'elle épousera en mars 1873. Pour vivre, les Antrim, comme on les appelle désormais, acquièrent quelques arpents de terre sur lesquels Bill, avec l'aide des gamins, s'occupe d'arboriculture fruitière. C'est insuffisant pour subvenir aux besoins du foyer. La mère, qui ne rechigne pas à l'effort, ouvre alors une blanchisserie dans la rue principale. Un an plus tard, pour ménager les poumons de Catherine, atteinte de tuberculose, la famille plie bagage pour le soleil du Nouveau-Mexique, d'abord à Santa Fe, puis à Silver City, où «oncle Bill» s'est mis en tête de faire fortune dans la prospection d'argent. Mais la santé de Catherine se dégrade, elle meurt le 16 septembre 1874. À 14 ans, Henry se retrouve livré à lui-même et privé de tout repère.

«Ce garçon efflanqué aux mains délicates», comme le décrit sa maîtresse d'école, s'est jusqu'alors fait remarquer par ses dons artistiques, la vivacité de ses yeux bleus, un sourire désarmant malgré deux incisives proéminentes et une éternelle bonne humeur. Incapable de dire non, il est toujours prêt à rendre service ou à donner un coup de main.

Son point faible: ses mauvaises fréquentations. Henry, autant par amitié que par désœuvrement, glisse progressivement dans la petite délinquance. Son âme damnée, «Sombrero Jack», a pour passe-temps le vol. Henry devient son complice. Un jour, il chaparde le beurre d'un fermier; le lendemain, un sac de linge dans une blanchisserie chinoise. Rien de grave, mais assez pour se retrouver en prison, en attendant de comparaître devant un juge de paix. Première arrestation, qui se transforme en première évasion. L'adolescent, comme le rapporte la presse locale, «disparaît de la prison en passant par la cheminée». Un exploit qui deviendra une habitude et contribuera à sa légende, mais aussi à ses ennuis.

L'ado qui aimait les femmes… celles qu'on ne paie pas

Henry Antrim n'a maintenant plus d'autre issue que la fuite vers l'inconnu, ce qui ne déplaît pas à son esprit indépendant et à son tempérament aventureux. Direction l'Arizona, hors des lois du Nouveau-Mexique. C'est à Camp Grant qu'il entame sa nouvelle vie. Pour vivre et survivre en marge de la légalité, le gamin fugitif veut, malgré son physique juvénile, être un vrai cow-boy. Il apprend à monter à cheval, se servir d'un lasso, conduire le bétail, manier les armes – un exercice où il excelle – et jouer aux cartes, un gagne-pain non négligeable où il se

révèle redoutable. L'alcool, le tabac et les prostituées ne l'intéressent guère. L'adolescent aime les femmes… mais celles qu'on ne paie pas! Ses mauvaises fréquentations l'entraînent sur la voie de la criminalité. Arrêté pour vol de chevaux, il s'échappe à nouveau, chaînes aux pieds.

Sa cavale et la vie au grand air façonnent sa silhouette: s'il reste toujours mince, son corps nerveux s'est musclé et son visage ovale s'orne d'une fine moustache et d'une barbe naissante. À l'exception d'un sombrero mexicain, qu'il affectionne, sa tenue est simple et soignée: redingote noire, pantalon et veste sombres, une paire de bottes mexicaines.

Toujours chaleureux et enjoué, celui que tous surnomment le «Kid», en raison de son allure enfantine, détonne par son courage inconscient, une inhabituelle sobriété, une grande agilité d'esprit et une intelligence supérieure qui tranche avec la rudesse de ses compagnons. Quand ses camarades s'adonnent aux bagarres et à la beuverie, lui préfère le plus souvent s'évader par la lecture, s'isoler avec ses conquêtes d'un soir où leur écrire des lettres d'amour. ●●●

ANGELOT REBELLE
Son allure d'éternel adolescent vaut au jeune homme natif de New York son surnom de «Kid» («gamin»). Pourtant, derrière ce visage poupin éclairé, selon ses contemporains, de ses yeux bleu clair et riants, se cache un fier individu, loyal, courageux, voire sanguin. *(Photo datant de 1880, un an avant sa mort.)*

••• Sa vie bascule le 17 août 1877, à l'approche de ses 18 ans. Ce soir-là, le Kid traîne dans un saloon de Camp Grant. Il est pris à partie par un dénommé «Windy» Cahill, maréchal-ferrant de son état. Pour s'amuser, ce dernier frappe et injurie le gringalet. L'algarade dégénère en bagarre. Le Kid, plus rapide, sort son pistolet et loge une balle dans le ventre de son agresseur, qui décède le lendemain. Un jury réuni sur-le-champ décide qu'«Henry Antrim, alias le Kid, s'est rendu coupable d'un acte criminel injustifiable». Le présumé coupable, sans attendre d'être jugé, s'est évanoui dans la nature.

En tuant «Windy» Cahill, le Kid a franchi ce pas fatal qui fait d'un petit délinquant un criminel, sinon un hors-la-loi. Pourtant, si l'adolescent avait accepté de se soumettre à la justice et plaidé la légitime défense en invoquant la brutalité et la force physique de son agresseur, il avait toutes les chances d'être acquitté. Par immaturité, en choisissant la fuite, Henry s'éloigne de tout retour dans le droit chemin. Une fois encore, l'aventure l'emporte sur la raison.

VOULANT SE RANGER, IL ENTRE AU SERVICE DE J. H. TUNSTALL. L'AVENTURIER ANGLAIS, FORTUNÉ ET CULTIVÉ, ET LE COW-BOY SANS LE SOU, SANS PÈRE ET SANS REPÈRES, SE LIENT D'AMITIÉ.

Recherché par les autorités d'Arizona, Kid Antrim regagne le Nouveau-Mexique, sa terre d'adoption et de prédilection. Ses pas le conduisent dans le comté de Lincoln, un territoire apache bordé de montagnes où règne, à bonne distance d'une garnison cantonnée à Fort Stanton, une perpétuelle violence: ethnique d'abord (entre Anglo-Américains et Hispaniques, mais aussi entre Blancs et Indiens), et également économique (entre anciens et nouveaux propriétaires terriens).

Plongé, par loyauté, dans une guerre impitoyable

Dans l'Ouest, quand la famille biologique disparaît, la bande la remplace. La première que rejoint William H. Bonney – le nouveau patronyme que le fugitif s'est choisi – a pour nom «The Boys» et pour chef Jesse Evans. Sa principale activité: le vol de chevaux – de préférence indiens – pour le compte de John Chisum, un riche propriétaire terrien qui possède un cheptel de quelque 80000 têtes. Billy, qui maîtrise maintenant toutes les facettes du «métier», fait l'unanimité parmi ses camarades par son humour et son caractère agréable. Entre deux expéditions, il s'est découvert une nouvelle passion qui contribue à sa popularité auprès des Hispaniques locaux: les *bailes*, un divertissement associant violons, chants et danses, où le jeune homme, déjà très à l'aise dans la langue de Cervantès, fait en outre montre de ses talents de cavalier, une qualité très recherchée des belles Latinas.

En décembre 1877, le gamin entre au service de John Henry Tunstall, un homme d'affaires anglais âgé de 24 ans, bien décidé, avec son allié Alexander McSween – un homme de loi écossais –, à venir concurrencer sur ses terres le redoutable Chisum. L'amitié entre l'aventurier britannique, fortuné et cultivé, et le jeune cow-boy sans le sou, sans père et sans repères, est immédiate. Engagé pour son habileté au tir et sa maîtrise du bétail, Billy s'intègre sans difficulté dans la petite armée que Tunstall entend opposer aux hommes de Chisum. Au contact de son nouveau patron, le Kid change et envisage sérieusement de tourner le dos à son passé de petit voyou. Désormais, il rêve de mener une vie honnête, songeant même à acquérir avec son ami Fred Waite une ferme où, entre culture et élevage, il connaîtrait enfin une existence tranquille. Totalement ignorant de l'imbroglio juridique qui oppose son patron à deux hommes d'affaires de Lincoln, Dolan et Murphy, Billy se retrouve par loyauté, et à son insu, au cœur d'une guerre impitoyable qui va le conduire à sa perte.

La première victime est Tunstall lui-même, abattu le 18 février 1878 de deux balles alors qu'il se rendait à Lincoln. Avec la mort de ce «grand frère», Billy se retrouve condamné à le ven-

DANS LE FEU DE L'ACTION
Le 18 août 1877, à Fort Grant, dans l'Arizona, une algarade avec Frank «Windy» Cahill, un forgeron de la région, tourne au drame. Le jeune homme l'expédie dans l'autre monde en lui logeant une balle de .45 dans l'estomac puis s'enfuit à bride abattue. Ce premier homicide marque le début d'une folle équipée. *(Gravure de la fin du XIXe siècle).*

W. H. Bonney.

Come to the house of old Squire Wilson (not the lawyer) at nine (9) o'clock next Monday night alone. I don't mean his office, but his residence. Follow along the foot of the mountain south of the town, come in on that side, and knock at the east door. I have authority to exempt you from prosecution if you will testify to what you say you know.

The object of the meeting at Squire Wilson's is to arrange the matter in a way to make your life safe. To do that the utmost secresy is to be used. So come alone. Don't tell anybody — not a living soul — where you are coming or the object. If you could trust Jesse Evans, you can trust me.

Lew. Wallace.

LA VOIE DU REPENTIR

En 1879, il adresse au gouverneur Lew Wallace une lettre dans laquelle il accepte d'aider les autorités à traduire en justice des malfrats connus de lui – en échange de son absolution. Dans sa réponse *(ci-dessus)*, l'homme de loi conclut par cette mise en garde : *«Don't tell anybody – not a living soul»* («N'en parlez à personne – qui que ce soit»).

ger. «Je ferai payer certains avant de mourir», lance-t-il à ses compagnons le soir du meurtre. Plus question désormais de vie paisible, il retrouve au nom de l'honneur le chemin des armes et de la violence. Ses adversaires vont vite l'apprendre à leurs dépens. Ce n'est plus un enfant qu'ils doivent affronter, mais un cow-boy téméraire et agressif qui va se révéler un chef de bande redoutable.

Une petite bande d'agents de la loi autoproclamés

La guerre est déclarée, et elle ne va plus cesser. Fort d'un mandat d'arrêt délivré par le juge Wilson, le Kid et quelques hommes se mettent en chasse des assassins de Tunstall. S'autoproclamant agents de la loi, la petite bande – une trentaine de membres – prend le nom de *regulators*. Le 6 mars, elle débusque les meurtriers, qui, à bout de force, préfèrent se rendre. Le retour vers Lincoln tourne à la tragédie. Persuadés que les *regulators*, plutôt que de les remettre à la justice, veulent les tuer pour venger leur ami, les prisonniers tentent de s'enfuir. Vite repris,

les deux hommes sont abattus de onze balles. Si toutes n'ont pas été tirées par le Kid, au moins deux proviennent incontestablement de son arme.

La victime suivante est William Brady, le shérif de Lincoln. Le seul tort du brave homme : avoir davantage de sympathie pour le camp adverse. Il est abattu en pleine rue et en plein jour par un *regulator*.

La violence monte d'un cran quand Marion Turner, le nouveau shérif de Lincoln, crée en juin 1878 les *vigilantes*, une milice de volontaires chargée de s'opposer aux agissements des *regulators*. Un premier affrontement se solde par une trentaine de morts. Appelée à la rescousse, l'armée en provenance de Fort Stanton contraint le Kid et ses compagnons à la fuite. Ceux-ci se réfugient à Lincoln, dans la bâtisse de l'avocat McSween.

Enfumés par un incendie, les assiégés, qui ont déjà perdu douze hommes (dont McSween) acceptent de se rendre, à l'exception de Billy et d'une dizaine de survivants, qui réussissent à s'échapper. Selon Frank Coe, son ami qui l'accompagne dans sa fuite, ●●●

EN 1962

– MORRIS –

Morris vient de publier son vingtième album, *Billy the Kid*, lorsque le paysage jusque-là serein de la bande dessinée entre dans une effervescence inhabituelle. En effet, une association conduite par une nouvelle génération d'artistes et de critiques s'emploie depuis peu à démontrer que la BD est un moyen d'expression à part entière. Convaincu, le dessinateur de Lucky Luke entre dans l'aventure dès 1964 en créant dans le journal *Spirou* une rubrique qu'il intitule – c'est une première – «9e art»!

Devenu le sujet de plusieurs articles paru dans le bulletin du *Club des bandes dessinées*, auquel participent, entre autres, l'historien Francis Lacassin, le cinéaste Alain Resnais et le futur créateur de *Barbarella*, Jean-Claude Forest, Morris devient donc à son tour critique et historien en rédigeant, jusqu'en 1967, en compagnie de Pierre Vankeer, une cinquantaine d'articles sur les grandes séries et auteurs internationaux de bande dessinée. Dès son premier papier, paru le 17 décembre 1964, Morris rend un hommage vibrant à Hergé, estimant que, grâce à lui, la jeunesse «a appris par l'exemple le langage même de l'histoire en dessin [et qu'il lui] en a montré les énormes ressources». Cette démarche passionnée va conduire Morris à participer au premier Congrès international de la bande dessinée, à Bordighera, en Italie, en février 1965. Un congrès dont les conférences laisseront un léger goût amer à cet homme simple et lucide, car, le 27 octobre de cette même année, il anime une «causerie» sur la bande dessinée à l'université de Bruxelles où il critique judicieusement les exégètes pompeux de la discipline, en particulier ceux qui se sont exprimés à Bordighera… ● **PH. M.**

LA CHEVAUCHEE HEROIQUE

Le shérif Pat Garrett, chef du comté de Lincoln, s'est juré de l'attraper. Ce sera chose faite en décembre 1880 *(ci-dessus, paradant après la capture)*. À Lincoln, où il «marine à l'ombre» en attendant d'être pendu, le «gamin» fomente des plans d'évasion…

●●● «Billy était courageux et on pouvait lui faire confiance. C'était l'un de nos meilleurs soldats. Plus la situation était difficile, plus il faisait preuve de sang-froid et d'agilité mentale. Il semblait ne pas se soucier de l'argent. Il ne lui en fallait que pour acheter des cartouches, bien que souvent il préférât les gagner au jeu.»

Pris en tenaille dans cette escalade de violence, le Kid se retrouve in-térieurement tiraillé: d'un côté, il aspire de nouveau à une vie tranquille; de l'autre, il trouve dans le maniement des armes et la fraternité du combat des plaisirs qui l'enivrent. Le retour à une existence respectueuse de l'ordre et des lois semble l'emporter, mais avant il doit être blanchi des accusations de meurtres qui pèsent sur lui. Le 13 mars 1879, il décide de s'adresser au gouverneur Wallace pour en obte-

POUDRE D'ESCAMPETTE

Deux hommes sont chargés de surveiller le captif. Le 28 avril 1881, profitant de l'absence du shérif, il réussit à tromper la vigilance du premier gardien puis «descend» froidement le second *(ci-contre)*. Ce sera sa quatrième – et dernière – échappée belle.

nir l'annulation: «J'espère que vous le ferez», écrit-il. Avant de conclure: «Je ne désire plus me battre.» Une rencontre a lieu le 17 au soir. Wallace propose à Billy de «lui accorder la liberté et l'amnistie pour tous ses méfaits» à condition que celui-ci lui donne le nom de l'assassin d'un avocat douteux dé-nommé Chapman.

Abattu par l'un de ses ex-compagnons de poker

Bien que Billy ait fourni les rensei-gnements demandés et soit venu témoi-gner à la barre du tribunal, Wallace ne tient pas ses promesses, contraignant Billy à reprendre la fuite et à renouer pour survivre avec la violence et le vol de bétail. Fatigués de ses méfaits à ré-pétition, les éleveurs locaux nomment alors shérif Pat Garrett – un de ses an-

---

● LES CHASSEURS DE PRIME

Dans l'Ouest sauvage, les représentants de la loi sont parfois impuissants face à des bandes organisées ou à de redoutables bandits. Le manque de lois, la corruption des juges et les immenses distances constituent une aubaine pour les desperados et une calamité pour les forces de l'ordre. Les citoyens n'hésitent pas à faire appel à des chasseurs de primes *(manhunters)* en placardant des affiches sur les bâtiments ou en lançant des avis de recherche dans les journaux. En échange de récompenses

substantielles, ceux-ci sillonnent les routes à la recherche des criminels en question, réclamés, comme l'a retenu la légende, «morts ou vifs». Ils doivent les mettre «hors d'état de nuire» par «tous les moyens imaginables». Peu regardants sur les méthodes, les chasseurs de primes sont des hommes à la gâchette facile. Brutaux et asociaux, eux-mêmes sont souvent des repris de justice, d'anciens trafiquants d'esclaves ou des déserteurs de l'armée alléchés par la perspective d'une

ÇA TÊTE FUT MISE À PRIX, MAIS PERSONNE N'OSA ALLER LA CHERCHER…

WANTED !

BILLY the KID
$ 10.000 mort

carrière lucrative et aventureuse. En janvier 1873, la Cour suprême a reconnu la légalité de leur activité en vertu de l'arrêt Taylor contre Taintor. Sur le

terrain, ils mènent une existence dangereuse, si bien qu'ils préfèrent parfois travailler à deux pour limiter les risques. Pour remonter la filière, ils parcourent des étendues sauvages, traversent villes et bourgades pour récolter autant de tuyaux et d'informations que possible et, lorsqu'ils ont enfin localisé le hors-la-loi, le défient en duel ou lui tendent une embuscade.
En règle générale, pour des raisons pratiques, ils préfèrent tuer leur cible plutôt que de la

capturer. Une fois leur besogne accomplie, ils se ruent vers le bureau de police le plus proche, en traînant à leur suite le cadavre, pour toucher la prime. Mais, faute de renseignements précis, ou agissant le plus souvent dans la précipitation, il arrive qu'ils se trompent sur l'identité de leurs victimes et qu'ils abattent des innocents… De telles tragiques méprises ont ainsi beaucoup contribué à leur mauvaise réputation. Ils ont en effet laissé dans l'Histoire l'image d'êtres individualistes, sans scrupule et mûs par le seul appât du gain. **F. A.**

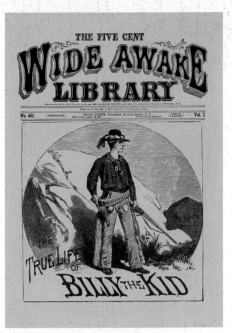

WESTERN CREPUSCULAIRE

En 1973, dans *Pat Garrett et Billy the Kid*, Sam Peckinpah place l'histoire sous le signe de l'amitié contrariée entre le bandit juvénile (Kris Kristofferson, *photo*) et l'officier chargé de le traquer (James Coburn). À noter la présence au générique de Bob Dylan, qui signe également la bande originale du film.

LEGENDE VIVANTE

La presse outre-Atlantique s'est largement fait l'écho des exploits de l'intrépide. Un mois seulement après la fusillade de Fort Sumner, où ce dernier trouve la mort, l'hebdomadaire new-yorkais *The Five Cent Wide Awake Library* (qui paraîtra de 1878 à 1897) publie ce récit intitulé : « La vraie vie de Billy the Kid ».

ciens compagnons de poker – afin qu'il en finisse une fois pour toutes avec Billy Antrim. Le Kid a 21 ans, « autant d'années que le nombre de meurtres qu'on lui attribue ».

Sa fin est rocambolesque. Capturé sur dénonciation par Pat Garrett le 20 décembre 1880, Billy est emprisonné à Santa Fe et condamné à la mort par pendaison à Lincoln, le 13 mai. Deux semaines avant son exécution, il tue ses deux gardiens et se réfugie à Fort Sumner chez son ami Pete Maxwell, dont il courtise la sœur Paula. Celui-ci ne supporte pas cette complicité plus amicale qu'amoureuse et avertit, selon toute vraisemblance, Garrett de la présence du Kid. Dans la soirée du 14 juillet 1881, Garrett se glisse dans la chambre de Maxwell : « Quand Bill entre, Garrett est accroupi à côté du lit […] Doucement, avec ses longues jambes, il passe par-dessus Maxwell et se glisse dans le lit. Le fusil à la main, il scrute l'obscurité pour distinguer la silhouette de Billy qui s'approche […] Maxwell ne dit pas un mot […] Billy secoue son ami par l'épaule et entend une autre respiration […] Maxwell laisse échapper un petit rire nerveux qui trahit la peur mais que Billy prendra pour de l'embarras […] Le Kid promène sa main sur le lit et rencontre des bottes d'homme […] Stupéfait, il recule de quelques pas […] Garrett fait feu, brûlant le visage de Maxwell qui en portera la cicatrice de sa vie. »

Interrogé depuis sa geôle par un journaliste du *Texas Star* sur ses relations avec Garrett, Billy the Kid avait déclaré peu avant sa mort : « Pat, c'est une tête de con. On était amis avant. Il est devenu sénile. Il se fait un tas d'argent en nettoyant la région de notre présence. Non, je ne pense pas beaucoup de bien de lui. »

Pat Garrett ne toucha jamais les 500 dollars promis pour l'arrestation de Billy Antrim. Quand l'ancien shérif de Lincoln meurt, en 1908, de deux coups de fusil tirés par un inconnu

courageux et attachant égaré dans la violence, à la réputation surfaite.

Cent trente ans après sa mort, la question de sa réhabilitation agite encore l'Amérique, divisée entre partisans du « hors-la-loi justicier » et ceux de la loi et de l'ordre, à la tête desquels figure le petit-fils de Pat Garrett. Bill Richardson, gouverneur du Nouveau-Mexique de 2003 à 2011, a lancé les débats en décembre 2010 en ouvrant un blog destiné à recueillir les arguments des uns et des autres en vue d'accorder, ou non, une grâce posthume à l'enfant

> *IL SE RÉFUGIE CHEZ SON AMI PETE MAXWELL – OÙ L'ATTEND SON BOURREAU. QUAND SONNENT LES DOUZE COUPS DE MINUIT, BILLY – UNE BALLE DANS LE CŒUR – A CESSÉ DE RESPIRER.*

sur un chemin de campagne, le Kid est entré depuis trente ans dans la légende de l'Ouest. Était-il pour autant ce hors-la-loi d'exception dépeint après sa mort ? Si être hors la loi, c'est vivre en marge des lois, la réponse est positive. *A contrario*, si, pour figurer – à l'instar d'un Jesse James ou d'un Butch Cassidy – au panthéon des hors-la-loi, l'usage de la violence doit s'accompagner d'une volonté de justice – prendre aux riches pour donner aux pauvres –, dans ce cas le Kid n'est qu'un gamin

terrible du pays. Pour l'élu, si son prédécesseur, le gouverneur Lew Wallace, lui a promis l'amnistie en échange de son témoignage à charge au procès des assassins de Chapman – ce que fit le « gamin » –, alors l'engagement de l'État doit être tenu. Aux dires de son lointain successeur, pourtant, les motifs qui ont poussé le gouverneur Wallace à promettre sa grâce restent flous. Le Kid risque d'attendre encore longtemps cette reconnaissance politique…

● LAURENT MARÉCHAUX

CASS CASEY
OU L'EFFET BŒUF

Le roi du bétail, pour qui «rien n'est plus beau qu'un bœuf», ne vit que pour ses chers troupeaux et leurs promesses de steaks. Rien ni personne ne saurait donc s'opposer à leurs libres vagabondage et broutage.

Dans son *Histoire du Far West*, lue et relue en boucle par Morris et Goscinny, Jean-Louis Rieupeyrout date l'invention du barbelé de 1873. Le brevet est attribué à un certain Joseph F. Glidden, le concepteur de la machine capable de le produire de manière industrielle. Ce fil de fer va bouleverser le paysage de l'Ouest, dont les vastes plaines sauvages étaient jusque-là libres de clôtures. Les auteurs de *Lucky Luke* y verront, à juste titre, une forme de provocation historique propice aux gags en cascade. L'album *Des barbelés sur la prairie* vient casser l'image des cow-boys toujours à cheval avec leur revolver et celle des *chuck wagons*, ces cantines ambulantes où l'on trempe son fer à cheval dans le café bouilli au beau milieu des plaines du Wyoming…

Parmi les premiers fermiers à acheter des terres au gouvernement américain, Morris fait le portrait de Vernon Felps, un poète, pionnier de l'épouvantail, amoureux des fleurs et des salades. Il porte un «chapeau rond» et affiche «une bonne bouille inoffensive», précise René Goscinny dans son scénario. Salopette et brin d'herbe en bouche, Morris lui fait cultiver les tomates avec un courage frisant l'inconscience. Face à lui se dresse l'éleveur Cass Casey. À Cow Gulch, ce roi du bétail «pense viande» et «mange viande». Bref, il «est viande», souligne le scénariste. Pour Casey, la prairie a toujours appartenu au bétail, et il n'y a aucune raison que cela change. Un éleveur ne quitte jamais son troupeau – même quand il est amoureux de sa femme, dit le dicton. Mais, pour le malheur du magnat du bifteck, Lucky Luke est de passage en ville. Au saloon des éleveurs de Cow Gulch, il juge lui aussi les troupeaux bien envahissants pour «servir des steaks aussi durs».

La première confrontation entre Cass Casey et l'homme qui tire plus vite que son ombre se produit dès la septième planche, dans l'une de ces scènes découpées au couteau dont Morris a le secret. Le dessinateur avouait pourtant n'avoir jamais fréquenté d'académie ni d'école d'art graphique. Il préfère inventer ses propres tours de passe-passe humoristiques avec une truculence du trait inimitable. En maître absolu de l'image à suspense, son crayon zoome sans une bulle dans l'assiette de Lucky Luke, dont le contenu se vide, petit bout de steak par petit bout de steak. Quand il ne reste rien du morceau de viande, quatre coups de feu éclatent. La fourchette retombe dans l'assiette. Dans la dernière image de la planche, Morris fait un zoom arrière, et Casey est tout étonné de se retrouver désarmé. La sentence tombe, magistrale, de la bouche de Luke : Cass Casey est moins dur que ses steaks!

Avec un tel talent, il est légitime de voir Lucky Luke coiffer au poteau et dans l'ordre Gaston Lagaffe, les Schtroumpfs, Spirou, la Ribambelle et Boule et Bill lors du référendum des héros préférés des lecteurs du journal *Spirou*. Les éditions Dupuis ne communiquent pas le résultat des votes aux lecteurs, mais Morris se débrouille pour connaître le classement des six premiers. Dans une lettre envoyée à Goscinny, il félicite «son» scénariste pour ce résultat, estimant que son travail y est «pour une très grande part». Les taux de satisfaction affichés par *Lucky Luke* ont en effet de quoi combler d'aise son éditeur. Dans les trois catégories d'âge du sondage, celles des moins de 12 ans, des 13 à 15 ans comme des plus de 16 ans, le héros remporte la première place, avec plus de 90 % de lecteurs ravis.

En 1965, le cow-boy est donc au sommet de son art et de sa popularité. *Lucky Luke* agit comme un catalyseur du génie de ses deux auteurs. «Je me demande souvent quelle impression ça fait à Goscinny quand il lit l'histoire une ●●●

p. 70-71
DES BARBELÉS SUR LA PRAIRIE
La pâture est à tout le monde

p. 72-77
COW-BOYS ET FERMIERS
L'âme de l'Amérique

●●● fois dessinée, s'interroge Morris. En tout cas, moi, quand je lis son texte, je sais très bien ce qu'il veut, comment il le voit.» Après plus d'une vingtaine d'albums créés ensemble, les deux artistes se trouvent sans avoir besoin de se chercher. Le sujet de ce 29ᵉ opus de *Lucky Luke* aiguise l'esprit facétieux de René Goscinny. Il va renverser l'image de ce fil de fer barbelé que les éleveurs qualifient d'«injure repoussante» pour en faire le symbole absurde de la liberté des fermiers! Entre les mains du scénariste, cette clôture renforcée devient aussi dangereuse pour la société que la révolution. Retranché dans sa ferme derrière trois rangées de barbelé, Vernon Felps s'écrie fièrement: «Enfin libres!» D'un cynisme absolu, cette case au rire grinçant aurait été à sa place dans *Charlie Hebdo* ou dans *Hara-Kiri*. L'idée d'utiliser le barbelé comme symbole de liberté est en avance sur son temps. Elle sera reprise par le photographe belge Anyka, en 2008, comme concept emblématique de la lutte en faveur des droits civils.

Le 29ᵉ album de Lucky Luke paraît dans *Spirou* en 1965 et sort chez Dupuis en 1967.

Dans cet épisode, Lucky Luke est méconnaissable. Il se met au potage de légumes et à la tarte au potiron, puis se déguise en «homme-médecine». Métamorphosé en Aigle Redoutable, il trafique du fil de fer barbelé et de l'huile de serpent. «Bonne à boire», celle-ci guérit la langue pâteuse, les hallucinations, les éléphants roses, la migraine du matin – bref, tous les maux énoncés par les clients! Aigle Redoutable rapporte aussi du tissu de coton à Annabelle Felps, la fermière blonde et joufflue qui ne mange jamais de viande rouge. Il découvrira, à son bras, les pas de la contredanse. Plus tard, il se fait passer pour Hamburger Jones au Congrès des éleveurs. Trop mince pour être honnête, il sera immédiatement repéré au milieu de l'assemblée des Meaty Bones («Os à Viande»), Chops Murphy («Monsieur Côtelettes»), Roasty Rowlings («Rôti Rowlings») ou Sirloin Waldo («Waldo Aloyau»)… Le cow-boy en rate sa sortie, se trompant de fenêtre à l'instant de sauter en selle: de quoi donner le fou rire à Jolly Jumper!

Cette histoire, où «rien n'est plus beau qu'un bœuf», se lit comme un formidable pied de nez aux traditions du western, avec des cow-boys convertis aux petits pois par peur de finir «hachés comme des hamburgers». Les auteurs se montrent impitoyables jusqu'au bout. Texas, le coupeur de clôtures à la solde des éleveurs, seul cow-boy à penser dans cet album, a droit au goudron et aux plumes: une véritable mise en abîme de la série. Après les rails, qui ont contribué à atténuer le sens premier de l'expression *Far West* (l'«Ouest lointain»), voici donc des clôtures, qui consacrent le droit de propriété des fermiers et remodèlent la prairie, où la viande et les légumes cohabiteront en paix.

La conquête de l'Ouest s'achève dans l'ironie. Morris et Goscinny immortalisent la fin de l'histoire en faisant poser un cow-boy chez le photographe devant une toile souvenir en trompe-l'œil, tandis que Vernon Felps prophétise à l'Amérique de demain le destin d'un «grand pays prospère». ● D. C.

CE QUE L'ON SAIT DE LA BOUCHE DU CHEVAL

La monture la plus célèbre de l'Ouest n'arrête pas de parler dans cet album. «Majeur» et vacciné, le cheval de Lucky Luke se verrait bien «entrer dans un saloon». À la ferme de Vernon Felps, Jolly Jumper se pourlèche à l'idée de goûter les «fameuses salades». Dans les moments difficiles, il refuse de s'en laisser conter par son cavalier, comme lorsqu'il ironise: «On critique ses collaborateurs, mais on est bien content de les retrouver quand on en a besoin!» Au bout d'une longue galopade, il fait la leçon à Lucky Luke, qui l'oblige à freiner des quatre fers, et lance à son cavalier: «Pas besoin de tirer sur le mors comme un fou!» Et quand son cow-boy s'essaie au *square dance* avec la fermière Annabelle Felps, le cheval le plus futé du Far West se moque tout haut: «Aigle Redoutable n'a pas l'air à son aise!» «Je ne crois pas qu'il parle, disait pourtant Morris. Il fait des réflexions pour lui-même. Il est un peu comme Milou.»

DES BARBELÉS SUR LA PRAIRIE

La pâture est à tout le monde

Pour les éleveurs, la prairie ne sert qu'à fournir l'herbe dont se nourrit leur bétail sur son passage. Quand des fermiers prétendent y faire pousser autre chose et protègent leurs cultures par une clôture de fil de fer, c'est la guerre. Il fallait un cow-boy décidément pas comme les autres pour choisir le camp de Vernon Felps contre les « viandards » !

UN *VILLAIN* À HOLLYWOOD

René Goscinny le voyait «gros et congestionné». Colérique et tyrannique, Cass Casey est de la race des *cattle kings*, ces empereurs du bétail mis en scène dans *Les Ranchers du Wyoming*. Le film de Tay Garnett sort en France en 1964, un an avant la création de l'aventure *Des barbelés sur la prairie* dans le journal *Spirou*. Le profil de Cass Casey n'est pas sans rappeler celui de l'acteur Robert Middleton, spécialisé dans les rôles de *villain* – le «méchant» – à Hollywood. Avec ses hommes de paille, Joe, Bud et Tex, le roi du bétail version Morris et Goscinny, propriétaire du saloon de Cow Gulch, ne s'intéresse qu'à la taille de ses steaks. Mais les auteurs parviendront à lui faire avaler son premier potage de légumes avant la fin de l'album.

Casey's belli

En 1875, à peine 275 tonnes de fil de fer barbelé ont été produites aux États-Unis. Quel avenir pourrait avoir ce matériau, dont l'usage, comme le rappelle Lucky Luke, est considéré par les éleveurs comme «une injure personnelle», un *«Casey's belli»* en quelque sorte ? Quand le fermier se déplace spécialement à Yellow Fever City pour en acheter au quincaillier de la ville, celui-ci propose de lui vendre de la

poudre, de la dynamite – n'importe quoi, mais pas ça ! À l'aube du XXe siècle, les ventes dépassent 150000 tonnes. La raison d'un tel essor commercial ? Précisément la «guerre des frontières» entre les éleveurs et les fermiers, à laquelle Morris et Goscinny ont mêlé Lucky Luke. Et quand les agriculteurs, à l'image de Vernon Felps, décident en masse de protéger leurs terres avec du

fil de fer barbelé, le conflit tourne à la «guerre des "coupeurs de clôtures"». Avec Lucky Luke, ces *fence-cutters* envoyés par Cass Casey finissent dans le goudron et les plumes… Dans les faits, il y a souvent des morts. Au point que la justice américaine finit par mettre en place un régime d'amendes et de peines de prison pour ceux qui sont pris en flagrant délit de sectionner les fils d'une clôture.

LE PETIT NOIR

Au cours de leurs périples à travers les grands espaces de l'Ouest, les cow-boys trouvent à s'alimenter dans les cuisines ambulantes que sont les *chuck wagons*. Goscinny s'amuse dès la première planche de l'album à nous livrer en exclusivité la recette si bien gardée d'un «bon café» : selon le chef de l'une de ces cantines, donc, «on met une livre de café mouillé d'eau dans la cafetière et on fait bouillir pendant une demi-heure. Puis on jette un fer à cheval. Si le fer à cheval ne flotte pas, on rajoute du café.» Évidemment, de nos jours, on n'a pas toujours un fer à cheval à portée de main, ce qui explique sans doute l'insipidité du *regular* américain. Le sage Vernon Felps, lui, est déjà passé au thé…

HEROS DE L'OUEST

Hollywood a fait de lui l'ennemi du Peau-Rouge, mais le vacher américain passe plus de temps à encadrer les troupeaux qu'à défourailler... Dans l'Oklahoma, les cow-boys se recrutent à tour de bras. Il est vrai que la demande de viande explose dans les grandes métropoles de l'Est. Et ce territoire est traversé par trois des quatre principales pistes de transhumance.

Cow-Boys et Fermiers L'Ame de l'Amerique

Sur un air de country… Leur vie est beaucoup moins enlevée que la mélodie de leurs banjos. Et leur rêve de réussite vire bien souvent au cauchemar. Entre 1862 et 1890, ils sont quelque deux millions à fouler le Midwest en quête d'une vie meilleure. Sans se douter des immenses difficultés qui les attendent…

Buffalo Bill, avec son célèbre *Wild West Show*, a séduit les foules de 1883 à 1913. Ce spectacle de cirque, qui revisite la conquête de l'Ouest, a aussi diffusé dans l'imaginaire des images toujours vivaces. Une figure s'impose en particulier, celle du cow-boy. Il incarne à la fois les valeurs proches de la chevalerie – il est noble, valeureux, galant, toujours prêt à défendre la veuve et l'orphelin contre les attaques des Indiens – et celles, typiquement américaines, de l'indépendance, de l'amour absolu de la liberté, de la simplicité et du bon sens.

Plus discret est le petit fermier venu s'installer dans l'Ouest avec sa famille pour y chercher sa part du rêve américain. On l'imagine construisant sa modeste demeure et cultivant sa terre. Lui aussi incarne le courage, l'indépendance, la modestie et le succès qu'on ne doit qu'à soi-même. Ces deux profils sont dépeints comme appartenant à deux mondes distincts quoique souvent en compétition. L'arrivée du fil de fer barbelé aurait mis le feu aux poudres : pour les éleveurs, la prairie doit rester cet immense espace de liberté et permettre le passage de leurs troupeaux, tandis que pour les fermiers il est impératif d'enclore leur terrain et de protéger leurs champs.

La réalité historique est bien plus complexe. Et surtout bien plus terne. Avec l'Ouest, les États-Unis trouvent leur récit fondateur. Or un mythe national s'affranchit nécessairement des réalités historiques, même s'il s'en nourrit. L'historien doit démêler l'écheveau des faits et des fantasmes. Quand on pense à la conquête de l'Ouest, une image s'impose d'emblée à l'esprit : celles des interminables enfilades de chariots bâchés traversant les grandes prairies du Middle West. Qui sont ces gens qui immigrent en masse vers ce territoire immense ? De quoi se nourrissent leurs espoirs ? Et comment vivent-ils ?

Il faut d'abord distinguer cette conquête, à proprement parler, de son aménagement. Le territoire des États-Unis se constitue très rapidement : il n'aura pas fallu plus de soixante-dix ans, après l'indépendance, pour atteindre les frontières actuelles – si l'on excepte les deux États de l'Alaska et de Hawaii, qui ne feront leur entrée dans l'Union qu'en 1959. Ces immenses terres réputées désertes, mal connues, constituent le «domaine public», administré directement par l'État fédéral, qui a la charge de les distribuer, au détriment des Indiens, et d'en définir l'aménagement. C'est tout l'enjeu de la période qui s'ouvre juste après la guerre de Sécession (1861-1865) : on passe alors d'une logique de conquête à une logique de peuplement.

La mise en œuvre la plus sublime du rêve américain

Il faut bien attribuer cette énorme réserve de terres. Mais comment, et à qui ? Une loi historique est votée en 1862, alors que la guerre fait rage entre nordistes et sudistes : le fameux *Homestead Act*, proposé par le sénateur du Missouri, Thomas Hart Benton. C'est une petite révolution : toute personne, sans condition de nationalité, peut recevoir 160 acres (soit 64 hectares) du domaine public si elle s'engage à cultiver cette terre pendant au moins cinq ans. La terre en elle-même est gratuite, seul le paiement d'un droit d'enregistrement est requis.

Les habitants des villes surpeuplées de la côte est, ou même d'Europe, y voient la mise en œuvre la plus sublime du rêve américain. Cette mesure convainc des milliers de personnes d'immigrer dans cette région, où elles espèrent pouvoir enfin devenir propriétaires – et seuls maîtres de leur destin. Le *Homestead Act* met le fermier à l'honneur et il fait ainsi écho à l'idéal agraire de Thomas Jefferson, troisième président des États-Unis et principal auteur de la Déclaration d'indépendance, en 1776 : le petit fermier indépendant, le *yeoman farmer*, doit rester à la base de la citoyenneté américaine.

Cette mesure généreuse est cependant, *in fine*, un demi-échec. Entre 1862 et 1890, la population américaine s'accroît de 32 millions de personnes. Les métropoles de l'Est ont un grand besoin de produits alimentaires, et la demande du marché intérieur ●●●

FILON
Portrait de Joseph Farwell Glidden, l'inventeur du fil de fer barbelé. Le modèle The Winner, breveté en 1874, connaît un immense succès – qui fera sa fortune. Mais il ne fait pas l'unanimité. Car la «corde du diable», comme l'appellent les Indiens, dessine dans les plaines de l'Ouest sauvage de nouvelles frontières : les clôtures.

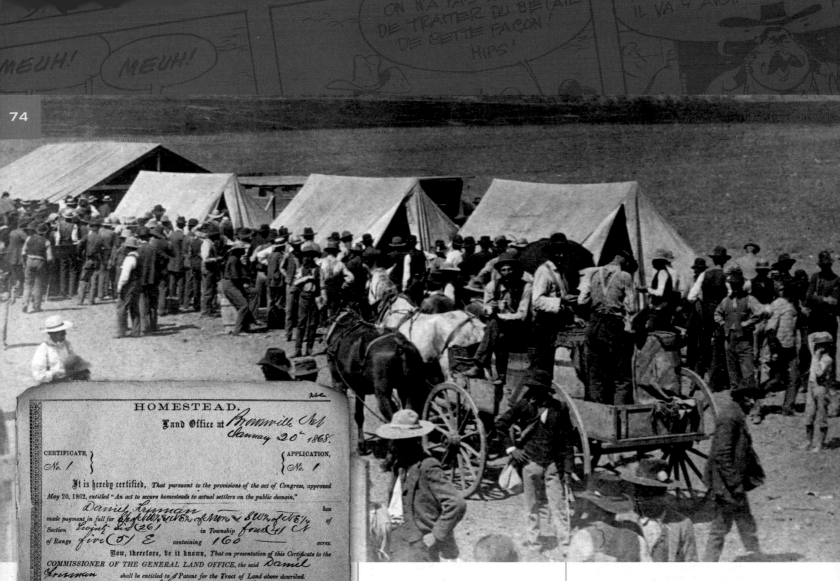

DISTRIBUTION

Premiers arrivés, premiers servis: telle est la devise des «courses» à la terre en Oklahoma. Pour les fermiers et les éleveurs de cette région, la ruée vers l'Ouest est précédée d'interminables files d'attente pour obtenir le certificat *(ci-dessus)* qui leur permettra de s'installer en toute légalité. Ils sont ainsi des dizaines de milliers à faire la queue la veille du grand rush sur l'ancien fief des Cherokees, à Orlando, le 15 septembre 1893. D'où – peut-être – leur empressement à avoir recours, par la suite, au sacro-saint *barbed wire*…

●●● explose. Or seuls 2 millions d'individus choisissent de s'installer dans l'Ouest à la suite du *Homestead Act*. Cela représente 400000 fermes, soit environ 100000 kilomètres carrés: c'est bien peu.

Le bilan n'est toutefois pas le même partout: dans le Dakota du Nord, le Dakota du Sud, le Nebraska, le Kansas, environ la moitié du domaine public est effectivement transférée à des petits fermiers. Mais, à l'ouest d'une ligne qui suit plus ou moins le 100ᵉ méridien – lorsque l'on quitte la prairie pour entrer dans les Grandes Plaines –, le climat est bien trop rude et trop sec pour que l'on puisse vivre d'une exploitation aussi modeste. Plusieurs révisions du *Homestead Act* augmentent la taille des lots de terre, la portant en 1909 à 130 hectares, sans pour autant attirer plus de monde.

Très vite, les meilleures terres sont prises. Et il faut s'installer ailleurs, plus à l'ouest encore ou plus au nord. Les déboires sont presque toujours au rendez-vous. Dans les Grandes Plaines, il n'y a que peu de forêts: on construit

donc sa maison comme l'on peut, le plus souvent avec des briques de terre compressée. Le confort est plus que rudimentaire: il faut s'accommoder de la poussière, mais aussi vivre avec les serpents. Comme le fait observer une habitante du Nebraska avec une ironie cinglante, ces maisons ont l'eau courante: elle passe par le toit…

L'isolement est une difficulté supplémentaire, tant pour s'établir que pour vendre ses produits, ou même simplement pour entrevoir la possibilité d'une vie sociale. Une pancarte, laissée sur une ferme abandonnée du comté de Blanco, au Texas, en dit long sur le sentiment d'isolement de ses habitants: «À 200 miles du premier bureau de poste, à 100 miles de la première forêt, à 20 miles du premier point d'eau, à un mile de l'enfer. Dieu bénisse notre foyer.»

Le plus difficile à supporter – principal défi pour l'agriculture – reste le climat aride. Les écarts de températures sont parfois extrêmes: en 1893, on relève jusqu'à 47 °C en été dans la ville de Glendive (Montana) et – 43 °C en hiver! Les vents balaient la plaine en toute saison. John W. Powell, explorateur et ethnographe, est le premier à avoir compris cet environnement: il perçoit l'aridité comme le facteur unificateur de cette immense région qui s'étend des rives du Mississippi jusqu'aux côtes du Pacifique. Dans les années 1870, les autorités fédérales refusent de voir cette réalité et promettent aux immigrés que le climat ne saurait être un obstacle à l'avancée de la civilisation américaine. Une doctrine s'impose, qui peut sembler aujourd'hui farfelue: *Rain follows the plow* – «La pluie suit la charrue».

> «À 200 MILES DU PREMIER BUREAU DE POSTE, À 100 MILES DE LA PREMIÈRE FORÊT, À 20 MILES DU PREMIER POINT D'EAU, À UN MILE DE L'ENFER. DIEU BÉNISSE NOTRE FOYER.»

La décennie 1880 semble donner raison aux plus optimistes : elles sont plus humides que la moyenne, et les pluies permettent l'installation de plusieurs fermes à l'ouest du fatidique 100e méridien. Mais le retour à une pluviométrie normale, à l'orée des années 1890, scelle le destin de ceux qui avaient espéré vaincre la nature. Nombre d'immigrants font demi-tour.

Une idéologie de l'Est plaquée à l'Ouest

Une constatation s'impose : dans l'Ouest, il faut soit irriguer – mais qui payera pour la construction des barrages et des canaux ? Quels droits de péages faudra-t-il verser ? –, soit avoir recours au *dry farming*, cette méthode qui laboure profondément la terre pour faire remonter l'humidité. Mais ce procédé fragilise le sol et le rend sensible à l'érosion. Dans cette région dominée par les vents, la catastrophe n'est jamais bien loin : elle surviendra dans les années 1930 avec le *Dust Bowl* («bassin de poussière»), qui ravage l'Oklahoma, le Kansas, le Texas, semant la misère.

En adoptant la loi du *Homestead*, on plaque sur l'Ouest une idéologie certes généreuse mais ancrée dans la réalité de l'Est. Dans les régions humides et tempérées de la côte atlantique, ce type d'agriculture est voué au succès. Mais, dans les plaines arides ou dans le froid des Rocheuses, la si-

tuation est toute différente. Le bilan écologique est souvent désastreux, et, pour ce qui est des hommes, ce n'est guère plus brillant. Le fermier, qui devait être le héros de l'Ouest, n'en est guère que la dupe.

En revanche, le sous-sol regorge de métaux précieux – la Ruée vers l'or de Californie reste l'épisode le plus connu. Le Nord-Ouest est couvert de forêts denses. Surtout, l'immensité des Grandes Plaines, celles-là même qui défient le fermier, offre des possibilités immenses aux éleveurs de bétail. Les Indiens et les troupeaux de bisons sauvages ayant été chassés, elles présentent un environnement idéal pour le pâturage. L'élevage est traditionnel dans la région : les Texans élèvent une race bovine, la *longhorn*, dont la rusticité est à toute épreuve. Ils guident des troupeaux vers les centres de consommation de la région, puis dans tout le Sud pendant la guerre de Sécession. Mais au lendemain du conflit, les États-Unis changent de visage.

L'industrialisation et son corollaire, l'urbanisation, progressent à une rapidité vertigineuse. En 1862 (l'année de l'adoption du *Homestead Act*), le Congrès vote une autre loi qui fera date : le *Pacific Railroad Act*. Son but est d'accélérer la construction du chemin de fer transcontinental et plus généralement d'accompagner les compagnies qui partent à l'assaut du Far West *(lire à ce sujet l'épopée de la pre-* ● ● ●

REVERS DE LA MEDAILLE

Tous les colons ne connaissent pas la prospérité escomptée. Les propriétaires ruinés sont contraints de revendre leur exploitation et de louer leur lopin. Ceux qui ne peuvent même pas se rabattre sur cette solution sont employés comme ouvriers agricoles.

EN 1967
GOSCINNY

Cette année-là, l'éditeur de *Pilote*, Georges Dargaud, laisse à Goscinny sa place de directeur, qu'il occupera sept années durant. Mais l'essentiel a lieu en 1963, quand Goscinny et Charlier se voient confier la corédaction en chef de l'hebdomadaire, fragilisé par une série de stratégies contradictoires. Dargaud reconnaît qu'au fond l'équilibre tient surtout au succès d'*Astérix*, devenu un véritable phénomène de société. Le génie de Goscinny sera d'élargir ces assises en transformant un périodique d'esprit plutôt «scout» pour en faire la grande centrale de production de la BD francophone, voire au-delà – Terry Gilliam, futur fondateur des Monty Python, y fait un passage.… Le mouvement a commencé dès l'arrivée aux commandes des corédacteurs en chef, qui s'est traduite par l'apparition de deux séries correspondant à leurs sensibilités respectives, *Blueberry* et *Achille Talon*.

Entre 1963 et 1974, le dynamisme et l'ouverture d'esprit de Goscinny vont attirer presque tout ce qui, avec le recul, paraît avoir compté dans la bande dessinée de cette époque de grand chambardement. On y retrouve plusieurs générations d'auteurs, de Raymond Poïvet, droit venu de l'après-guerre, au jeune Patrice Leconte, qui se cherche encore entre cinéma et BD, mais aussi la plus grande variété qu'on ait jamais vue – même après – en matière stylistique. Goscinny accueille les dessinateurs de *Hara-Kiri* (Cabu, Fred, Gébé, Reiser) et les futurs grands noms d'un genre qui, désormais, se libère des contraintes des «publications destinées à la jeunesse» (Druillet, Gotlib, Mandryka). Des signatures féminines apparaissent (Claire Bretécher, Annie Goetzinger). Des personnalités se transforment ou se révèlent : c'est dans *Pilote* que Jean Giraud se mue en Mœbius et que le jeune Jacques Tardi fait ses premiers pas. ● P. O.

AUX GRANDS MAUX

Fermiers et éleveurs font bon usage du fil breveté par Joseph Glidden. Les premiers, pour séparer leurs champs et éviter qu'ils ne soient piétinés par des troupeaux; les seconds, pour sélectionner les meilleures vaches et ainsi améliorer la qualité de la viande.

LES GRANDS REMEDES

Mais ce nouvel outil n'est pas du goût de tout le monde. Les *fence-cutters* («destructeurs de clôtures», qui sont surtout des cow-boys) y voient un obstacle à la libre circulation des bêtes et ne se privent pas de les sectionner. *(Photo de Solomon D. Butcher, 1885.)*

mière ligne transcontinentale, p 22-27). Dans les villes, les modes de vie changent, et la bourgeoisie américaine, de plus en plus prospère, veut manger de plus en plus de viande, ce qui fait exploser la demande. Tout cela induit un changement d'échelle radical de l'élevage traditionnel.

Derrière la figure isolée et romantique du cow-boy, c'est toute une industrie qui prend pied dans l'Ouest. On est bien loin du petit fermier indépendant à qui l'on veut donner sa chance: l'élevage à grande échelle n'est rendu possible que grâce à l'afflux massif de capitaux provenant de la côte est, voire d'Europe.

La Chisholm Trail, piste mythique du bétail

Et il y a de quoi attiser les convoitises: en 1883, un veau s'achète 5 dollars, tandis qu'un bœuf adulte se revend entre 45 et 60 dollars. Le bénéfice est énorme et donne lieu à une véritable explosion de l'activité entre 1867 et 1887. Au milieu des années 1880, on estime à 7,5 millions le nombre de têtes de bétail dans les Grandes Plaines. À peine l'hiver terminé, des troupeaux gigantesques (environ 3000 têtes) quittent le Texas sur des pistes devenues célèbres, comme la mythique Chisholm Trail *(voir carte p. 16-17).* Ils rejoignent les *cow towns,* ces centres ferroviaires où l'on charge le bétail dans des trains.

Ils rallient ainsi rapidement les grands centres urbains du pays, notamment les abattoirs de Chicago. La ville d'Abilene (Kansas), tête de pont du Kansas Pacific Railroad, est la pre-

● HÉROS OU FAUTEURS DE TROUBLE ?

Dans l'imaginaire collectif, la figure du cow-boy évoque, à juste titre, les grands espaces et un mode de vie nomade. Les westerns ont répandu le cliché selon lequel l'Indien serait son ennemi juré, alors que bien souvent, dans les faits, leurs routes se croisent sans qu'aucun coup de feu n'éclate ou qu'une flèche ne soit décochée. La mission des cow-boys dure en général deux mois. Deux mois épuisants au cours desquels ils sillonnent à faible allure d'interminables plaines, cheminent le long de pistes poussiéreuses, d'une monotonie terriblement ennuyeuse. La récompense d'un tel voyage n'est pas le maigre salaire – entre 30 et 40 dollar par mois –, mais l'arrivée en ville. Hollywood a largement mis en scène ces hommes, soudain livrés à eux-mêmes, déchaînés, qui débarquent sur leurs montures, effraient la population en tirant en l'air, font irruption dans les saloons – parfois même en selle *(illustration ci-contre)* –, poursuivent leur équipée de casinos en maisons closes… Une vision folklorique. Car, si la réputation de violence des villes de l'Ouest tient pour une grande part au désordre causé par ces cavaliers venus étancher leur soif de distractions, leurs faits d'armes se résument pour l'essentiel à des bagarres de rue, voire à du tapage nocturne. Cela suffit cependant à créer une autre légende: celle du shérif, qui incarne la seule autorité dans ces communautés isolées de l'ouest des États-Unis. Le célèbre Wyatt Earp fait ainsi régner l'ordre à Wichita, puis à Dodge City, avant d'aller s'illustrer plus loin, à Tombstone, dans l'Arizona – ville où résonne le souvenir de la célèbre fusillade d'OK Corral. **Y. F.**

PETARADES

Chisum, d'Andrew McLaglen, fait revivre à l'écran John Chisum (avec John Wayne dans le rôle-titre), ce riche éleveur du Nouveau-Mexique impliqué, aux côtés de Billy the Kid, dans la guerre du comté de Lincoln *(lire p. 63-67)*. À sa sortie en salles, en 1970, le long métrage enthousiasme le président Richard Nixon.

CAVALCADES

Dick Talbot, le «roi du ranch», est créé par Albert Aiken, un artiste hésitant entre le masque et la plume. Comme la plupart des cow-boys de papier de la fin du XIXe siècle, il est stéréotypé. Mais ces personnages renouvellent les récits d'aventures de l'Ouest – du pain bénit pour les romans bon marché *(dime novels)*.

mière à se faire une spécialité de ce commerce. D'autres villes suivent l'exemple; elles sont restées dans la culture populaire comme des icônes de la culture cow-boy: c'est le cas de Dodge City ou de Wichita, toutes deux dans le Kansas.

La mission du vacher consiste à accompagner ces troupeaux pendant les deux mois nécessaires, en moyenne, pour faire la route. On ne veut pas aller plus vite: les *longhorns* sont robustes, mais ils font peu de viande. Un rythme trop rapide les amaigrirait davantage et rendrait leur élevage moins rentable. On souhaite au contraire profiter du voyage pour les engraisser, et c'est même là que réside la clé de cette activité: pour l'essentiel, les troupeaux sont nourris sur les immenses pâturages du domaine public fédéral, sans qu'il en coûte un dollar à l'éleveur.

Un flou juridique qui ouvre la voie à la violence

En général, il faut une quinzaine de cow-boys pour encadrer un troupeau de cette taille. Ils se relaient la nuit pour faire le guet et empêcher les attaques des coyotes – que les *longhorns* savent bien repousser, avec leurs cornes *(horns)* de presque deux mètres d'envergure. La figure la plus importante du groupe est le cuisinier; il fait aussi office d'infirmier, voire de médecin. Il est le seul à jouir d'un minimum de confort pendant le voyage.

Pour les cow-boys, souvent pauvres et peu considérés, toutes les nuits se passent à la belle étoile, et les journées se répètent dans une monotonie que rien, ou presque, ne vient rompre. Les attaques des Indiens appartiennent bel et bien au folklore: tout juste exigent-ils, ponctuellement, le versement d'un péage pour traverser leurs terres. Un certain nombre d'entre eux rejoint d'ailleurs les rangs des cow-boys, même s'il est très difficile d'estimer ce nombre. C'est aussi le cas d'anciens esclaves noirs, fuyant le Sud, dont la société, en dépit de l'émancipation, reste profondément raciste.

Le fermier et l'éleveur sont donc deux figures de l'Ouest très différentes. L'un renvoie à une vision de l'Amérique traditionnelle et agraire, qui veut voir dans la culture de la terre le socle de toute vertu, tandis que l'autre est le symbole d'un pays moderne, industrialisé, qui considère cette région comme un immense terrain où les premiers arrivés font les plus gros profits.

> *LES ATTAQUES DES INDIENS APPARTIENNENT BEL ET BIEN AU FOLKLORE: TOUT AU PLUS EXIGENT-ILS, PONCTUELLEMENT, LE VERSEMENT D'UN PÉAGE POUR TRAVERSER LEURS TERRES*

Il n'est pas étonnant dès lors que des conflits éclatent entre eux. Et pourtant, là aussi, le folklore a bien exagéré la réalité: éleveurs et fermiers vivent le plus souvent dans des zones distinctes, et les grandes régions agricoles sont interdites au bétail texan, dès les années 1860, car il est porteur d'une tique qui décime les animaux élevés sur place. Quant au barbelé, il est bien plus souvent utilisé par les éleveurs eux-mêmes pour enclore leurs terres que par les fermiers. Si les clôtures provoquent bien, de temps à autre, des violences, elles opposent plus souvent les éleveurs entre eux que les fermiers aux éleveurs. Ces crises présentent toutefois le grand intérêt de mettre en évidence le rôle de la violence dans l'Ouest, qui repose le plus souvent sur l'ambiguïté du cadre légal de ces activités: le flou étant la règle, il est plus efficace d'avoir recours à l'intimidation, voire à la violence, qu'aux tribunaux. Sur ce point, au moins, les historiens s'accordent avec les romanciers.

● YVES FIGUEIREDO

CALAMITY JANE
UNE FEMINISTE AU FAR WEST

Sous ses dehors de garçon manqué, c'est une vraie femme
qui revendique une place à part entière dans l'univers
machiste de l'Ouest. Elle finira par imposer le respect
à tous les habitants d'El Plomo comme à Lucky Luke.

Pour sa première rencontre avec un authentique personnage féminin, Lucky Luke se trouve bien démuni face à Calamity Jane : il est surpris, nu comme un ver, en train de barboter dans un lac, sans son Colt – qui est pour lui aussi important que son pantalon, puisqu'il demande à Calamity Jane de ne pas se retourner tant qu'il ne l'a pas attaché… On a souvent reproché aux auteurs de BD franco-belge l'absence de figures féminines dans leurs œuvres. Bien qu'il ne l'ait jamais revendiqué, on a le sentiment, en lisant *Calamity Jane*, que Goscinny a voulu se rattraper en un seul album, et en un seul personnage, des accusations – injustes – de misogynie qui lui ont été portées. Dès sa première apparition, mettant en fuite à coups de carabine Winchester les Indiens qui s'en prennent à Luke en train de se baigner, Calamity Jane s'affirme comme une figure hors du commun, dont le courage et l'habileté aux armes n'ont rien à envier à ceux du héros solitaire.

Cette apparition de Calamity, sous ces traits et dans cette optique héroïque, est pourtant une surprise pour les lecteurs attentifs de *Lucky Luke*, puisque, on s'en souvient, dans *Lucky Luke contre Joss Jamon*, non seulement elle affichait un physique très différent, mais elle était de surcroît présentée comme une criminelle qui, à l'instar de Jesse James ou des Dalton, est conviée par Jamon à faire partie du jury chargé de condamner Luke à mort *(voir p. 31)*. Outre le fait que cette «nouvelle» Calamity est plus proche de la réalité – la «vraie» n'a jamais eu affaire sérieusement à la justice –, elle est également, dans le cadre de la série, totalement amnésique. En effet, ni elle ni Luke ne se rappellent cet épisode, pour le moins marquant – certes, Lucky Luke a été condamné plusieurs fois à la corde, mais ce n'est quand même pas quelque chose que l'on oublie facilement !

Les auteurs nous montrent clairement que les deux protagonistes se croisent pour la première fois. Quand le cowboy décline son identité, Jane, étonnée, s'exclame, comme le commun des mortels : «*le* Lucky Luke», avant de lui broyer la main d'une manière bien peu féminine. C'est une véritable rencontre au sommet de deux célébrités que Morris et Goscinny mettent en scène, la réputation de Luke étant visiblement, dans leur monde de fiction, au moins l'égale de celle de Calamity. La structure de l'album, inhabituelle, donne d'ailleurs la part belle au personnage éponyme, car, au nombre des apparitions, Jane rivalise avec Lucky Luke.

Pour la première fois – et pratiquement la seule –, Luke partage la vedette avec un autre personnage qui, pour le coup, n'est plus vraiment secondaire. Quelques années avant l'apparition, dans les pages de *Pilote*, des aventures de Valérian et Laureline, le tandem Morris-Goscinny inventait la parité en BD. Avec Calamity Jane, le dessinateur et son scénariste campent un personnage assez proche de l'image que l'on a gardée de la plus célèbre aventurière de l'Ouest. Ils esquissent aussi un portrait de femme moderne, tiraillée, au fil des pages, entre sa nature intrépide et ses aspirations à une féminité plus classique. Fort heureusement, ils prennent comme toujours quelques libertés avec la vérité historique.

On sait aujourd'hui, par exemple, que ce n'est pas seulement son côté garçon manqué et sa soif d'aventure qui ont poussé Calamity Jane à partir vers l'Ouest, contrée si dangereuse et si peu fréquentée par les femmes. Fille de mormons, elle a fui à la mort de ses parents, abandonnant ses frères et sœurs, pour échapper au mariage polygame auquel la communauté voulait la contraindre. On sait aussi que, si elle a bien été guide pour la cavalerie, elle ne l'a pas été sous ●●●

p. 80-81

CALAMITY JANE

La lady pétroleuse

p. 82-87

FRONDEUSE

Ni pute ni soumise

●●● sa véritable identité, sinon travestie en garçon. Quant à son mariage avec Wild Bill Hickcock, et si elle l'a toujours revendiqué, il n'en existe aucune trace légale, et ils n'ont jamais eu de vie commune – mais la vision d'une Calamity en femme au foyer nettoyant les fusils au lieu de l'argenterie valait largement cet écart avec la réalité ! Morris et Goscinny passent bien sûr les aspects les moins souriants de son existence, comme le viol, la prostitution et l'alcoolisme, un vice dans lequel elle commence déjà à sombrer à cette période de sa vie – nous sommes après tout dans une bande dessinée humoristique et estampillée « tout public ».

La Calamity Jane que l'on voit ici est ce que l'on appelait alors une « pétroleuse », une femme qui n'hésite pas à recourir à une brutalité bien peu féminine – du moins, selon les canons traditionnels – pour se faire respecter par les hommes, par exemple lorsqu'elle s'impose dans le saloon « interdit aux femmes ». C'est une féministe avant l'heure, comme le sont d'ailleurs, à leur manière, paradoxalement, les dames bon chic bon genre du club auquel elle postule plus tard dans l'album. Dès lors, outre l'enquête minutieuse à laquelle se livre Lucky Luke, devenu pour le coup un détective aux méthodes qui rappellent celles d'un Sherlock Holmes (analyse d'une motte de terre), le vrai thème de l'album se fait jour : la place de la femme dans ce monde d'hommes qu'est l'Ouest.

Ce sont même deux approches du féminisme que les auteurs nous montrent ici, à première vue incompatibles et qui, pourtant, loin de s'opposer, finiront par se rejoindre. D'un côté, Calamity, garçon manqué, qui cherche à tout prix à s'imposer au milieu des hommes, par la force s'il le faut, en reprenant leurs codes, leur vulgarité même – elle crache sa chique ou hurle dans les oreilles des mules des gros mots pour les faire avancer ; de l'autre, ces « dames respectables », dépeintes avec beaucoup de subtilité et d'attention. Car, contrairement aux dames patronnesses d'Europe, les membres de ces ligues de vertu féminines du Far West ne se contentent pas de veiller à la respectabilité, aux bonnes mœurs et aux bonnes apparences. Ainsi, leur combat contre l'alcool et les débits de boisson – elles finissent par obtenir la prohibition, avec les effets pervers que l'on sait – ne se fonde pas seulement sur le puritanisme. Si elles luttent contre l'alcoolisme, c'est qu'elles y voient la première source des violences faites aux femmes, un terrible fléau dans l'Ouest des pionniers. Et l'Histoire leur donnera raison : grâce à la prohibition, qui s'impose à partir de la fin du XIXe siècle dans les nouveaux États de l'Ouest, ces violences diminuent de manière significative.

Comme souvent, Goscinny écarte à la fois le manichéisme et la caricature facile pour tirer le portrait de ces mères-la-vertu à la recherche, dans un monde machiste, de respect, tout comme Calamity, à sa propre façon. D'ailleurs, son double dans l'album n'est jamais présenté comme hommasse, dure ou alcoolique, mais simplement comme une femme qui cherche sa place dans un monde d'hommes, sans sacrifier une once de son indépendance si chèrement gagnée. Luke lui-même lui témoigne à sa manière un profond respect : la voyant s'éloigner à la fin de l'histoire, il se découvre et la regarde pensivement chevaucher vers le soleil couchant… ● R.G.

L'album sort chez Dupuis en 1967 après sa prépublication dans *Spirou* en 1965-1966.

ROBERT GAINSBOROUGH, DE L'ÉCOLE DE MAINTIEN ET DE BONNES MANIÈRES DE HOUSTON.

Une mauvaise influence ?

Pour une fois, le personnage caricaturé dans *Calamity Jane* n'est pas une figure passagère, mais se trouve au centre de l'intrigue : c'est le professeur de maintien qui doit lui apprendre les bonnes manières, afin qu'elle soit acceptée par les dames d'El Plomo. Pour incarner le flegme et la distinction d'un vrai gentleman, Morris lui a donné les traits du *so British* comédien anglais David Niven. Son flegme et sa distinction ne résistent toutefois pas à la fréquentation de notre héroïne : le personnage apparaît détruit par son expérience avec la pétroleuse du Far West, comme si, de manière très freudienne, un transfert s'était opéré entre lui et sa patiente. Pourtant, chez Calamity, dès que l'occasion se présente, le naturel revient au galop. Espérons, pour la clientèle de ce très chic professeur de maintien (et son avenir professionnel) qu'il en sera de même pour lui dès qu'il aura regagné la « civilisation » !

CALAMITY JANE

La lady pétroleuse

Avec ses manières de charretier, ses talents de fine gâchette et ses gâteaux immangeables, la « squaw dingo », comme l'appellent les Apaches, n'a sans doute aucune chance de devenir une vraie lady, même avec Gainsborough en pygmalion. Mais cela n'empêche pas qu'elle est une femme respectable et finalement reconnue comme telle…

SECOND RÔLE

Étonnamment, pour un personnage aussi passionnant et haut en couleur, Calamity Jane n'a jamais été bien servie par le cinéma. Hollywood, même à la grande époque du western, n'a jamais produit de film majeur sur sa vie. Humiliation suprême pour cette femme libre et indépendante, la plupart des opus au générique desquels elle figure ont en fait pour personnage principal le grand amour de sa vie, Wild Bill Hickock ! Il y a plusieurs raisons à cela, bien entendu. Outre le fait que le western reste un genre très masculin, voire machiste, et le peu de place que les femmes tiennent à Hollywood, en dehors des drames familiaux, Calamity a toujours été moins populaire aux États-Unis qu'en France, les Américains lui préférant la plus « respectable » Annie Oakley, qu'elle a côtoyée d'ailleurs au sein du cirque de Buffalo Bill. Le seul film véritablement intéressant qui porte le nom de notre héroïne est celui réalisé par David Butler en 1953, avec Doris Day dans le rôle de Calamity (photo). Il a d'ailleurs peut-être inspiré Goscinny, car l'aventurière y apparaît aussi comme une redoutable affabulatrice !

Pourquoi si peu de femmes ?

On connaît aujourd'hui les raisons principales d'une telle absence : elle est due essentiellement à la loi de 1949 sur les publications destinées à la jeunesse, qui fait peser un risque de censure sur toutes les bandes dessinées qui se risqueraient à faire figurer un personnage du beau sexe dans une attitude affriolante. Hergé expliquait que la Castafiore était le maximum de féminité qu'il pouvait se permettre, et Morris, pour sa part, s'amuse à dessiner, dans les cadres aux murs des saloons, des femmes nues, recouvertes systématiquement par l'éditeur Dupuis – elles n'apparaîtront au grand jour que lorsque *Lucky Luke* rejoindra *Astérix* chez Dargaud, au sein de *Pilote*, magazine moins orienté « enfants » que *Spirou*. À cette époque, jusqu'au début des années 1980 – et l'arrivée au ministère de la Culture de Jack Lang, qui, sans abroger la loi, appelle à une application plus souple et moderne –, seule Lady X, la très sexy ennemie jurée de l'aviateur Buck Danny, fait exception dans le paysage de la BD franco-belge. Les censeurs doivent estimer que sa plastique avantageuse, toujours suggérée, de tentatrice va de pair avec son caractère de méchante.

Bis

Quand un personnage est si réussi, il serait dommage de ne pas le faire revenir un jour. Calamity, comme les Dalton, bien sûr, et aussi Billy the Kid, aura donc l'honneur de figurer dans une autre aventure de Lucky Luke. Ce sera dans Chasse aux fantômes *en 1992, scénarisé par Lo Hartog Van Banda : des bandits tenteront de compromettre cette légende de l'Ouest.*

ENTRE HOMMES

Repaire réservé à la gent masculine, les saloons ne font pas peur à la jeune femme, qui les fréquente sans appréhension et répond aux quolibets dans un langage fleuri. Elle s'adonne au poker, avec des fortunes diverses. C'est dans l'un de ces tripots que son mari, Wild Bill Hickock, trouvera la mort à une table de jeu, en 1877. *(Photographie à Meeker, Colorado, vers 1895.)*

Ni Pute ni Soumise

Dans un Far West livré aux mains des cow-boys, des chercheurs d'or et des joueurs de poker, les femmes sont réduites à deux catégories : mère au foyer ou prostituée ! Dans les années 1870, Martha Canary choisit une autre destinée, frappée du sceau de l'indépendance. Quitte à se travestir…

Une cow-girl blonde et jolie, chevauchant à travers les plaines sur son cheval blanc. Une justicière invulnérable, armée jusqu'aux dents. Une hors-la-loi bravant les interdits. Tantôt prostituée alcoolique, tantôt vagabonde égarée, tantôt épouse et mère au foyer… Jamais personne dans l'histoire de l'Ouest américain ne s'est vu attribuer autant d'étiquettes que Calamity Jane. De son vrai nom Martha Canary, elle est sans doute le personnage le plus complexe et le plus controversé de cette époque. Il y a encore quelques années, la seule certitude concernant son existence était… la date de sa mort, le 1er août 1903 !

Tout le monde veut savoir d'où vient son surnom légendaire, comment et pourquoi elle est devenue aussi célèbre à une période charnière de l'histoire des États-Unis. Une chose est sûre : on ne peut la dissocier de la Ruée vers l'or, des conflits avec les Indiens, des hors-la-loi et des saloons. Du temps de sa splendeur, où l'espoir d'une vie meilleure était envisageable, jusqu'à son déclin sombre et sanguinaire, l'Ouest était synonyme de violence, d'épidémies, de survie. Un monde impitoyable où le chaos régnait.

Pour comprendre Calamity Jane, il faut la replacer dans le contexte historique et géographique de son temps. Plus d'un siècle durant, des générations d'historiens se sont plongés dans de méticuleuses recherches sur la véritable existence de celle que l'on surnommait l'«Héroïne des plaines». Le voile peut donc être levé…

Les deux grandes ruées vers l'or de 1847 et de 1864 attirent des migrants du monde entier. Pour rejoindre la côte ouest depuis l'est du continent, il n'existe qu'une seule solution, longue, onéreuse et périlleuse. Un voyage de cinq mois en convoi de chariots à travers les États du Wyoming, du Montana, de l'Utah et de l'Oregon. Tout sauf une promenade de santé ! Les pionniers affrontent des conditions climatiques éprouvantes ; ils font face au manque de provisions et à la perte de bétail.

Née en 1856 d'une famille de modestes fermiers du Missouri, la jeune Martha sillonne, comme des milliers d'autres, les terres indomptées de la célèbre piste de l'Oregon. Le désir d'être une femme libre, sans cesse sur la route, chevauchant à travers les plaines, chassant et buvant, dénote déjà sa personnalité. Mais le voyage vire au désespoir lorsque sa mère succombe à la maladie et que son père délaisse ses enfants. Martha est âgée d'à peine 10 ans et doit assumer seule ses frères et sœurs ; une bien trop lourde responsabilité pour une aussi jeune fille. Et il ne faut pas longtemps pour que les enfants Canary soient définitivement séparés. Livrée à elle-même, l'aînée fait sa propre éducation. Elle s'endurcit et s'adapte vite à la vie sauvage.

Une adolescente parmi les ouvriers et les proxénètes

Malgré l'interdiction officielle de pénétrer dans les nouveaux territoires, récemment investis par le gouvernement, la région est assaillie de toute part. En quelques semaines, des villes, pour la plupart éphémères, poussent tels des champignons. En 1862, le président Abraham Lincoln lance un projet de ligne ferroviaire transcontinentale. Son ambition : relier l'Est à l'Ouest en à peine une semaine.

L'année 1869 marque une nouvelle ère : alors que le train est déjà sur les rails, la page de l'Ouest idyllique se tourne. Martha passe son adolescence aux abords de Virginia City (Montana) ou de Fort Laramie (Wyoming). Elle y côtoie des ouvriers, des proxénètes et des militaires.

Depuis l'expédition menée par Meriwether Lewis et William Clark en 1804 – partis de l'Illinois, ils atteignent le Pacifique après avoir remonté le Missouri –, le gouvernement mandate de nombreuses missions au cœur des Black Hills du Dakota du Sud. Il s'agit officiellement d'explorer et de cartographier les terres sacrées du peuple indien – la raison officieuse restant, bien entendu, l'or. Le 25 mai 1875, le professeur Walter Jenney et son groupe géologique quittent Fort Laramie. Parmi les quelque 200 hommes, une femme, Martha, secrètement enrôlée. Si l'aventureuse n'y participe que quelques jours avant de se faire expulser, cela suffit pour qu'un journaliste rapporte l'anecdote dans la presse : Calamity Jane, cette insolente qui ose enfreindre la loi en se déguisant en homme. •••

COW-GIRL
Martha Canary (1852-1903), alias Calamity Jane (*photographiée vers 1895*). Bottes, pantalon, veste en peau de daim, cartouchière et carabine à répétition… une panoplie pour le moins rare dans les villes de l'Ouest !

BLOCKADE OF PACKERS WHITE PASS TRAIL

METAL PRECIEUX

La promesse de gisements aurifères fait miroiter des rêves de fortune. La famille Canary s'engage vers 1865 sur les routes incertaines de l'Ouest. Un voyage à haut risque. La mère décède peu après leur arrivée dans le Montana, et le père rebrousse chemin pour s'installer à Salt Lake City.

●●● À l'époque, une femme qui porte des pantalons, fume le cigare ou fréquente un milieu masculin est passible d'emprisonnement. Loin de se douter que sa notoriété monte en flèche, Calamity Jane suit son instinct vagabond. Récidiviste, elle s'engage dans l'armée aux côtés du général Crook. L'année 1876 marque un tournant dans les guerres indiennes. Le 17 juin, Crook est vaincu à la bataille de Rosebud, tandis que Custer essuie une défaite historique à Little Big Horn, le 25 juin. Mais la guerre n'est pas pour autant gagnée pour les Indiens: ils sont décimés, expulsés de leurs terres et parqués dans des réserves. Calamity Jane n'a jamais pris part au massacre des Peaux-Rouges. Son rôle dans l'armée a été considérablement exagéré par les médias.

Dans son autobiographie, publiée en 1896, Martha Canary se félicite d'avoir été baptisée «Calamity Jane» par le général Egan, dont elle a sauvé la vie au cours d'une bataille. Pourtant, quelques années après la disparition de l'aventurière, l'intéressé dément catégoriquement les faits, ne se rappelant que d'une femme excentrique qu'il avait expulsée de son corps d'armée pour mauvaise conduite. D'autres soutiennent que son surnom provient du nom donné aux prostituées ou de son statut de jeune orpheline errante. Sa première évocation dans la presse nous est connue: dans le *Chicago Tribune* du 15 juin 1875, soit quelques jours après son expulsion de l'expédition du géologue Walter Jenney.

En 1877, dans son recueil *The Black Hills and American Wonderland*, le journaliste Horatio Maguire consacre un chapitre à celle qu'il décrit comme une héroïne des temps modernes, enjolivant au passage son rôle dans l'armée. Edward Wheeler s'empare à son tour de l'extravagante Calamity Jane, justicière invulnérable, pour en faire l'un de ses personnages récurrents. Le romancier s'est rendu célèbre avec ses *dime novels* – ces romans à dix cents qui dans les années 1870 et 1900

A SON COMMANDEMENT

Le général Cook, qui s'illustre dans les guerres indiennes, lui confie en 1876 une mission d'éclaireuse dans les Black Hills, un territoire indien dans le Dakota du Sud. Un pic de la région porte aujourd'hui le nom de l'exploratrice.

contribuent à forger les mythes de la conquête de l'Ouest – consacrés à son héros de fiction Deadwood Dick.

En 1878, Martha Canary passe du statut de célébrité locale à celui d'héroïne nationale. La fiction dépasse la réalité, la légende éclipse la femme. Dé-

ELLE REFUSE LA VIE MISÉREUSE DES MAISONS CLOSES OU DES CUISINES POUSSIÉREUSES D'UN RANCH. ELLE VEUT VIVRE À SA FAÇON ET ASPIRE À UNE EXISTENCE RESPECTABLE

sormais, Calamity Jane est l'objet de toutes les convoitises et des rumeurs les plus folles. Qu'on ne s'y trompe pas, Martha n'a rien à envier à Calamity.

Deadwood, ville qui voit le jour en 1873 dans les Black Hills du Dakota du Sud, est synonyme de violence, de fortune et de pandémies. Dans les rues grouillantes, les muletiers côtoient les danseuses légères, les chercheurs d'or, les marchands, les trafiquants. Entre 1876 et 1879, au détour d'un saloon, on y croise Calamity. Malgré une réputation d'alcoolique – qui la conduit à effectuer des séjours à l'ombre –, elle témoigne d'une sincère générosité envers les plus faibles et les plus démunis. Plus d'une fois, elle met même sa vie en jeu pour secourir et soigner des malades atteints de la variole durant la grande épidémie de 1878. Connue pour ses frasques et ses excès en tout genre, elle sait aussi se montrer avenante, voire douce, en particulier envers les enfants.

Là où certains historiens machistes voient en elle la prostituée alcoolique la plus célèbre du Far West, les féministes saluent un symbole de liberté à une époque où la condition féminine est plus que critiquable. Calamity Jane refuse la vie miséreuse des maisons closes ou des cuisines poussiéreuses d'un ranch. Elle veut vivre à sa façon. Mais, au-delà du symbole, de la célébrité et des clichés véhiculés par les médias, elle aspire à une vie plus posée.

Dans l'Ouest, une manière de se faire respecter est de se faire appeler « Madame ». Bien que plusieurs fois mariée, mère d'au moins deux enfants (nés en 1882 et 1887), Martha n'a toutefois pas toujours su bien s'entourer… Au point de se voir associer à certains bandits. Même s'il lui arrive souvent de fréquenter des crapules peu fréquentables ou de leur payer une tournée, Calamity Jane n'est pas une hors-la-loi pour autant. Comme à son ha- ●●●

TOUJOURS EN SELLE

L'aventurière parcourt l'Ouest à bride abattue, du Kansas au Montana, où sa réputation de cavalière hors pair la précède. Elle garde toujours la main à proximité de son ceinturon et ne chevauche jamais sans son lasso, instrument avec lequel elle ficelle ses ennemis. *(Photographie de 1901, deux ans avant sa mort.)*

EN 1967

– MORRIS –

En avril 1967 est publié le premier grand hommage à Morris sous la forme d'un numéro de *Spirou* – « Spécial Lucky Luke » –, un anniversaire – 20 ans ! – à la fois jovial et dithyrambique orchestré par le Monsieur Loyal du journal : Yvan Delporte. Pour ce dernier, témoin des années *Spirou* depuis la guerre, l'occasion est trop belle de décrire un Maurice De Bevere (Morris) au look de zazou venu présenter ses planches en 1946 : « Sec, raide et fluet, l'œil acéré derrière ses verres de myope, les cheveux frisottants de la nuque caressant un col de six centimètres de haut, que maintient une petite barre chromée, une cravate soigneusement filiforme révélée par le bâillement d'un veston qui dégringole jusqu'au haut des cuisses, le pantalon étroit au large rebord, hissé à trois doigts des chaussures à semelle épaisse, le jeune dessinateur, planté devant le bureau, attend l'avis du jeune éditeur. » Vingt ans se sont écoulés depuis cette scène, et Morris compte déjà 29 albums à son actif, le 30e, *Calamity Jane*, devant sortir quelques mois plus tard. Après quelques rapides hommages rendus jusque-là à Lucky Luke par le septième art – ses opus apparaissent, entre autres, dans les longs métrages *Un homme et une femme*, de Claude Lelouch, et dans *Ne nous fâchons pas*, de Georges Lautner –, il passe enfin sous les feux des projecteurs en 1966 dans le film de Philippe Fourastié intitulé *Un choix d'assassins*. Bernard Noël y incarne un dessinateur de bande dessinée dont le héros de papier n'est autre que Lucky Luke ! Un Lucky Luke dont la chance a finalement – mal – tourné, car il finit « liquidé » par Joe Dalton… « J'en ai eu froid dans le dos », avouera Morris… ● PH. M.

LES FEUX DE LA RAMPE

En 1896, elle s'essaie avec succès à un show orchestré par le Khol & Middleton Dime Museum. Elle est la coqueluche de la presse. Cinq ans plus tard, elle fait une brève apparition dans la troupe de Billy the Kid *(ci-dessus)*, qui la renvoie.

BOIRE ET DEBOIRES

«Que Dieu bénisse le whisky!» Un toast maintes fois répété par Calamity *(en robe noire)*. La cow-girl solitaire est connue aussi pour avoir une sacrée descente. Son penchant pour la boisson et ses cuites épiques lui valent des démêlées avec la justice et défraient la chronique, qui se passionne pour ses frasques.

bitude, elle se trouve souvent au bon endroit au bon moment pour se faire remarquer, mais il lui arrive aussi de l'être avec les mauvaises personnes. Quoi de plus jubilatoire en effet pour des journalistes en quête de scoop que d'associer cette indomptable figure de l'Ouest aux criminels et aux desperados les plus recherchés?

La vérité est qu'elle n'a jamais participé à des vols ou à des assassinats, elle n'a jamais rencontré Jesse James ni les frères Dalton. Jouant les trouble-fête, elle s'affiche volontiers aux bras de ceux qui font respecter la loi, en particulier de son alter ego masculin, le célèbre Wild Bill Hickok. Réputé pour sa bravoure et son habileté

au tir, Wild Bill Hickok fait partie de ces hommes redoutés et respectés à la fois. Engagé très tôt au service de son pays, il devient éclaireur pour le général Custer, député puis marshal. Mais sa réputation d'homme violent le rattrape lorsque la rumeur lui prête une dizaine de victimes innocentes. Wild Bill, comme Calamity, souffre

⦿ LES FEMMES, LA MOITIÉ INVISIBLE DU FAR WEST

L'Ouest américain, terre de pionniers. Mais aussi de pionnières... L'Histoire n'a retenu, principalement, de ces immigrants venus peupler ces territoires précédemment alloués aux Indiens que les fermiers, les éleveurs, les cow-boys, les brigands... Autant de professions réputées masculines, qui se déclinent pourtant, dès le début de la conquête de l'Ouest, au féminin. À la faveur du *Homestead Act* (1862), les compagnes, épouses, mères de famille – sans oublier, bien sûr, les épigones

de Calamity – y affluent dans la seconde moitié du XIXe siècle. Et toutes ne vont pas se cantonner aux tâches classiques de la ménagère. L'époque, marquée par la fin de la guerre de Sécession et l'abolition de l'esclavage, est en effet à l'émancipation. Certaines femmes, conscientes de l'infériorité de leur condition, se muent en militantes, forment des associations, des groupes de pression pour faire reconnaître leurs droits de citoyennes à part entière. C'est du côté de la Frontière que ce mouvement porte ses fruits, avec, dès 1869, une première

– précoce – qui fera date: la «mixité» des urnes *(ci-contre)*. À Laramie, ville du Territoire du Wyoming fondée par des trappeurs, Mme Louise Swain fait entendre la voix électorale de ses comparses. Par la suite, le Colorado, en 1893, l'Utah et l'Idaho, en 1896, autoriseront eux aussi le vote des femmes. Il faudra toutefois attendre l'adoption du 19e amendement à la Constitution pour que cette mesure soit ratifiée par les assemblées de tous les États de l'Union – en 1920. Soit vingt-quatre ans avant la France, le pays des droits de l'homme... et de la femme. X. D.

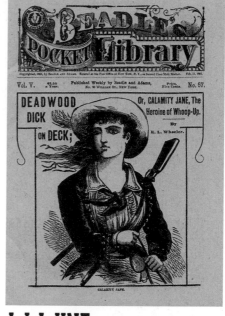

VERSION GLAMOUR

En 1948, Jane Russell et Bob Hope forment, dans *Visage pâle* (*The Paleface*), de Norman Z. McLeod, un couple inhabituel, comme se plaît à les mettre en scène Hollywood. Elle, belle à se damner, campe une Calamity à l'identité secrète; lui, dentiste naïf, ignore tout de sa dulcinée. Loin, très loin de la réalité…

A LA UNE

Sa ville d'ancrage, où elle repose désormais, est Deadwood, cité sans foi ni loi au cœur des Black Hills, dans le Dakota du Sud. L'équipée sauvage de l'«héroïne de la nouba» fait les choux gras de *Beadle's Pocket Library*, éphémère (1885-1892) hebdomadaire new-yorkais.

de l'amalgame entre l'homme et sa légende. Déstabilisé, il quitte ses fonctions gouvernementales pour devenir joueur professionnel de poker. En 1876, alors que sa vie semble enfin se stabiliser, il épouse une propriétaire de cirque. Cette même année, il fait une arrivée remarquée à Deadwood, en compagnie de Calamity Jane, une «connaissance». La presse saisit l'occasion de hisser sur le même piédestal ce couple bientôt mythique.

Une vie de l'instant, loin de la société hiérarchique

Le 2 août 1876, Wild Bill est assassiné d'une balle dans le dos lors d'une partie de poker. Désormais seule à brandir la coupe et face à sa notoriété grandissante, Calamity Jane doit assumer le fait qu'elle est devenue un «produit commercial». Elle va devoir en jouer, aux dépens de sa vie privée.

Côté cœur, la légende associe Calamity Jane à Wild Bill Hickok, côté cour à Buffalo Bill. Mais, contrairement à ce que relatent certains récits, elle n'a jamais fait partie du Wild West Show. Colonel à la retraite, ancien éclaireur, William Frederick Cody conçoit et dirige le spectacle le plus populaire au monde entre 1883 et 1912, le *Buffalo Bill's Wild West*. Destiné à recréer l'atmosphère de l'Ouest américain dans toute son authenticité, il met en scène la vie des pionniers, la chasse au bison, l'attaque de diligence, les conflits

amérindiens… Le spectacle emploie des vétérans de guerre exhibant leurs talents, comme de véritables Indiens, venus en «amis». Si Calamity Jane n'a jamais pris part au show de Buffalo Bill, la confusion vient du fait qu'il se produisait souvent en même temps que d'autres spectacles similaires auxquels elle a participé: le *Great Rocky Mountain Show* en 1884 ou encore une tournée de plusieurs mois avec le célè-

bre Khol & Middleton Dime Museum en 1896. Mais show rime avec planning, rigueur, répétitions. Autant de contraintes qui n'ont pas les faveurs de Martha, elle qui vit dans l'instant, qui fuit cette société hiérarchique et politique. Elle ne se sent tout simplement pas à sa place et pour rien au monde n'échangerait sa vie de nomade.

Les dernières années de son existence, Calamity Jane se morfond plus que jamais dans l'alcool. Déprimée, malade, pensionnaire à l'hospice, elle n'est plus que l'ombre d'elle-même, malgré le fait qu'elle attire toujours les médias. Invitée de la grande exposition

Pan-American de 1901, à Buffalo, dans l'État de New York, elle ne fait qu'une brève apparition avant que son ami Buffalo Bill ne lui paie son billet retour, tant son comportement est intolérable. De retour dans les Black Hills, elle se cloître dans une petite chambre d'hôtel, à l'abri des regards, et s'éteint le 1er août 1903, à l'âge de 47 ans. Ses obsèques, à Deadwood, sont parmi les plus prestigieuses de l'histoire de

> DANS LES DERNIÈRES ANNÉES DE SON EXISTENCE, ELLE SE MORFOND PLUS QUE JAMAIS DANS L'ALCOOL. DÉPRIMÉE, MALADE, ELLE N'EST PLUS QUE L'OMBRE D'ELLE-MÊME, MAIS ATTIRE TOUJOURS LES MÉDIAS

l'Ouest. Sa sépulture avoisine celle de Wild Bill Hickok. Cette fois, la légende aura raison du couple mythique, lié à jamais dans l'au-delà.

Malgré un mode de vie allant à l'encontre d'une société machiste et sectaire, Calamity Jane a su imposer sa liberté. En 2013, cent dix ans après sa disparition, elle continue de fasciner. Œuvres théâtrales, ouvrages, fanzines, documentaires, séries télévisées… Si Calamity Jane demeure sous les feux des projecteurs, n'oublions pas qu'en coulisses il existait jadis une femme qui s'appelait Martha.

● **GRÉGORY MONRO**

HANK BULLY
UN COCHER QUI SAIT PILOTER

Malgré son penchant pour la dive bouteille, ce postillon
hors pair, au langage fleuri et aux manières rustiques,
n'a pas son pareil pour tenir les rênes et mener
ses passagers à bon port. En voiture, ça déménage!

En 1968, Morris et Goscinny provoquent un coup de tonnerre dans le monde de la bande dessinée. Après vingt-deux ans passés dans le journal *Spirou*, Lucky Luke joue les desperados. Il quitte avec armes et bagages l'hebdomadaire. Le cow-boy trahit la maison d'édition belge qui l'a vu naître et s'en va chevaucher à la concurrence. Ses auteurs sautent dans *La Diligence* pour entamer une nouvelle aventure chez Dargaud, dont René Goscinny est alors l'auteur vedette. Les albums de *Lucky Luke* paraîtront désormais sous une splendide couverture cartonnée. Morris en rêvait depuis longtemps: «Quand Goscinny a monté *Pilote* en France, je continuais à être publié dans *Spirou*. À un moment, j'ai trouvé que les albums stagnaient en termes de tirage et de vente. J'ai alors pensé qu'il serait intéressant de choisir un éditeur français. C'est là que je suis parti chez Dargaud et que j'ai publié dans *Pilote*. J'ai montré le mauvais exemple, comme disait Charles Dupuis, et il ne me l'a jamais pardonné.»

Le coup de poker de Morris sera gagnant: *La Diligence* va rapidement devenir l'album préféré des lecteurs de *Lucky Luke* – et le rester jusqu'à aujourd'hui. Ce premier volume sorti des rotatives de Dargaud touche au mythe du western avec l'attaque des fameux convois. L'aventure débute à l'aube, face à l'agence centrale de Denver, dans le Colorado, de la Wells Fargo & Co. Le directeur, un certain Oakleaf, tient les portraits historiques de Henry Wells et William Fargo, les cofondateurs de la compagnie, accrochés dans son bureau. Il fait appel à Lucky Luke pour défendre le prestige de la société. Ses clients fuient à cause de la multiplication des braquages. René Goscinny tire son inspiration de *La Fantastique Épopée du Far West*, de Georges Fronval et Louis Murtin. «Des livres, j'en ai lu beaucoup, expliquera plus tard le scénariste, surtout

sur le Far West. En général, je me documente plutôt sur l'idée précise que je veux développer. Il faut dire que si la lecture des livres sur le Far West est amusante, ce dont j'ai besoin, c'est la petite histoire, l'anecdote, et ce n'est pas facile à trouver.»

Au point de départ de *La Diligence*, il y a donc cette anecdote: entre 1870 et 1884, la Wells Fargo a subi la bagatelle de 313 attaques à main armée! Sous la plume de René Goscinny, Oakleaf va se servir de cette statistique comme d'une provocation. La compagnie annonce dans tous les journaux du pays que sa prochaine diligence sera chargée d'or et traversera sans encombres les États-Unis, de Denver à San Francisco. Elle sera conduite par Hank Bully, le meilleur fouet à l'ouest du Pecos, et escortée par Lucky Luke.

Comme dans un numéro du *Buffalo Bill's Wild West Show*, Hank coupe les cigarettes en deux d'un claquement de fouet et carbure au tord-boyaux. C'est aussi le seul postillon capable de parquer une «quatre-chevaux» en créneau! Goscinny le voulait «pas mal vêtu», car, écrivait-il dans son scénario, «les conducteurs de la Wells Fargo étaient en général soucieux de leur élégance». Mais le trait irrévérencieux de Morris en fera plutôt un gaillard fort et mal fagoté, caricature de Walace Beery, l'acteur hollywoodien de *Viva Villa!* né à Kansas City. À ce propos, Goscinny disait de Morris que son érudition en matière de western était si extraordinaire qu'«il [pouvait] dessiner par cœur Kansas City».

Personnage haut en couleur, Hank Bully va crever 28 chevaux en 44 pages, les appelant tous par leur nom, sauf un, qu'il baptisera «Machin». Sa gouaille communicative transforme l'album en partie de plaisir, d'autant que Goscinny imagine un véritable rodéo en chemin: montagnes rocheuses, désert de la soif, Indiens, desperados... sans parler de l'équipage, ●●●

p. 90-91

LA DILIGENCE

Un sacré coup
de fouet!

p. 92-97

WELLS FARGO

Voyage à
haut risque

●●● des plus hétéroclites. «Nous nous sommes rendu compte que l'histoire du Far West est une des plus merveilleuses et des plus truculentes qui soient, confessera le scénariste. Dans une période de quatre-vingts ans, cette région des États-Unis a été le rendez-vous de tous les cinglés de la terre!» En fait de cinglés, il y a à bord de cette diligence le photographe Jérémiah Fallings, le chercheur d'or Digger Stubble, le prêcheur Sinclair Rawler, le comptable Oliver Flimsy et sa femme, Annabella. Morris fait monter un passager de dernière minute: Scat Thumbs, une victime des jeux de hasard tombée dans le tonneau de goudron et le sac de plumes...

L e dessinateur tire son portrait de perdant magnifique de celui de l'acteur John Carradine, star de *La Chevauchée fantastique*, de John Ford, le film culte de René Goscinny. Sinclair Rawler, le prêcheur, est décrit dans le scénario comme «un homme long, vêtu de noir, genre ecclésiastique, chapeau rond et tenant une bible qu'il n'ouvrira jamais». Sa bible est une version inédite contenant un revolver et la célèbre citation «Qui a vécu par le Colt périra par le Colt», empruntée au western de légende de Jack Arnold, *Crépuscule sanglant*. En ce qui concerne Annabella Flimsy, la consigne de Goscinny est claire: c'est une «grosse femme autoritaire, coiffée d'un chapeau à plumes». Le crayon de Morris lui taille une poitrine démesurée. Elle s'empresse toujours de répondre ou d'agir à la place de son mari timide et minuscule, Oliver, «un petit gros à l'air timide, le nez chevauché par un pince-nez». Ce couple de bourgeois improbable est un clin d'œil aux cartoons de Dubout des années 1950, où le caricaturiste français campait un petit Monsieur victime de la tyrannie de sa plantureuse Madame... À la fin de l'histoire, Morris et Goscinny inverseront les rôles. Malheureux en amour mais heureux au jeu, Oliver abandonnera les écritures pour ouvrir un saloon. Désormais, c'est Annabella qui portera les valises!

Au pied des Rocheuses, il faut pousser la diligence, un authentique modèle Abbott-Downing fabriqué pour la Wells Fargo. Goscinny a tenu à découper personnellement cette planche où la diligence va basculer d'un versant à l'autre pour mieux dévaler la pente vers Fort Bridger. L'ancien dessinateur reprend donc le crayon: champ, contrechamp, gros plan sur la corde de traction qui se rompt, il monte la planche comme une séquence de cinéma. «Ayant lui-même dessiné, il sait très bien ce qui est faisable ou pas, dira Morris, admiratif. Et il conçoit son récit visuellement, contrairement à ce qu'on peut penser. Il est très visuel. Chez lui, il y a un fort équilibre entre le texte et le dessin.»

Morris aussi est au sommet de son art. Il signe cette case inouïe, stupéfiante, d'un minimalisme audacieux, où la diligence soudainement minuscule se traîne dans le désert de sel, «blanc comme du papier vierge». Un peu plus loin, l'une de ses roues bute sur une autre image extraordinaire projetée au fond de la case par Goscinny: «Sur cette surface parfaitement plate, il y a un crâne de vache qui fait faire un cahot à la diligence.» L'album restera comme l'un des plus inspirés de la série. C'est aussi dans le tapuscrit de *La Diligence* que René Goscinny a dévoilé pour la première fois l'image fétiche de Lucky Luke, celle, célébrissime, de «l'homme qui tire plus vite que son ombre». ●D. C.

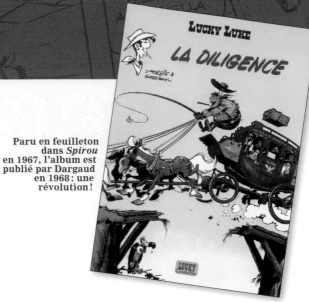

Paru en feuilleton dans *Spirou* en 1967, l'album est publié par Dargaud en 1968: une révolution!

Dans le saloon d'Alfred

La petite ville de Fort Bridger, dans le cœur historique du Wyoming et du pays mormon, est un carrefour stratégique pour le ravitaillement des caravanes et des diligences en route vers l'Oregon ou la Californie. C'est l'endroit que choisit René Goscinny pour faire construire par Morris le Splendid Palace Hotel. Juste en face, les auteurs plantent l'indispensable Music Hall Saloon, dont le pianiste est un vieil ami de Hank Bully, le conducteur de diligence. Le barman a le visage d'une célébrité du septième art: face à Hank Bully et Lucky Luke, c'est Alfred Hitchcock que l'on voit essuyer les verres à whisky!

LA DILIGENCE

Un sacré coup de fouet !

Lucky Luke escorte jusqu'à San Francisco une diligence lestée d'un chargement d'or « sans précédent ». Ce que ni lui, ni Hank Bully, ni les voyageurs ne savent, c'est qu'ils servent de leurre pour tromper ce bandit de Black Bart. Un scénario trépidant, un dessin inventif, un album qui retentit comme un coup de maître…

L'AUTRE *CHEVAUCHÉE FANTASTIQUE*

Le souvenir de *Stagecoach*, de John Ford, n'est évidemment pas étranger au scénario de l'album, surtout quand on sait à quel point Morris et Goscinny sont friands de westerns. Ce film culte, sorti en 1939, qui est considéré depuis longtemps comme l'un des plus grands classiques du genre – et celui qui a offert à John Wayne l'un des meilleurs rôles –, offre les mêmes ingrédients : un huis clos réunissant le temps d'un voyage mouvementé en diligence des personnages très typés et un road-movie riche en péripéties. La bande dessinée, même si elle n'est en rien un décalque du chef-d'œuvre fordien, paraît en tout cas bien plus réussie que *La Diligence vers l'ouest*, un remake signé Gordon Douglas en 1966.

LE GOUDRON ET LES PLUMES

Tout un art ! La recette personnelle du juste mélange humoristique du goudron et des plumes concoctée par le scénariste tient en quelques lignes. « Les ingrédients nécessaires à sa confection sont : un tonneau de goudron, un sac de plumes et un individu ayant provoqué l'irritation de ses concitoyens. Dépouillez l'individu complètement. Pendant ce temps, faites tiédir le goudron à feu doux, et, juste avant qu'il ne frémisse, badigeonnez-en soigneusement l'individu. Il ne vous reste plus qu'à saupoudrer généreusement de plumes, et à laisser partir. »

Black Bart, le poète braqueur

Selon René Goscinny, Black Bart n'était pas un simple bandit de grand chemin. Après avoir dévalisé la diligence, l'*outlaw* laisse derrière lui des vers au fond des coffres vides. Le scénariste cite même le poète braqueur dans la page bonus insérée à la fin de l'édition originale de l'album : « Longtemps j'ai peiné pour du pain/L'honneur et la richesse/Mais vous m'avez trop marché sur les pieds/Jolis fils de… » La légende de l'Ouest rapporte que sous la cagoule de Black Bart, dont l'existence historique est avérée – il se nommait Charles E. Bolles –, se dissimule un ancien instituteur de Californie dégoûté de l'enseignement par ses élèves. Trop turbulents ? Le mot est faible : les plus redoutables n'hésitent pas à dégainer en classe dès que leur « maître » tourne le dos. Pour se remettre de ses émotions, il regarde passer les diligences, jusqu'à ce que l'idée lui vienne de les attaquer avec une carabine confisquée à un élève. Masqué, il en dévalisera vingt-sept, un chiffre historique repris par Goscinny. Il est finalement identifié, à cause d'une marque de blanchisseur repérée sur son déguisement – un détail repris par le scénariste – et appréhendé. Les policiers, stupéfaits, reconnaîtront dans le malfrat un visage somme toute familier : celui d'un homme timide et propre sur lui qui avait l'habitude de prendre ses repas au restaurant fréquenté par les détectives de la Wells Fargo !

IMPERIALE

Cinq ans après sa création, l'entreprise Wells Fargo
se voit confier par Washington la première liaison
bihebdomadaire de suivi postal entre la capitale et
la Californie. Le parcours, long de 4 500 kilomètres,
qui comprend des étapes tous les 30 kilomètres
environ, est effectué en vingt-cinq jours,
à une allure moyenne de 5 à 20 kilomètres-heure.
Les diligences transportent jusqu'à 15 personnes.

DILIGENCE
VOYAGE A HAUT RISQUE

Bienvenue dans le Concord, une voiture à chevaux dernier cri sillonnant les pistes du Grand Ouest des années 1860. Les transports en commun commencent à frayer leur voie. Attachez vos ceintures : de fortes turbulences vous attendent. Et gare aux bandits de grand chemin !

En 1861, le jeune Samuel Clemens quitte Saint Joseph, dans le Missouri, pour un voyage de plusieurs semaines en malle-poste attelée de six chevaux. Il accompagne son frère, qui rejoint son affectation de secrétaire du Territoire du Nevada. Une dizaine d'années plus tard, en 1872, il publiera sous le nom de Mark Twain un récit de voyage, en partie autobiographique (*Roughing It – À la dure*, en version française), dans lequel il raconte ses aventures. Les sensations, à l'intérieur du véhicule traversant les plaines, sont celles d'un «berceau à quatre roues», à cause du mouvement de balancement. Mais lorsque le terrain devient plus accidenté, les passagers sont ballottés, déséquilibrés par les cahots, heurtés par les bagages mal arrimés.

L'Ouest est encore très peu peuplé. Malgré les travaux réalisés par les compagnies de transport pour installer des ponts et des ferrys, pour améliorer ou créer des routes, les diligences doivent être solides et résistantes. On appelle alors ainsi tout véhicule à quatre roues tiré par des chevaux ou des mules, transportant des passagers

ou des objets et parcourant un itinéraire déterminé, avec un horaire régulier. Selon les besoins, un véhicule à deux, quatre ou six chevaux est utilisé, pourvu qu'il soit le plus adapté. Les diligences Concord, qui traversent le continent avant la construction du train, sont les plus confortables. Elles sont fabriquées par la compagnie Abbot Downing, à Concord (New Hampshire). La caisse repose sur des courroies de cuir épais qui amortissent les chocs.

Un réseau qui s'étend de la Californie au Nebraska

Diverses compagnies de transport sillonnent le pays, mais assez rapidement la Wells Fargo va occuper une position prédominante. Fondée le 18 mars 1852 à New York par un groupe d'hommes d'affaires, parmi lesquels Henry Wells et William Fargo, la compagnie se spécialise dans le transport rapide de fonds, d'objets précieux, de courriers d'affaires importants. L'exemple le plus achevé est le Pony Express, qui a frappé les imaginations, bien qu'il

DUO DURABLE
Henry Wells et William Fargo *(de g. à dr.)* fondent, le 18 mars 1852, la compagnie qui porte leur nom. Toujours en activité, elle s'est spécialisée dans la finance.

n'ait fonctionné que d'avril 1860 à octobre 1861. Les jeunes cavaliers parcoururent près de 2000 miles (soit 3200 kilomètres) à travers les montagnes, entre Sacramento, en Californie, et Saint Joseph, dans le Missouri, en dix jours seulement. Très tôt, Wells Fargo se charge aussi du transport de poudre d'or, un service réclamé par les mineurs. En 1866, la compagnie absorbe son principal concurrent. Son réseau s'étend sur tout l'Ouest, de la Californie au Nebraska, en passant par l'Utah et jusqu'au Montana et à l'Idaho, où de l'or est découvert au début des années 1860.

Lorsque la diligence transporte des fonds importants, un garde armé se poste à côté du cocher. Tous les 12 à 30 miles, des relais sont prévus pour changer d'équipage. Mark Twain mentionne le remplacement des six chevaux par autant de mulets mexicains. Certains relais fournissent aussi la nourriture, voire l'hébergement pour les passagers.

La Ruée vers l'or, en Californie, attire des populations du monde ●●●

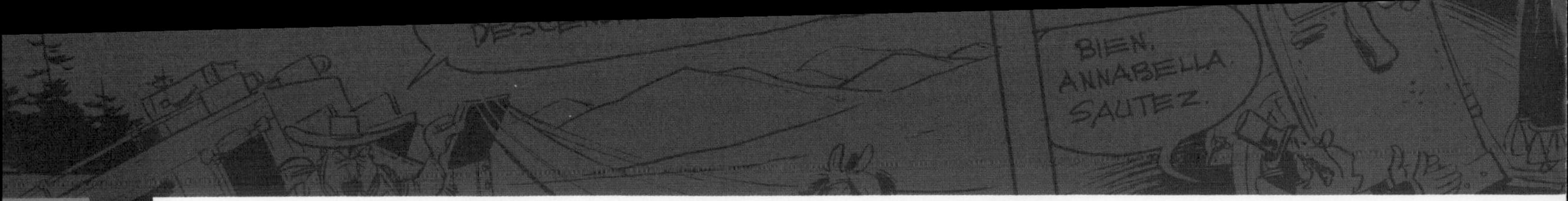

PREMIERE CLASSE

En 1867, la société acquiert une trentaine de modèles de type Concord *(ci-contre)*. Elles peuvent emmener 18 personnes : neuf à l'intérieur, autant à l'extérieur, lorsque le toit n'est pas utilisé pour y stocker des bagages. Les objets de valeur sont déposés dans le coffre *(ci-dessous)*, installé sous les pieds du cocher. Il est fabriqué en bois de chêne et de pin, avec des ferrures pour renforcer sa solidité.

●●● entier. En majorité des hommes jeunes désireux de faire fortune rapidement et de retourner chez eux aussi vite. Le transport des pépites et de la poudre d'or sur des terrains difficilement praticables, à travers des passages souvent déserts, est une formidable aubaine pour les malfrats.

La première attaque a lieu en avril 1852. Nous sommes en Californie, dans les collines du comté de Placer, près de Grass Valley et Auburn. La diligence pour Nevada City vient de quitter le relais d'Illinoistown (Colfax, de nos jours) quand un groupe de cinq bandits de grand chemin – l'un d'entre eux surnommé *«Rattlesnake Dick»* («Richard le Serpent à sonnettes») – oblige le conducteur à s'arrêter sous la menace des fusils.

Les hors-la-loi trouvent 7000 dollars dans le coffre et détroussent les deux voyageurs. L'homme n'oppose pas de résistance et est délesté de 230 dollars. La femme jure qu'elle n'a pas d'argent, mais ils n'hésitent pas à la fouiller… jusque sous ses bas, où ils découvrent 300 dollars !

Des attaques dans des lieux isolés pour faciliter la fuite

Leur mode opératoire est assez simple. Les voleurs sont en général entre deux et quatre, ce qui permet de poster un guetteur et d'éviter de partager le butin entre un trop grand nombre d'intervenants. Si le bandit opère seul, il s'efforce de faire croire à la présence de complices auxquels il feint de s'adresser, par exemple en disposant des bâtons qui peuvent être pris pour des fusils pointés sur le cocher.

L'attaque a lieu dans des endroits isolés, afin de faciliter la fuite, là où la diligence doit ralentir et où il est aisé de l'obliger à s'arrêter. Les malfrats installent des obstacles : rochers, troncs d'arbre ou cordes. Un homme seul avec un fusil peut suffire s'il prend la précaution de se placer au milieu des chevaux. Il n'est en effet pas possible de lui tirer dessus sans blesser les animaux.

L'agresseur est en général masqué, enveloppé dans un vêtement large qui masque sa silhouette et le protège de la poussière. Ses chaussures sont recouvertes pour ne pas laisser de traces compromettantes. Il se place devant le conducteur, auquel il intime l'ordre d'envoyer le coffre, qu'il dont il vérifie le contenu avant de s'en emparer. Il exige aussi des passagers qu'ils lui livrent leurs valeurs, argent, montres, bijoux… Souvent, le conducteur et les dames sont épargnés.

Du fait de l'isolement, il faut un certain temps avant que les autorités de la ville la plus proche se lancent à la poursuite des malfaiteurs.

*LE PLUS CÉLÈBRE DÉTROUSSEUR
DE DILIGENCES, BLACK BART, ALIAS
CHARLES E. BOLLES OU BOLTON,
SE FORGE UNE BELLE RÉPUTATION
EN LAISSANT DES POÈMES
DANS DES COFFRES QU'IL A VIDÉS*

La plupart d'entre eux parviennent à échapper à la justice car cela coûte cher de les poursuivre. Les forces de l'ordre n'en ont pas les moyens, sauf si une récompense est promise. Dans ce cas, les fugitifs sont souvent rattrapés. Des centaines d'hommes sont ainsi envoyés en prison par les détectives de la Wells Fargo.

**Le cocher, complice, est tué
lors du partage du butin…**

Les peines encourues oscillent entre cinq et quinze ans de réclusion. Elles sont plus lourdes lorsqu'il y a mort d'homme ou si les bandits ont dérobé le courrier sous la protection du gouvernement fédéral. Ben Kuhl, un marginal, est condamné à la peine de mort en 1917 pour l'attaque, près de la petite ville de Jarbridge, dans le Nevada, le 5 décembre 1916, d'une malle-poste et pour le meurtre du cocher. Il s'agirait de la dernière agression recensée de ce type.

L'affaire est devenue célèbre, car, lors du procès, une lettre déchirée portant l'empreinte ensanglantée d'une main a été utilisée pour la première fois comme pièce à conviction; des experts ont témoigné qu'il s'agissait bien des empreintes digitales de Kuhl. La condamnation a été commuée en prison à vie après que l'assassin eut reconnu le crime – tout en expliquant qu'il était la conséquence d'une dispute sur le partage du butin, l'attaque ayant été en fait préparée avec la complicité du cocher…

Le plus célèbre des détrousseurs de diligences, Black Bart, alias Charles E. Bolles, alias Charles E. Bolton, est un personnage haut en couleur *(lire encadré p. 91)*. Né en Angleterre en 1829, immigré avec ses parents à l'âge de 2 ans, il part en Californie au moment de la Ruée vers l'or. Il vit ensuite dans l'Illinois, où il se marie en 1854, jusqu'à la guerre de Sécession, dans laquelle il s'engage comme volontaire. Il en revient en 1865 avec le grade de lieutenant. En 1867, il laisse sa famille dans l'Illinois et part pour l'Ouest, où il prospecte dans l'Idaho et le Montana.

Dans une lettre à sa femme en 1871, il mentionne des problèmes avec la puissante société Wells Fargo & Co. Par désir de vengeance ou par ●●●

**DÉTECTIVES
PRIVES**
Des gardes armés de revolvers et de carabines à répétition assurent la sécurité du cocher et des voyageurs. Un service spécial traque aussi sans relâche les bandits qui se sont rendus coupables d'assaut sur les lignes desservies.

EN 1968
Goscinny

L'année 1968 est, dans l'histoire de la série *Lucky Luke*, celle où Morris accepte de répondre aux sollicitations de son ami Goscinny et quitte Dupuis, où il travaillait depuis vingt-quatre ans, pour rejoindre Dargaud et *Pilote*. Peu après, c'est au tour d'Iznogoud, dessiné par Tabary sur un scénario du même Goscinny, d'ajouter son nom au sommaire d'un journal par ailleurs en pleine mutation esthétique. Mais un journal, aussi, que Mai 1968 va toucher directement, à la grande surprise de Goscinny. La jeune génération, qu'il a contribué à promouvoir, Cabu et Giraud en tête, s'oppose au patron de l'hebdomadaire. Goscinny se retrouve un soir dans un café de la rue des Pyramides, face à une sorte de soviet. Il ne s'en remettra jamais totalement. Après avoir songé à démissionner, il se ravise. Positivement, il décide de repartir du bon pied en ouvrant plus que jamais *Pilote* à l'actualité sociale et politique. L'humour tourne à la satire. L'hebdo, qui prend pour sous-titre «Le magazine qui s'amuse à réfléchir», entreprend décidément de vieillir avec ses lecteurs, qui deviennent insensiblement étudiants, voire adultes. Il gagne en ambition ce qu'il perd en lectorat.

Du côté des auteurs, les choses se compliquent aussi. Les jeunes continuent de frapper à la porte – le courrier des lecteurs de 1970 distingue un jeune espoir dénommé Enki Bilal –, mais les aînés font doucement dissidence. Claire Bretécher, Mandryka et surtout – car c'était, à plus d'un titre, l'enfant chéri du patron – Marcel Gotlib, l'homme des *Dingodossiers* avec Goscinny puis de *Rubrique-à-brac*, tout seul, créent, en parallèle à *Pilote*, *L'Écho des savanes*. Ils quittent bientôt le journal. *L'Écho*, à son tour, donne naissance à la fois à *Métal hurlant* et à *Fluide glacial*. Les enfants de Goscinny s'éloignent. Le papa aussi, avec un rien d'amertume. ● **P. O.**

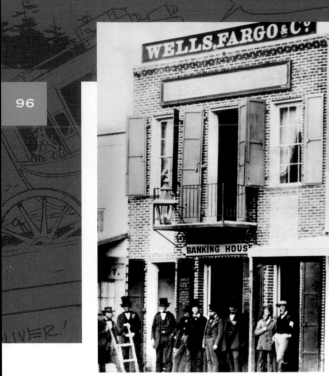

SUCCESS STORY

Dès 1852, année de sa fondation, Wells Fargo & Co ouvre des agences partout aux États-Unis *(ci-dessus, à San Francisco)*, mais également au Panamá. La firme acquiert très vite une renommée internationale.

HAUT LES MAINS

Un passage délicat, imposant de freiner, une crevasse, un obstacle en travers de la route… Le mode opératoire du hold-up est souvent le même. Avec la disparition des convois, les bandits se reconvertissent dans les attaques contre le «cheval de fer».

●●● appât du gain, entre 1875 et 1883, il attaque 28 fois les diligences de la compagnie qui circulent dans le nord de la Californie et le sud de l'Oregon. La première attaque a lieu sur le trajet entre Copperopolis et Milton, le 26 juillet 1875; elle lui rapporte 348 dollars. Black Bart apparaît vêtu d'un long manteau léger utilisé pour se protéger de la poussière, avec sur la tête un sac à farine percé de deux fentes pour les yeux. Ses manières polies («S'il vous plaît, envoyez-moi le coffre») étonnent le cocher, qui n'oppose aucune résistance.

Wells Fargo offre une récompense de 250 dollars à qui permettra d'ap-

préhender le voleur. Black Bart gagne aussi une belle célébrité en laissant des poèmes dans deux des coffres vidés. Lors de la quatrième attaque, il écrit: «Ici je m'étends pour dormir,/En attendant demain,/Et le succès ou la défaite,/Dans un chagrin éternel./Mais quoi qu'il arrive j'essaie encore une fois,/Ma situation ne peut être pire,/Et s'il y a de l'argent dans le coffre,/C'est de l'argent pour ma bourse.»

Son dernier fait d'armes, perpétré sur le trajet Sonora-Milton le 3 novembre 1883, tourne mal. Blessé à la main, Black Bart doit s'enfuir en

laissant derrière lui quelques objets, dont un mouchoir auquel est encore fixée la marque d'une blanchisserie située sur Bush Street. L'indice met James B. Hume et les détectives de la Wells Fargo sur la piste d'un personnage qui se fait appeler Charles E. Bolton, connu à San Francisco comme un ingénieur des mines et qui, si ce n'est de fréquents voyages, mène une existence banale et simple dans une pension de famille.

Bolton est arrêté, jugé et condamné à une peine de six ans au pénitencier californien de San Quentin. Prison-

○ LE CODE DE BONNE CONDUITE DES PASSAGERS

Contraints de passer des semaines dans un confinement propice aux querelles, ils sont avisés par la compagnie d'un certain nombre de règles, comme celles que la Wells Fargo affiche alors dans ses diligences: «Il est demandé d'éviter toute consommation d'alcool, mais, si vous buvez, partagez la bouteille sous peine de paraître égoïste et mauvais voisin. Il est demandé de ne pas fumer la pipe ou le cigare en présence de dames, car cela les incommode. Le tabac à chiquer est

autorisé, mais il est conseillé de cracher dans le sens du vent, pas dans le sens contraire. Les messieurs doivent éviter tout langage vulgaire en présence de dames. Il est demandé de ne pas ronfler bruyamment ni d'utiliser l'épaule de son voisin ou de sa voisine comme oreiller. Il/elle pourrait ne pas apprécier et cela pourrait occasionner des frictions. Il est permis de garder sur soi des armes pour le cas d'un danger immédiat, mais il est interdit de les utiliser pour s'amuser ou pour tirer sur des animaux sauvages, car le bruit agace les

chevaux; si les chevaux s'emballent, il est conseillé de rester calme. Sauter de la diligence en mouvement peut provoquer des blessures, et vous risquez de vous retrouver seul à la merci des éléments naturels, d'Indiens hostiles ou de coyotes affamés. Il est interdit de lancer la conversation sur les attaques de diligences ou les soulèvements d'Indiens. Les messieurs qui ne se conduiraient pas de façon correcte envers les dames seront débarqués immédiatement. Le chemin est long pour rentrer. À bon entendeur, salut.»

○ LE TERRIBLE BILAN DES ACCIDENTS DE LA ROUTE

Entre la première attaque de diligence, en 1852, et la dernière, en 1916, de tels actes sont nombreux. Pour s'en

convaincre, il suffit de lire le rapport du détective en chef de la Wells Fargo, James B. Hume, publié en 1885: entre le 5 novembre 1870 et le 5 novembre 1884, la société a subi

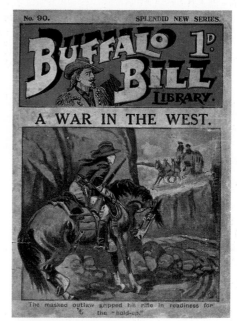

RECONSTITUTION HISTORIQUE

Dans la lignée des superproductions hollywoodiennes sur la conquête de l'Ouest, Franck Lloyd signe en 1937 *Wells Fargo*, un hommage appuyé à la célèbre compagnie. Joel McCrea incarne l'intrépide conducteur de la diligence. Le titre français, *Une nation en marche*, rend compte de l'aspect pionnier de l'aventure.

EMBUSCADE

La revue *Buffalo Bill Library*, fondée à Londres en 1916 – elle disparaît l'année suivante –, évoque une véritable «guerre dans l'Ouest». Le «bandit masqué se saisit de son fusil», indique la manchette. Les récits d'attaques de diligence sont un sujet en or, largement rebattu par les *dime novels*.

---

nier modèle, relâché au bout de quatre ans et deux mois, il suscite encore l'intérêt des journalistes, qui l'attendent le jour de sa sortie, en janvier 1888. L'un d'eux lui demandant s'il compte attaquer d'autres diligences, Bolton répond qu'il ne commettra plus de crime. À la question d'un autre qui veut savoir s'il va écrire des poèmes, la réponse fuse, cinglante: «Jeune homme, ne m'avez-vous pas entendu dire que j'ai renoncé à commettre des crimes?» Un mois plus tard, l'ancien détenu quitte San Francisco pour Visalia (cité distante d'environ 380 kilomètres), où il se fait gentiment oublier.

313 attaques ; les bandits ont emporté un butin total de 415 313 dollars, soit l'équivalent de 5,5 millions de dollars «actuels» environ. Si l'on ajoute les récompenses payées (73 451 dollars), les salaires des gardes (326 517 dollars) et divers frais, la perte s'élève à 927 726 dollars. Le bilan humain est terrible : quatre conducteurs tués, quatre sérieusement blessés, quatre passagers abattus, deux blessés, 23 bandits tombés sous les balles, dont onze alors qu'ils résistaient à leur arrestation et sept qui ont été pendus par des citoyens en colère. A. F.

> ## LES DILIGENCES JOUENT UN RÔLE PIONNIER DANS L'OUEST AMÉRICAIN AU XIXᵉ SIÈCLE. CE SONT ELLES QUI TISSENT *LES LIENS SOCIAUX D'UN MONDE EN FORMATION*

En 1899, une affaire exceptionnelle suscite aussi l'intérêt des journalistes et de leurs lecteurs: une femme, Pearl Hart, et son complice, Joe Boot, sont condamnés pour l'attaque de la diligence sur le trajet entre Globe et Florence, en Arizona. L'affaire dépasse largement les frontières locales. Des journalistes effectuent le trajet de New York pour se tenir aux premières loges du procès et interviewer l'accusée.

Une hors-la-loi déguisée en homme

Pearl Hart déclare être née dans l'Ontario, au Canada. Pour échapper à un mari violent, elle gagne les États-Unis, où elle trouve du travail dans les mines de la région de Globe, en Arizona. Un télégramme lui apprend que sa mère est mourante, mais elle n'a pas assez d'argent pour payer son voyage. Qu'à cela ne tienne: elle décide d'attaquer la diligence, aidée par un complice. Bien qu'elle porte des vêtements d'homme, Pearl est identifiée, arrêtée et condamnée à une peine de prison au pénitencier de Yuma. Jusqu'à sa libération, pour bonne conduite, en 1902, elle accordera des interviews et posera pour des photographes à l'intérieur de sa cellule!

Dans le Grand Ouest américain du XIXᵉ siècle, les diligences jouent donc un rôle pionnier. Elles tissent les liens sociaux d'un monde en formation. Avec l'achèvement de la construction du chemin de fer transcontinental en 1869, les diligences ne sont plus suffisamment rapides et confortables pour les voyages de longue distance. Elles resteront en revanche très souvent utilisées pour les déplacements et les transports à l'intérieur d'une région, en connexion avec les lignes de chemin de fer, comme le montre le modèle de 1905 (*photo de l'encadré, page de gauche*). Puisque les fonds sont transportés par voie ferrée, certains bandits se reconvertissent dans les attaques de train. Le développement, au début du XXᵉ siècle, de l'automobile et d'un système de voies rapides bien entretenues élimine progressivement les diligences et les bandits de grand chemin.

● ANNICK FOUCRIER

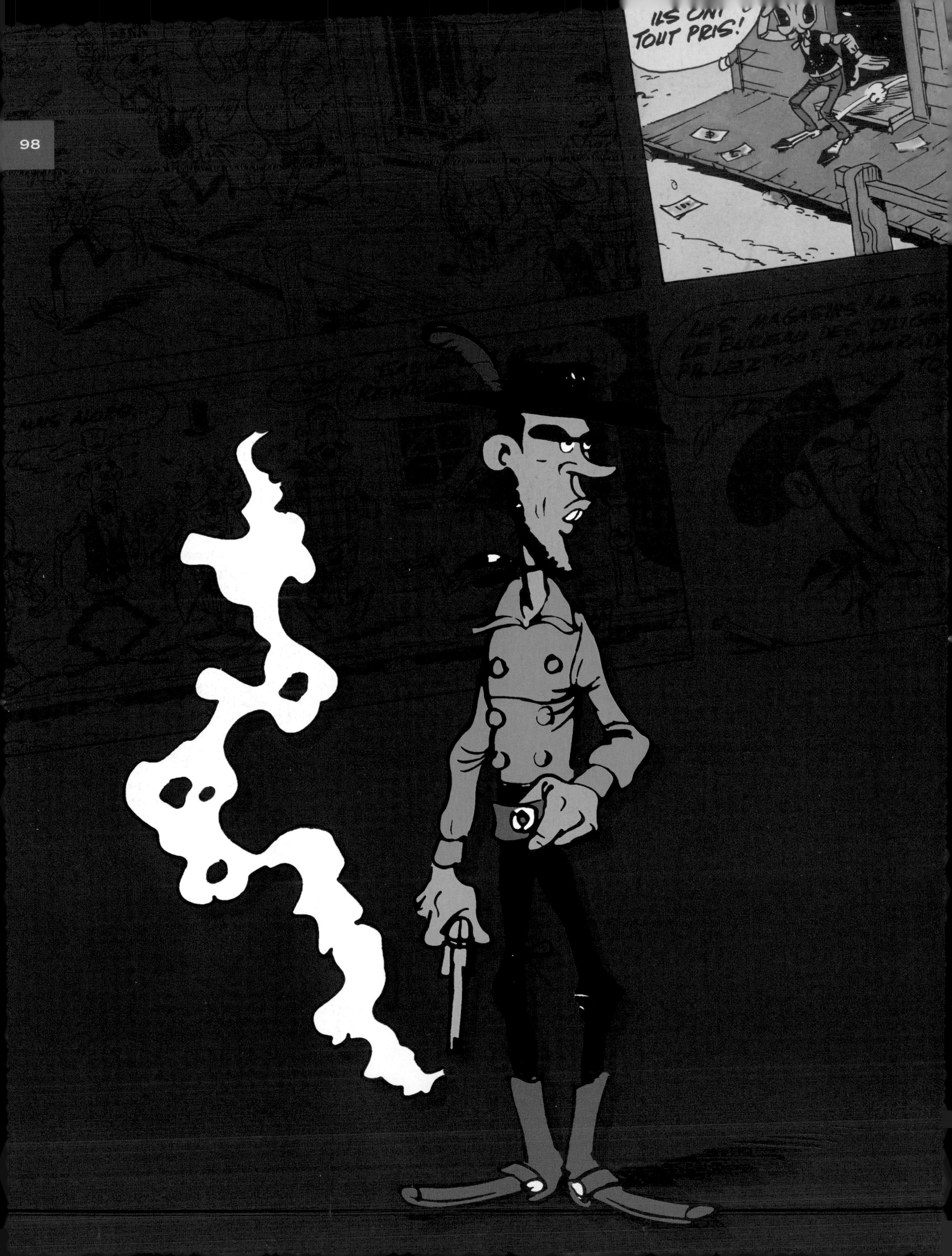
ILS ONT TOUT PRIS!

JESSE JAMES
LE FAUX HEROS

Rien n'est pire qu'un homme malhonnête qui n'assume pas son immoralité et qui se pare de nobles motivations pour justifier ses méfaits. Telle est la leçon de cette aventure qui démystifie une légende du Texas.

« Un jeune homme, avec un collier de barbe, est assis dans une brouette dans laquelle on a mis un coussin pour la rendre confortable. Il se trouve devant une ferme modeste. L'homme lit un livre : *Robin des Bois*. » C'est ainsi que, dans ses notes, Goscinny décrit à Morris sa « vision » du triste personnage que va affronter Lucky Luke dans l'album. Ce n'est d'ailleurs pas la première apparition de Jesse James dans les aventures du célèbre cow-boy. Il avait, sous un aspect très différent, fait partie, avec Calamity Jane et Billy the Kid, du jury truqué chargé de condamner Luke dans *Joss Jamon*, et fait une courte apparition à la fin de *Billy the Kid*, pour y terminer, comme ici, recouvert de goudron et de plumes. Pourtant, selon les témoignages de leurs proches, quand Morris et Goscinny commencent à s'intéresser à Jesse James, ils ont encore en tête l'image du bandit redresseur de torts popularisée par Hollywood.

Goscinny aimait se moquer des « vrais » héros. Il le prouve souvent, et notamment dans les *Dingodossiers* avec Gotlib. Mais un héros de pacotille, inventé de toutes pièces par la rumeur publique devait l'agacer plus que tout ! Il déclare d'ailleurs à *L'Est républicain* en 1974 : « [Jesse James] était un criminel effroyable. On sait qu'il a volé beaucoup de riches, mais rien n'indique qu'il n'ait jamais donné le moindre rond à un pauvre. » Et, à la fin de l'album, les auteurs précisent bien : « Jesse n'était qu'un voleur, qui attaquait banques et trains, non parce que ceux-ci étaient la propriété des riches, mais parce que c'est là que l'argent se trouvait. » Goscinny prend donc un malin plaisir à abattre la statue de Jesse James, et pour cela il va tout d'abord, pour plus d'efficacité, reprendre un procédé scénaristique qu'il a déjà utilisé, notamment au début de l'album d'Astérix *Le Combat des chefs* : la comparaison.

Les trois premières pages de l'album sont en effet entièrement consacrées à une présentation de Lucky Luke – son courage, son abnégation, son altruisme… – qui pourrait apparaître inutile, puisque le personnage nous est déjà bien connu. En réalité, ces pages introductives sont très importantes : elles ont pour but de nous présenter un vrai héros, avant d'en venir au faux, Jesse James. Par contraste, ce dernier va se révéler encore plus vil et mesquin. Mais les auteurs ne s'arrêtent pas là. C'est toute la famille qui va pâtir de ce jeu de massacre (le gang « James-Younger » était en effet un gang « familial »), du frère de Jesse, Frank, décrit comme un pédant et un hypocrite, qui cite Shakespeare à tout bout de champ et souvent hors de propos, à leur cousin Cole Younger, qui apparaît comme un mauvais plaisant à la limite de la débilité mentale, sorte d'Averell Dalton en plus gros et en plus méchant. L'hypocrisie est d'ailleurs le maître mot de ce que Goscinny semble vouloir dénoncer à travers cet album : les James-Younger sont presque pires que les Dalton ou Billy the Kid, car ce sont des hypocrites qui font tout pour capter la confiance de la population afin de mieux la dépouiller ensuite.

Peut-être parce qu'ils ne le connaissaient pas (ils n'y font jamais référence dans leurs interviews et leurs commentaires), peut-être par pudeur pour un sujet toujours brûlant et difficile à traiter en BD, Morris et Goscinny mettent de côté l'un des aspects les plus antipathiques de la personnalité de Jesse James : le racisme. En effet, la réputation de Robin des Bois de James – si elle est en partie due aux *dime novels*, bien peu soucieuses de vérité, et à des pseudo-journalistes en mal de figures héroïques – vient très largement du Sud de l'après-guerre de Sécession. Ce qu'on ne voit pas ici, c'est que James et ses frères, issus d'une famille de ●●●

••• fermiers esclavagistes du Missouri, ont fait leurs premières armes aux côtés d'authentiques criminels de guerre sudistes et plus particulièrement de William Quantrill, chef de la terrible bande de partisans du sud les Bushwackers, et de son bras droit, *Bloody* Bill Anderson. Ces bandes, qui s'en prenaient à tous ceux qu'ils soupçonnaient de sympathies abolitionnistes, ont fait régner la terreur dans le sud des États-Unis pendant toute la guerre et, même après la mort de leurs chefs, se sont divisées en petits groupes de desperados plus ou moins liés au Ku Klux Klan pour continuer à harceler les «nordistes» et à terroriser les Noirs, notamment pour les empêcher de voter aux élections.

James n'a jamais renoncé au combat pour le « vieux Sud », et sa célébrité est d'abord née de ses attaques de «colons» venus du Nord, de convois destinés aux tuniques bleues (les soldats du gouvernement fédéral). Il a aussi rendu son «combat» public en adressant de nombreuses lettres aux journaux locaux pour réaffirmer son attachement à l'ordre ancien et dénoncer les spoliations (souvent bien réelles) exercées par certains affairistes yankees, incarnés par exemple par le personnage de Rhett Butler dans *Autant en emporte le vent*. Si ses attaques de train sont si populaires, c'est parce que les compagnies ferroviaires, toutes aux mains des entrepreneurs du Nord, n'hésitaient pas à faire exproprier les petits propriétaires du Sud pour que leurs lignes passent sur leurs terres.

Autres hypocrites guère mieux traités que les frères James dans l'album, la population de Nothing Gulch (la « ville de rien », sans doute pour mieux pointer du doigt l'insignifiance des habitants). Comme dans *Billy the Kid*, Morris et Goscinny se servent de la présence d'un criminel célèbre dans une petite ville pour montrer la couardise et l'opportunisme de ses habitants, vite séduits par de beaux discours, prêts à lyncher le seul pauvre de la ville pour empêcher James de lui donner leurs biens (la scène de l'agression du malheureux Clem est une remarquable réussite) mais surtout incroyablement peureux en dépit de leurs airs bravaches.

La charge semble particulièrement dure envers les Texans – qui font, encore aujourd'hui, régulièrement les titres de l'actualité pour leur amour des armes et d'une justice expéditive. Ici, ils passent leur temps à se vanter de leur courage et de leur sang-froid, pour se dégonfler comme des baudruches à l'approche de la moindre menace. Ils vont même encore plus loin que les habitants de Fort Weakling dans *Billy the Kid*, puisqu'ils se retournent contre Luke par peur des frères James. Ce n'est pas la première fois que Goscinny s'en prend assez méchamment aux citoyens du Texas. On caricature souvent les Texans comme ayant «une bible dans une main, un revolver dans l'autre». Goscinny, ancien new-yorkais, semble bien partager cette vision peu flatteuse de l'État gouverné par George W. Bush de 1995 à 2000… Il leur accorde toutefois le bénéfice du doute : in extremis, mis devant leur propre lâcheté par le mépris de Lucky Luke, ils se révoltent et organisent le guet-apens qui va mettre fin à la mainmise du gang sur leur ville. Seule la stupidité des détectives de la Pinkerton va permettre à Jesse James et à ses complices d'échapper une fois de plus à la prison : alors que Luke leur avait dit d'attendre les bandits à la frontière de l'Oklahoma, ils les attendent, armés jusqu'aux dents, à celle de… l'Arkansas ! ● **R.G.**

Publié dans *Pilote* en 1969, *Jesse James* paraît la même année chez Dargaud.

Un cow-boy à la tête bien pleine

À plusieurs reprises dans *Jesse James*, Lucky Luke fait preuve d'une culture étonnante pour un simple cow-boy : il connaît la *Marche funèbre* de Chopin, et il est même capable d'en reproduire la partition sur un rouleau de piano mécanique avec les balles de son six-coups. Plus tard, même s'il ne rivalise pas de citations shakespeariennes avec Frank, il parvient à déjouer les plans de Jesse parce qu'il a lui-même lu *Les Aventures de Robin des Bois*. Cette étonnante culture se manifeste dans d'autres albums, notamment dans *L'Héritage de* Rantanplan, où Mark Twain n'est pas un inconnu pour lui, ou dans *L'Empereur Smith*, où il fait preuve d'un vocabulaire étendu, connaissant par exemple le mot *plénipotentiaire*, ce qui ne doit pas être le cas de tout le monde dans le Far West. Lucky Luke aurait-il fait des études ou grandi dans une grande ville ? Ou s'agit-il d'un cow-boy autodidacte, comme il en existait dans l'Ouest ? Cela reste encore aujourd'hui un mystère.

JESSE JAMES

Être ou ne pas être...

Frank James peut bien essayer de faire passer son frère « Jesse-des-Bois » pour un *bien noble jeune homme* et en appeler à Shakespeare pour vanter ses bienfaits... Il en faut plus pour que Lucky Luke gobe la légende du voleur au cœur d'or. Pour lui, James est une crapule comme l'Ouest en a toujours connu, et il le combat comme tel.

LE BRIGAND BIEN-AIMÉ

ROBERT WAGNER · JEFFREY HUNTER · HOPE LANGE · CINEMASCOPE
AGNES MOOREHEAD · Herbert R. SWOPE, Jr · Nicholas RAY · Walter NEWMAN
20th CENTURY·FOX FRANCE, INC. 33, CHAMPS ELYSÉES · PARIS

JE DIRAIS MÊME PLUS ?

Quand en 1969 Jones et Smith, détectives privés, font leur apparition dans l'histoire, comment ne pas penser immédiatement à certains faux jumeaux, aux noms aussi passe-partout, eux aussi policiers, également moustachus, tout de noir vêtus et coiffés d'un chapeau melon, bien connus des lecteurs de bandes dessinées, alias les Dupont-Dupond, qui multiplient gaffes et pataquès dans les aventures de Tintin depuis 1933 ? Au-delà d'une ressemblance physique évidente avec les Dupondt, Smith et Jones démontrent en quelques cases seulement une insondable sottise, digne de celle de leurs illustres prédécesseurs :

opérant prétendument incognito, ils exhibent par maladresse les signes d'appartenance à leur profession : une paire de menottes qui tombe, un mouchoir aux armes de l'agence Pinkerton, une loupe et un revolver... « Le secret est la base de notre métier », pérorent-ils, comme les Dupondt répètent à l'envi que « Botus et mouche cousue est notre devise » ! Ce clin d'œil de « R. G. » à Hergé, le grand confrère belge, n'est d'ailleurs pas le premier (voir *Astérix Légionnaire*, paru en 1967), ni le dernier : en 1977, il fera surgir les Dupondt eux-mêmes, cette fois accoutrés en Gaulois dans son dernier scénario, *Astérix chez les Belges* !

LA VERITABLE HISTOIRE DU BANDIT

René Goscinny avait certainement en mémoire le très beau film du grand Nicholas Ray, sorti dans les salles en 1957, quand il s'est installé devant sa machine à écrire pour son *Jesse James*. Il reprend en effet la même vision de la famille James, une famille de confédérés, ruinée par la guerre de Sécession. Le Jesse James du cinéma se conduit comme celui de l'album : il vole les riches (les spoliateurs venus du Nord) pour donner aux pauvres, c'est-à-dire à sa famille, car il ne connaît personne de plus pauvre qu'eux ! Mais à la différence de la bande dessinée, James n'est pas montré à l'écran comme un hypocrite. C'est un jeune homme égaré, qui n'embrasse la carrière de criminel que par nécessité, et ne la poursuit que par goût de l'aventure, des femmes et de l'argent facile. Sa rédemption finale (un peu artificielle) est brisée net par son assassinat.

UN LEVER DE RIDEAU ORIGINAL

En introduction de l'album, comme pour mieux disqualifier Jesse James, Goscinny et Morris ne consacrent pas moins de trois planches à un hilarant panégyrique du vrai héros de la série et de son extraordinaire cheval. Au passage, ils s'offrent le plaisir de moquer une fois de plus les Dalton et Billy the Kid.

DES PHILANTHROPES

La bande de Jesse James (*ci-dessus, entouré*), des brigands au grand cœur ? On peut en douter. Les faits soulignent la violence de cette entreprise familiale, entièrement tournée vers le profit maximum, quel qu'en soit le prix à payer.
Au final, une histoire ponctuée de meurtres et agrémentée de quelques anecdotes, destinées à nourrir la mythologie de l'Ouest.

LE ROBIN DES BOIS REVANCHARD

Vengeance. Voilà ce qui anime l'ancien soldat sudiste aux lendemains de la défaite. Associé aux frères Younger, il veut rendre justice aux agriculteurs ruinés et humiliés du Missouri. Mais la légende, contestée par les historiens, ne réussit pas à masquer la violence de son parcours.

L a guerre, même civile, est censée avoir ses règles, en principe respectées de tous les belligérants. En cet automne 1863, il y a longtemps que les habitants du Missouri sont revenus de cette illusion. Pour eux, pas de lois qui tiennent. Rien que la violence, aveugle, déchaînée, d'un côté comme de l'autre. Ils vivent dans un État frontalier qui, lors du déclenchement de la guerre de Sécession, a opté, au travers du vote de ses élus, pour le Nord et l'Union alors que nombre des habitants – arrivés récemment du Sud profond – restent viscéralement attachés à la Confédération et à l'esclavage. Les hommes du Missouri sont donc suspects aux deux camps, et leur territoire sert de théâtre aux pires règlements de comptes.

Dans le comté de Kearney, la population a fait ses choix; ce n'est pas pour rien qu'on a surnommé la région *Little Dixie*, la «petite Dixie», comme on appelle affectueusement le Sud. Presque tout le monde est originaire du Kentucky, à l'instar des James, installés ici dans les années 1840. Robert James, jeune pasteur baptiste, a acquis un terrain de quarante acres, une bonne surface, mis en culture grâce à ses six esclaves. Car, si le Missouri est peu à peu arraché aux vastes étendues sauvages – *wide wilderness* comme disent les Américains–, c'est largement grâce aux Noirs, qui travaillent la terre pour les nouveaux colons. Au point que l'État a failli reconnaître l'esclavage; qu'il ne l'ait finalement pas fait a irrité ses petits propriétaires, les poussant, dès le déclenchement de la guerre civile, du côté des confédérés. Robert James n'a pas eu à prendre parti. En 1850, abandonnant sa femme, Zeralda, et leurs trois enfants, Franklin, dit Frank, Jesse et Susan, il part pour la Californie sous prétexte de prêcher la parole de Dieu aux chercheurs d'or. En vérité, il nourrit l'espoir, comme tant d'autres, de faire fortune. Mais à peine arrivé, il meurt du choléra…

Né le 5 septembre 1847 à Kearney, Jesse Michael Josepher Woodson James ne gardera aucun souvenir de son père. En 1852, sa mère, qui ne s'en sort pas toute seule, se remarie avec un voisin et cousin éloigné, Benjamin Mimms, sinistre brute qui rosse les enfants. Zeralda demande le divorce. Celui-ci ne sera jamais prononcé car Ben se tue dans un accident.

La guerre de Sécession devient son «école du crime»

Veuve une seconde fois, elle épouse un médecin, Reuben Samuels avec qui elle aura quatre autres enfants. Pur sudiste lui aussi, il élève pêle-mêle sa progéniture et celle de feu Robert James dans le respect de Dieu – Zeralda se vantera que ses fils n'aient jamais sacré le nom du Seigneur –, la passion du cheval, celle des armes, et l'amour de Dixie. Rien d'étonnant si, en 1862, Franck James, 15 ans, s'engage dans l'armée confédérée. Malade, renvoyé chez lui, il rallie les Rangers de Quantrill, unité commando spécialisée dans les attaques-surprises contre les Yankees. Quantrill et ses hommes sont du Missouri, comme les Nordistes qu'ils combattent. Le fait de se connaître, trop bien, pousse, d'un côté comme de l'autre, à des comportements extrêmes. Qui, le premier, a décidé de ne pas faire de prisonniers? Qui a eu l'idée de scalper les morts de l'adversaire? Les deux camps se renvoient la balle. La guérilla, sauvage, devient inhumaine. L'attaque de la ville de Lawrence par Quantrill fait 200 morts, celle de Centralia seulement 22. Mais nombre de soldats nordistes sont désarmés… ce qui provoque une vague de représailles d'une rare férocité! Les Yankees veulent la tête de Quantrill. Alors, pour le trouver, faute de traîtres prêts à dénoncer sa cache, ils recourent à une violence ciblée: fondre sur les familles de ses partisans, et les faire parler, par tous les moyens…

Voilà pourquoi, un matin d'automne 1863, les Nordistes déboulent chez les James, décidés à arracher à la famille de Frank la cache ●●●

TRAITRE ET LACHE

Robert Ford, ancien acolyte de James, est entré dans l'Histoire après avoir abattu son ancien mentor par surprise, de dos, d'une balle dans la tête. Son motif, la jalousie peut-être, plus sûrement l'attrait de la prime (10 000 dollars) pour celui qui mettrait fin à la carrière de James, «mort ou vif».

LE TRAIN TRAIN DU TRUAND

C'est durant la guerre de Sécession que le gang a mis au point ses techniques d'attaque de trains – des vols qui leur ont assuré la célébrité. En 1873, après avoir détroussé les passagers, les frères James auraient ainsi offert un pourboire de 2 dollars au malheureux conducteur de la locomotive.

●●● de son chef. Ils torturent le docteur Samuels, menacent de le pendre et, comme il se tait, le branchent tout de bon, le dépendent, le rependent, le dépendent encore sans réussir à lui tirer un mot. Excédés, ils s'en prennent à l'un des enfants présents, Jesse, 15 ans, et le fouettent à coups d'étrivières. Lui aussi reste muet. Les bourreaux se fatiguent les premiers. À peine sont-ils partis, le garçon selle un cheval et, ivre de vengeance, file rejoindre Quantrill. Ce choix le fait entrer dans la légende.

Jesse est affecté à la troupe de William Anderson, dit *Bloody Bill*, «le Sanguinaire», un surnom mérité. Sous ses ordres, il apprend les principes de la guérilla, qu'il saura, par la suite, mettre judicieusement en application, participe à de nombreux coups de main, de plus en plus risqués, de plus en plus violents au fur et à mesure que la défaite du Sud devient inévitable. À 16 ans, Jesse James se targue d'avoir déjà tué sept hommes au

combat. Il est souvent blessé, dont une fois grièvement. Cela ne le calme pas. En avril 1865, le Sud, à bout d'hommes et de ressources, capitule en Virginie, à Appomatox. Dans le Missouri, les Rangers de Quantrill et autres «rebelles», assimilés à des criminels de droit commun, non à des combattants,

tire par miracle, grâce à sa cousine, Zeralda Mimms, qui le recueille et le soigne. Il l'épousera neuf ans plus tard. L'expérience lui a servi de leçon: il n'y a pas de place pour les gens comme lui dans le Missouri de l'après-guerre. L'assassinat de William Anderson achève de l'en convaincre. Frank et Jesse James, sous le coup d'une interdiction de séjour dans le Missouri, décident de s'installer dans le Nebraska et d'y refaire leur vie. Il leur faut contracter des emprunts auprès des banques locales, à des taux exorbitants; très vite, les James, endettés jusqu'au cou, incapables de faire face aux traites, se convainquent, peut-être à raison, que l'État fédéral les accule délibérément à la ruine pour se venger d'eux. Ils refusent de se laisser faire.

Peut-être inspirés par l'exemple du gang Clement, qui sévit dans la région, les frères James, avec une poignée d'anciens soldats confédérés exclus des conditions d'armistice, dont les quatre frères Younger – Cole, John, Jim et Bob –, décident de reprendre la guerre à leur manière. Ils ne s'exileront pas, ne se soumettront pas, répondront à la violence du vainqueur

> À 16 ANS, JESSE JAMES SE VANTE D'AVOIR DÉJÀ TUÉ SEPT HOMMES. SOUVENT BLESSÉ, DONT UNE FOIS GRIÈVEMENT, IL DIT CONTINUER JUSQU'À SA MORT, EN 1882, UNE GUERRE TERMINÉE DEPUIS 1865

sont exclus des conditions de paix, traqués comme des bêtes féroces. Alors que Jesse James et quelques camarades, sur le conseil de leurs officiers, se rendent à Lexington pour y déposer les armes, ils tombent dans une embuscade, se font tirer comme des lapins. Une balle dans la poitrine, Jesse s'en

par la violence. Ils deviendront des résistants, des redresseurs de tort, des justiciers. C'est d'ailleurs à peu près ce que Jesse James écrira au patron du *Kansas City Times*, un ancien officier confédéré nommé Edwards, qui s'empressera de publier cette lettre de justification, et les suivantes, à la

L'ARME FATALE

L'arrivée des troupes de l'Union dans les territoires sudistes s'est apparentée à une occupation militaire, avec son cortège de violences et d'humiliations. Jesse James, «soldat perdu» de la guerre de Sécession, a vu dans les armes son seul avenir…

une de son journal. Cet appui d'une presse sudiste sera pour beaucoup dans la construction du mythe Jesse James, popularisant l'homme, le rendant sympathique aux lecteurs et lui permettant de bénéficier de l'appui des populations.

La presse et les rumeurs en font un héros au grand cœur

La première attaque de banque du gang James-Younger a lieu le 13 février 1866 et rapporte la jolie somme de 62000 $. Leurs têtes aussitôt mises à prix, les hors-la-loi ne s'arrêtent plus, se déplaçant de l'Iowa au Texas, du Kansas à la Virginie. Une mobilité qui participe grandement à leur succès et à leur impunité. Ne ciblant que des symboles du pouvoir central et des profiteurs de guerre, lâchés tels des charognards sur le Sud qu'ils mettent en coupe réglée, les frères James et leurs complices ne tardent pas à incarner, dans l'imaginaire populaire, la revanche des vaincus. Nombre d'historiens, par la suite, refuseront d'accréditer cette version, qui fait des James des héros vengeant les petites gens et défendant les leurs ; ils ne verront en eux qu'une bande de brigands violents et sans scrupule, mus par l'appât du gain, capables de tuer des innocents de sang-froid.

Violent ? C'est incontestable. Quand il se séparera, le gang aura commis 26 braquages et fait 17 victimes, pour la plupart tuées dans des fusillades déclenchées par les forces de l'ordre. On n'impliquera qu'un seul meurtre direct à Jesse : celui du caissier de la banque de Gallatin en 1869, qu'il aurait confondu avec l'officier nordiste assassin de Bill Anderson. Cet acte de représailles, même s'il semble s'être trompé de cible, ne lui sera pas imputé par l'opinion publique mais contribuera à amplifier sa légende. Toujours au grand jour, par panache, les attaques de banques rapportent gros.

Le bruit court que les frères James redistribuent une partie du butin aux pauvres, notamment aux agriculteurs ruinés par la guerre et l'abolition de l'esclavage. Les autorités s'insurgent contre cette rumeur, qu'elles affirment infondée, afin de détruire le capital sympathie du gang. Malgré les milliers de dollars passés entre leurs mains, les James manqueront toutefois toujours d'argent. À sa mort, ●●●

LE TEMPS DE LA LÉGENDE

Le malfrat avait su entretenir sa réputation de «bandit au grand cœur» en utilisant habilement la presse par des courriers et des interviews. Les populations du Sud en ont fait un chevalier des temps modernes, restituant une forme d'honneur aux vaincus d'hier.

EN 1969
— Morris —

L'année 1968 est un tournant dans la carrière de Morris. À la demande de René Goscinny, il quitte après vingt et un ans de bons et loyaux services le journal *Spirou* pour rejoindre *Pilote* et son éditeur, Georges Dargaud. La reprise en main par Dargaud sera très énergique : les deux derniers épisodes, *La Diligence* et *Le Pied-Tendre*, pourtant publiés dans *Spirou*, paraissent dès 1968 en albums cartonnés chez Dargaud. *Dalton City* débute sans attendre dans *Pilote* suivi dès l'année suivante par *Jesse James*. Dans le même temps, Morris livre au trimestriel *Super Pocket Pilote* quatre histoires complètes de son héros…

Décidément, malgré les difficultés qu'occasionne généralement ce type de transition, le rythme de travail de Morris ne fléchit pas ! De plus, cette seconde vie verra son plus vieux rêve se réaliser enfin car en 1971 sort le premier long métrage en dessin animé de *Lucky Luke*, *Daisy Town*, sur un scénario et des dialogues de Morris, Goscinny et Pierre Tchernia. «C'est pour moi un plaisir sans prix de voir bouger, parler ce bonhomme que j'ai créé sur du papier. Lorsque le dessin animé de *Lucky Luke* est sorti, j'ai ressenti l'impression d'un homme qui aurait été sourd et qui soudain entendrait pour la première fois la voix de son fils», nous confiait-il en 1988.

Fort heureusement, cette expérience se renouvellera maintes fois pour le cinéma comme pour la télévision. À partir de 1991, plusieurs grosses productions – avec des acteurs en chair et en os – seront même produites, avec Terence Hill, entre autres, dans le rôle de Lucky Luke ! ● PH. M.

●●● Jesse laissera femme et enfants dans la misère. Le fait que les fonds dérobés lors des braquages appartiennent à des industriels nordistes, récemment installés dans le Sud, n'est pas pour déplaire.

Lorsque, le 21 juillet 1873, le gang attaque pour la première fois un train – une technique héritée des années de guérilla –, il s'en prend aux compagnies ferroviaires en pleine expansion, qui sous prétexte de tracer des voies, spolient les cultivateurs, expropriés sans indemnités et souvent par la violence. À la grande joie de tous ceux qui ont eu à souffrir de ces pratiques. Peut-être Jesse James n'est-il pas Robin des Bois, mais il se pose incontestablement en défenseur des petits, des pauvres et des opprimés. Preuve que les frères James ne sont pas mis au ban de leur communauté du fait de leurs activités malhonnêtes, tous deux se marient sans difficulté en 1874 ; Jesse épouse sa cousine, Zerelda Mimms, qui l'a soigné en 1865 et qui lui donnera quatre enfants : James Edwards, né en 1875, futur avocat en Californie, des jumeaux qui mourront en bas âge et une fille, Mary Susan née en 1879. Jesse sera un père exemplaire et attentionné.

Une guerre entre Jesse James et les détectives de Pinkerton

Le jeune couple part tranquillement en voyage de noces au Nouveau-Mexique où Jesse, imperturbable, accorde des entretiens à la presse locale, obtenant des papiers élogieux. Ainsi grandit sa légende de « bandit bien-aimé ». Au retour, les James s'installent à Nashville dans le Tennessee, sous le nom de Howard. Jesse ajoute à ce pseudonyme un déguisement minimaliste : il se teint les cheveux et se laisse pousser la barbe. En réalité, il

FIN DE PARTIE

Il est difficile de voir en James autre chose qu'un détrousseur de grands chemins. S'il revendiquait une certaine vision du Sud, son activité ne se résuma qu'à une série de vols, plus ou moins brillamment entrepris. D'ailleurs, sa bande perdit, au fil des morts, son efficacité, pour finir par accueillir celui qui les trahira tous en abattant le chef…

compte davantage sur l'affection du voisinage pour garantir sa sécurité menacée au plus haut point, comme le prouve le drame qui frappe les siens début 1875. N'ayant pas réussi à obtenir des troupes pour en finir avec la bande James Younger, le gouverneur du Missouri a fait appel, contre promesse de primes, à la fameuse agence de détectives privés Pinkerton, efficace et dénuée de scrupules. Après un guet-apens qui coûte la vie à Bob Younger, l'un des employés de l'agence est abattu. Entre les hors-la-loi et les Pinkerton, la guerre est ouverte. Le 21 janvier 1875, à défaut de pouvoir atteindre les frères James, les détectives posent une bombe incendiaire dans la ferme maternelle, à Kearney. Dans l'explosion, leur plus jeune demi-

frère, Archie, 8 ans, est tué ; leur mère doit être amputée du bras droit. La lâcheté de l'attentat suscite l'indignation jusqu'au plus haut niveau de l'État et certains élus, craignant pour leurs réélections, essaient de calmer le jeu en offrant une amnistie aux James et à leurs compagnons ; ceux-ci ne donnent pas suite, préférant reprendre leurs activités. Cette fois, les choses vont mal tourner. Après un déjeuner trop arrosé, le 7 septembre 1876, la bande attaque la banque de Northfield. Le caissier, prétextant un système de minuterie, refuse d'ouvrir le coffre. Au lieu de laisser tomber, le gang attend, et se fait encercler par les hommes du shérif (Les frères Dalton tomberont dans le même piège 16 ans plus tard). Dans la fusillade qui suit, plusieurs

● LE PORT D'ARMES

Sur le front pionnier, tout le monde porte une arme, du simple poignard à la carabine. En posséder apparaît comme un droit inaliénable garanti par le deuxième amendement à la Constitution américaine. Il répond à deux besoins vitaux : celui de se défendre, des bandits comme des Indiens ; et celui de chasser pour se procurer de la viande fraîche. Fusils, revolvers et munitions sont vendus librement dans les armureries et sans aucun contrôle. Dans les régions reculées, les pionniers recourent volontiers aux armes à feu pour régler leurs différends. Au mépris des lois, chacun s'arroge le droit de se faire justice soi-même et de défendre ses intérêts par ses propres moyens, d'où la formation de groupes d'autodéfense. « Dieu a fait des hommes grands et petits, ironise-t-on à l'époque, le Colt les a rendus égaux ! » Le revolver fabriqué par Colt est, à l'époque, surnommé « le Pacificateur ». Aujourd'hui encore, malgré de récurrentes remises en cause, la libre circulation des armes est autorisée aux États-Unis et défendue par de puissants lobbys, dont la *National Rifle Association*. Le 26 juin 2008, la Cour suprême a confirmé le droit de chaque Américain à posséder une arme et à s'en servir, notamment dans les cas de légitime défense.

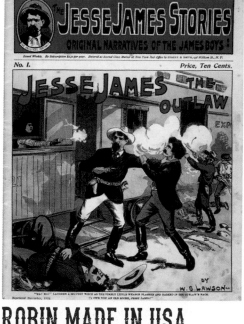

QUAND HOLLYWOOD S'EMMELE

Le cinéma s'est emparé du personnage – et de sa légende – avec bien peu de recul. Dès 1939, *Le Brigand bien-aimé*, de Henry King, donne le ton. Plus récemment, c'est Brad Pitt (*ci-dessus, au centre*), dans *L'Assassinat de Jesse James par le lâche Robert Ford* (2007) qui livre, cette fois, l'image d'un héros fatigué et revenu de ses illusions.

ROBIN MADE IN USA

Dès 1869, le *Kansas City Times* s'enflamme pour les exploits de la bande, qu'il décrit comme une «chevalerie du crime». D'autres journalistes parlent d'un «Robin des bois américain». Autant de superlatifs qui enthousiasment une population rurale ruinée par la guerre et les spéculateurs venus du Nord.

des outlaws sont abattus et les frères Younger, blessés, sont arrêtés. Manquent les James, absents ce jour-là. Pour eux, le coup est rude. Remplacer les amis disparus, avec lesquels ils avaient tissé des liens si anciens, s'avère impossible. Désormais, Jesse devra, pour monter un coup, s'adresser à des complices de fortune, qui ne lui inspirent guère confiance.

En septembre 1881, l'attaque du train de Glendale met apparemment fin à sa carrière; c'est du moins ce qu'il promet à sa femme, tout en sachant qu'il lui faut réussir une dernière affaire pour assurer l'avenir… Il contacte les frères Ford, partenaires occasionnels, les invite à Saint-Joseph où il vient de s'installer et en fait ses gardes du corps. Ceux qui veulent altérer l'image d'un Jesse James bon époux et bon père diront qu'en réalité, il a cherché à se rapprocher de Martha Ford, sœur de Charles et Bob, devenue sa maîtresse. Jesse, méfiant jusqu'à la paranoïa, fait pourtant confiance aux Ford et n'imagine pas un instant qu'ils se sont entendus avec Crittenden, gouverneur du Missouri, pour lui livrer, contre 10000 dollars, leur chef, de préférence mort.

Le 3 avril 1882, Bob Ford, profitant que Jesse, occupé à épousseter un cadre dans le salon, lui tourne le dos, l'abat de deux balles dans la nuque, sous les yeux de ses enfants. Suivant le plan prévu, il se rend avec son frère

aux autorités. Tous deux s'accusent de cet assassinat. Condamnés à mort dans la même journée, pour apaiser l'opinion, les deux hommes seront graciés avant la tombée du soir, et expulsés de l'État. Sans l'argent de la prime, que Crittenden refusera de leur verser. Charles Ford, malade et sans le sou, se suicidera en 1884, Bob, «le sale petit lâche dont le nom ne mérite même pas d'être cité», comme le dit l'épitaphe de Jesse James, sera abattu à son tour en 1892 par un certain O'Kelley qui sera libéré au bout de dix ans de prison, sur pétition spéciale des citoyens du Missouri. Manifestement, Bob Ford n'était pas populaire dans le coin…

Les obsèques de Jesse, enterré dans le jardin de la ferme familiale, d'où sa dépouille sera, en 1902, transférée au cimetière de Kearney, tournent au triomphe. Des milliers de gens se pressent devant son lit de mort, désireux de lui rendre un dernier hommage. Sa tombe devient très vite un lieu de pèlerinage qui, aujourd'hui encore, attire les foules. Malgré la publicité en-

tourant ses funérailles, beaucoup de gens, aux yeux desquels il représentait l'ultime rempart contre l'injustice du sort réservé au Sud vaincu, ne veulent pas croire à sa mort. Le bruit court que Jesse a monté cette mise en scène pour refaire sa vie dans l'Ouest. Un certain Frank Dalton n'hésitera pas, jusqu'à son décès, survenu en 1951, au bel âge de 102 ans, à se faire passer pour Jesse James et à vivre de ses exploits fantasmés. Il faudra attendre des analyses ADN, pratiquées à la fois sur le corps

> *EN 1882, ILS SONT DES MILLIERS À SE PRESSER DEVANT SA DÉPOUILLE POUR UN DERNIER HOMMAGE. ET SA TOMBE DEVIENDRA BIEN VITE UN LIEU DE PÈLERINAGE, ENCORE FRÉQUENTÉ DE NOS JOURS*

de Dalton et sur l'homme enterré à Kearney, pour apporter la preuve que «le sale petit lâche» a bel et bien descendu, dans le dos, au printemps 1882, l'icône de tout un peuple.

Plus heureux que son cadet, Frank James, profitant de l'émotion unanime suscitée par l'assassinat de Jesse, décide de se rendre aux autorités. Jugé en 1883, il sera acquitté, sous les applaudissements d'un public sudiste largement gagné à sa cause. Et c'est dans son lit qu'il mourra, paisiblement, en 1915. ● A. B.

MA DALTON
TOUTE LA TENDRESSE D'UNE MÈRE

Malgré leurs mauvais penchants, les Dalton restent
à jamais les enfants chéris de leur vieille maman. Elle est
prête à tout pour les protéger de ceux qui leur voudraient
du mal, tel ce redresseur de torts de Lucky Luke.

En introduction de l'album, les auteurs ont apposé la dédicace : « À nos mères ! » Avec son pépin au manche de canard, sa coiffe blanche, ses lorgnons, son châle, son cabas et sa silhouette voûtée, la maman des Dalton a tout d'une petite pensionnée ordinaire. Dans les premières cases du scénario, René Goscinny la nomme « Vieille », avant de lui donner le patronyme de Ma Dalton. Il en mentionne pour la première fois l'existence dans *L'Évasion des Dalton* (1960) : « Maman a été gentille de nous envoyer cette lime », dit Joe. Un « souvenir de famille », puisque cette lime a servi à la propre évasion de la dame, dont l'époux est mort les armes à la main, apprendra-t-on plus tard. De son côté, Morris la dessine, à peine reconnaissable, dans un cadre décorant la cellule de ses fils, dans la planche d'ouverture de *Tortillas pour les Dalton* (1967). « Maman » est en costume de bagnard et porte le matricule 2591.

Travaillant sur le premier dessin animé de *Lucky Luke* produit par Belvision (1970), Pierre Tchernia suggéra à René Goscinny d'en faire un personnage à part entière. En réalité, le scénariste d'*Astérix* ne l'a pas attendu. Cela faisait longtemps qu'il tournait autour de l'idée du personnage. Il est coutumier de ce genre de maturation. Les cousins Dalton, Calamity Jane, Billy the Kid, Jesse James... ont tous fait leur apparition bien avant qu'ils aient eu droit au premier rôle. Ici, il aura fallu attendre onze ans et la cinquante-septième aventure de Lucky Luke pour voir apparaître, dans *Pilote* en 1971, la génitrice des quatre malfrats les plus méchants – mais aussi les plus drôles de l'Ouest.

C'est incontestablement le passage de *Lucky Luke* de *Spirou* à *Pilote* en 1968 qui en donne l'occasion. Contrairement à l'hebdomadaire de Marcinelle, *Pilote* n'est pas obnubilé par la commission de la loi de 1949 sur la protection de la jeunesse,

qui justifie si souvent la prudence des éditeurs belges. Les censeurs ont interdit l'importation de *Billy the Kid*, édité par Dupuis, car on y voit un marmot suçotant une arme à feu. La mort même des Dalton (les premiers, les « vrais ») a été édulcorée pour échapper aux foudres de la commission. Dans *Pilote*, au contraire, les thèmes deviennent plus adultes, les décors des saloons se peuplent de petits cadres où sont esquissées des femmes nues, jusque-là soigneusement effacées par les chromistes des éditions Dupuis. Il est probable que, dans cette presse où la femme est bannie, à moins qu'elle apparaisse comme une virago à la Calamity Jane, la mère des Dalton aurait fait tache face à celle de *Boule et Bill*, de Roba : elle qui manie le six-coups aussi efficacement que le rouleau à tarte.

Lucky Luke, ce boy-scout en Stetson, aide l'ancêtre à traverser la rue à Cactus Jonction. Il ne la reconnaît même pas. Pourtant, elle a les traits jumeaux des fameux Dalton : nez en patate, mèche brune, menton en galoche... « Je n'aurais jamais cru que les Dalton avaient une mère ! » s'exclame même le cow-boy quand l'évidence lui est enfin rendue. Instruite (elle écrit à ses enfants), tireuse d'élite (elle exécute un crotale à dix pas), affectueuse (« Couvrez-vous si vous vous évadez », écrit-elle à ses fils), elle est à ce point intégrée dans la société qu'on lui laisse « dévaliser » les commerçants. Elle fait partie du folklore local et fréquente même parfois les clubs de dames patronnesses. Attachante et valeureuse, elle a dû élever seule ses quatre turbulents gamins tout en passant son temps à faire évader son mari, avant qu'il ne meure au champ d'honneur des truands : les armes à la main. « Le pauvre ! » dit-elle avec compassion.

La grande trouvaille de Goscinny et Morris dans *Ma Dalton* est qu'ils réussissent à infantiliser les Dalton. Pour Ma, ses ●●●

●●● fils ne seront jamais les terribles bandits que tout le monde redoute. Ils restent des «chenapans». Cela donne dans cet album des scènes assez drôles où Joe se fait régulièrement tancer: «Et chaque fois que tu diras un vilain mot, je te laverai la bouche avec du savon», lui dit sa mère, qui passe de la parole aux actes, administrant même une fessée à l'irascible malfrat: «Mais Ma! Je suis un desperado! Tout le monde a peur de moi! Ma tête est mise à prix!» se défend Joe. «Ce n'est pas à ta tête que j'en ai», lui rétorque la vieille dame. «Mon tout petit», dit-elle affectueusement à Averell, qui est nettement son préféré. Faut-il y voir une allusion à la propre fratrie des Goscinny?

Quand, en 1945, René quitte l'Argentine pour New York avec sa mère, Anna Béresniak, ils laissent Claude, le frère aîné de la famille, terminer ses études d'ingénieur – alors que lui arrête au bac. Sans qualification, ses débuts sont particulièrement difficiles. Pourtant, durant son périple new-yorkais, comme lors de son retour en France, le cadet est accompagné de sa mère: «Dans les années 1950, Anna sera une charmante vieille dame faisant du tricot dans un coin de la salle à manger, sachant se rendre invisible aux visiteurs, toujours un peu surpris de découvrir qu'à plus de 30 ans Goscinny vit encore avec sa mère», écrit le biographe de Goscinny, Pascal Ory. Les quelques photos qu'on a d'elle suggèrent en fait une maîtresse femme, lèvres minces et regard décidé. Son comportement à la disparition prématurée de son mari – la femme au foyer se fait embaucher comme secrétaire, à Buenos Aires puis à New York – confirme tout à la fois qu'elle a de l'énergie à revendre et que son amour maternel va jusqu'à suivre son cadet dans une équipée au succès douteux. Peut-on aller jusqu'à voir dans tous les personnages de mère de l'œuvre goscinnyenne une image, plus ou moins déformée, d'Anna Béresniak?» Assurément dans *Ma Dalton*. Celle-ci surprotège son cadet, lui passe tous ses caprices, lui trouve toutes les excuses. Ses frères s'en plaignent, il reçoit «le meilleur revolver pour Christmas et 20 cartouches de plus [qu'eux] par semaine». «Averell a toujours été le plus faible, le plus sage», dit sa mère, mais elle ne manque cependant pas de tendresse pour Joe: «Tu as été très dur à élever, tu es celui qui ressemble le plus à ton pauvre père… C'est pour cela que j'ai toujours eu un faible pour toi.»

Cette «mère à chat», capable d'agir comme une chef de gang, va réussir à faire peur à Lucky Luke dans une scène d'anthologie, celle du duel à la fin de l'album. Là encore, c'est un cliché du western qui est tourné en dérision: le sempiternel affrontement entre le héros et le méchant à la fin du récit. Déterminée, Ma Dalton est bien résolue à abattre l'ennemi de ses fils. La scène, qui se déroule dans la Grand-Rue, prendrait un tour dramatique si les banderoles qui la surplombent n'affichaient ces slogans désarmants: «Rien n'est plus doux qu'une maman», «À nos tendres mères», «Joyeuse fête des Mères»… Fort opportunément, certain chien stupide viendra à son inimitable façon perturber un final qui menaçait d'être pathétique.

● D. P.

Le septième album de la collection *Lucky Luke* chez Dargaud paraît en 1971, après sa publication en feuilleton dans *Pilote* la même année.

Sweetie

En dépit de son esprit lent, pour le moins, Rantanplan finit par repérer à quel animal il a affaire dans cet album: «Voyons… Cette chose… Ce n'est pas un coyote… Pas un cheval non plus, bien sûr… C'est un… C'est un… C'EST UN CHAT!» Et là, l'instinct fait le reste: il poursuit le félin sans relâche, semant le désordre sur son chemin. Sweetie est le chat de Ma Dalton, qui le gâte avec du mou. Son air chafouin et son incontestable vivacité rappellent le «chat-dingue», dont Franquin a doté son Gaston Lagaffe. Il est surtout l'antagoniste rêvé pour le chien le plus stupide de l'Ouest, et leur duo est l'une des plus grandes réussites de cet album, surtout grâce à l'autorité que Ma Dalton parvient – et c'est un exploit – à exercer sur le gardien honoraire du pénitencier.

FETE ANACHRONIQUE

Pour faire sortir du bois Ma et ses quatre gredins, Lucky Luke a l'idée d'une grande foire à Cactus Junction, où l'on trouvera tout pour faire des cadeaux aux mamans. Bientôt la ville se couvre de banderoles à la gloire des génitrices. Le piège fonctionne parfaitement… mais, avec la trouvaille de ce *deus ex machina*, Goscinny ne commet-il pas un anachronisme? La fête des Mères, dans sa version américaine, ne fut créée qu'en 1908, date qui semble quelque peu tardive par rapport aux exploits de Lucky Luke. À moins que, au nombre de ceux-ci, il ne faille ajouter l'invention du *Mother's Day*.

MA DALTON

Comme chiens et chats

De même que Rantanplan ne peut supporter Sweetie et n'a de cesse de l'attraper chaque fois qu'il le débusque, Lucky Luke et les Dalton passent leur temps à se poursuivre et à chercher à s'anéantir. Malheureusement pour ses fils, Ma Dalton, si elle impose son autorité aux animaux, ne peut pas faire se coucher l'indomptable cow-boy.

UN CHEVAL SACHANT PECHER

Les talents anthropo-morphiques de Jolly Jumper étaient certes connus depuis longtemps. Il n'empêche que le trouver en train de pêcher ne manque pas d'étonner, surtout quand il s'adonne seul à cette activité! Cette scène surréaliste est exceptionnelle dans les aventures de Lucky Luke qui s'appuient sur la parodie d'une réalité connue de tous et donc parfaitement documentée, celle du western. Ce qui est plus surprenant encore, c'est que ce cheval qui parle est doté d'un sacré sens de l'humour: alors que son cavalier, lui-même bluffé par les qualités inouïes de son destrier, demande comment il arrive à enfiler les asticots sur l'hameçon avec ses sabots, la réponse absurde d'un Jolly Jumper pince-sans-rire fuse: «Comme tout le monde, avec dégoût.»

Qui garde les gardiens?

Ce qui est frappant, dans les aventures de Lucky Luke, c'est la légèreté des gardiens du pénitencier, qui ne s'émeuvent plus de voir les Dalton s'échapper, comme si c'était une évidence. Condamnés à 500 ans de prison, ramenés à 367 ans «pour bonne conduite», ils s'évadent avec une facilité déconcertante, laissant même Averell faire cette remarque vexante: «C'est mal gardé, hein?» La raison de cette négligente indifférence? L'épisode *Sur la piste des Dalton* nous la fournit: la ronde des sentinelles a été supprimée parce que la prévention des évasions repose désormais sur la seule compétence d'un chien élevé dans le pénitencier, connu pour son intelligence, son instinct et sa bravoure: Rantanplan! Parabole ou non de la logique administrative de la fonction publique, c'est merveilleux, non?

UN VRAI CORNIAUD, CE CABOT!

Les chiens occupent depuis toujours une place de choix dans la bande dessinée: pour ne citer que certains des plus célèbres, il y a bien sûr Milou, qui, depuis la première case en janvier 1929, accompagne Tintin partout, jusque sur la Lune; Bill, fidèle compagnon de jeux et de bêtises de Boule; ou encore Snoopy, le chien philosophe des *Peanuts* de Schulz. Le canidé n'est donc pas une idée neuve dans le 9e art quand Goscinny choisit à son tour d'en créer un dans la série des *Lucky Luke*. C'est à la première planche de *Sur la piste des Dalton*, le troisième album dont les fameux cousins sont les vedettes, que Rantanplan fait son apparition en 1960. Pour l'imaginer, Goscinny a pris le contre-pied complet du chien le plus populaire de l'époque, Rintintin, qui fait les beaux jours des émissions de télévision pour la jeunesse à la fin des années 1950. Ce berger allemand et son jeune maître, Rusty, seuls survivants après une attaque des Indiens, ont été recueillis par l'armée américaine. Le garçon y est devenu caporal et son compagnon, mascotte du régiment! Ce chien de race est ici transformé par Goscinny en bâtard sans grâce; l'intelligence de Rintintin, qui sauvera Rusty et les soldats de nombre de dangers, fait place sous la plume du scénariste à l'imbécillité de Rantanplan, qui n'a d'égale que celle d'Averell: cet idiot ne cesse de mettre en péril Lucky Luke et de faciliter les desseins des Dalton. Et quand, à l'inverse, il vient, par extraordinaire, aider le cow-boy ou se mettre en travers du chemin des quatre malfrats, l'on peut être assuré qu'il ne le fait pas exprès!

La popularité immédiate de cette invraisemblable créature est telle qu'elle s'impose sur la plupart des couvertures des albums dédiés aux Dalton qui vont suivre, jusqu'à l'honneur suprême d'inspirer le titre d'une histoire: ce sera *L'Héritage de Rantanplan* en 1973. Mieux: à partir de 1987, Morris lui accordera le privilège de vivre des aventures distinctes de celles de Lucky Luke. Ce n'est sans doute pas un hasard si le premier album de cette série des *Rantanplan* s'intitule *La Mascotte*, le titre même dont son lointain modèle Rintintin avait été gratifié... Goscinny se sent-il coupable d'avoir ainsi abaissé la gent canine? En 1963, un an seulement après la parution en album de *Sur la piste des Dalton*, il suggère à Uderzo de dessiner un petit chien – d'abord dépourvu de nom – qui suit Astérix et Obélix dans les rues de Lutèce, puis tout au long de leur *Tour de Gaule*. Bientôt appelé Idéfix, à la suite d'un concours lancé auprès des lecteurs, le petit compagnon des deux célèbres Gaulois deviendra un personnage incontournable de la série. S'il n'a jamais eu le premier rôle d'un album, c'est son nom que porteront les studios d'animation créés par Uderzo et Goscinny, en 1974, avec Georges Dargaud.

SOLIDARITE

Dans ces terres désertiques de l'Ouest américain, l'entraide entre voisins est primordiale à la survie. On fait les travaux des champs ensemble. Les femmes et leurs fillettes restent à la ferme pour préparer le repas, alors que les hommes et leurs garçons vont labourer les terres. (On aperçoit à droite un cheval harnaché, prêt à tirer la charrue.)

SAINTE MÈRE DES DIABLES

Sacrée bonne femme ! Abandonnée par un époux alcoolique, elle défend avec volonté sa ferme implantée sur un territoire indien. Mère aimante, soucieuse d'inculquer à ses quinze enfants de solides valeurs morales, elle assiste, impuissante, à la dérive criminelle de trois de ses fils.

« Que Dieu leur pardonne ! » C'est en prononçant ces paroles qu'Adeline Dalton, les larmes aux yeux et le cœur serré, s'éloigne du cimetière d'Elmwood, à Coffeyville, dans le Kansas. En ce 6 octobre 1892, elle vient d'enterrer deux de ses fils, tués la veille à la suite d'une tentative de hold-up *(lire p. 42-47)*. Une épreuve de plus pour cette femme, que la vie n'a pas épargnée. Et dont l'histoire personnelle n'est en rien banale…

Fille d'un modeste fermier, elle naît le 15 septembre 1835 à Jackson, dans le Missouri, où elle passe une enfance des plus difficiles. De caractère instable, son père, Charles Younger, répugne à travailler la terre et s'absente fréquemment du domicile conjugal pour aller chasser, jouer à la table de poker et s'enivrer dans les tavernes des environs.

Très tôt, Adeline apprend à se rendre utile à la ferme. Quand elle ne s'active pas aux tâches ménagères, elle s'occupe de ses cadets, cultive un potager et élève des volailles. Autant d'obligations qui la tiennent éloignée des bancs de l'école. Pourtant curieuse des choses de l'esprit, elle ne reçoit qu'une instruction rudimentaire. Dès l'adolescence, elle s'affaire aux travaux des champs aux côtés de ses parents, dont les relations orageuses nuisent à la gestion de la ferme.

Bientôt, la jeune fille aspire à fonder son propre foyer. Les soupirants ne manquent pas, attirés par sa beauté et la grâce de ses manières. Contre l'avis de ses parents, elle arrête son choix sur Lewis Dalton, un tenancier de bar de Kansas City qu'elle a rencontré en fréquentant les offices religieux. Vétéran de la guerre du Mexique (1846-1848), c'est un travailleur acharné, homme modeste et posé qui a su imposer le respect de ses concitoyens, tant par ses qualités morales que par son sens des affaires.

Dix garçons, cinq filles, pour le meilleur et pour le pire

Leur union est célébrée le 12 mars 1851. Elle n'a pas encore 16 ans. C'est le tournant de sa vie. Libérée du joug paternel, elle dépend désormais de son mari pour donner une direction à son existence. Pour le meilleur… et pour le pire ! Suivant les usages de l'époque, le couple aura une – très – abondante progéniture. Quinze enfants, dix garçons et cinq filles ! Trois d'entre eux décéderont en bas âge. Avec un zèle infatigable, Adeline mène de front ses devoirs d'épouse et de mère. Elle supporte stoïquement le poids des privations et s'efforce d'insuffler à ses enfants le goût du travail et le sens de l'éthique. Elle met un point d'honneur à les conduire chaque dimanche à l'église pour leur inculquer les préceptes de la morale chrétienne.

AUSTERE
Adeline Dalton, née Younger (1835-1925). Une vie de labeur et de courage. Une femme exemplaire qui ne baissera jamais les bras.

En avril 1861, la guerre de Sécession éclate. Par tradition familiale, les Dalton n'hésitent pas à embrasser la cause du Sud. Un parti pris qui n'est pas sans les exposer à des dangers de toutes sortes. À leurs risques et périls, ils accueillent régulièrement à leur ferme des *bushwackers*, des francs-tireurs confédérés sous les ordres du colonel Quantrill, et leur procurent vivres, fournitures et renseignements pour qu'ils poursuivent leurs actions de guérilla. Il arrive parfois que, à la suite d'une dénonciation, leur domicile, situé dans le comté de ●●●

PAR TRADITION, LES DALTON SOUTIENNENT LES SUDISTES PENDANT LA GUERRE DE SÉCESSION. LA PAIX REVENUE, ILS VONT DONC VOIR D'UN ŒIL COMPLAISANT LA FORMATION DU KU KLUX KLAN

VUE PANORAMIQUE DE COFFEYVILLE

C'est à quelques kilomètres de cette petite ville du sud du Kansas, photographiée en 1909, que s'installe la famille en 1882. L'atmosphère paisible de la cité n'a certainement guère changé.
(Ci-dessus, à g. : Ninth Street ; à dr. : un café et quelques commerces ; au centre : Main Street, avec l'immeuble de la Condon National Bank, que les trois frères Dalton – Grat, Emmett et Bob – attaquent en 1892. Bob et Grat y perdront la vie.)

●●● Cass, à la limite occidentale du Missouri, fasse l'objet d'une attention particulière de la part des autorités fédérales, ou des *jayhwakers*, des partisans unionistes tout aussi enclins à la maraude et au pillage. Lorsque son mari s'absente pour affaires à Kansas City, Adeline, qui a appris à se servir d'un fusil, doit seule en imposer aux bandes armées pour protéger son foyer.

Toute la famille s'installe dans le Territoire indien

Farouche sécessionniste, elle redouble de zèle en apprenant, en juillet 1862, la disparition brutale de son frère cadet, Henry Younger, lâchement assassiné au seuil de sa porte par une patrouille nordiste qui tentait d'incendier sa propriété. Des menaces de mort pèsent sur sa famille jusqu'au rétablissement de la paix, au printemps 1865. La période de la reconstruction est particulièrement difficile pour les partisans de la Confédération. Les rancœurs et les passions restent vives.

Qu'ils aient défié ou non l'autorité du gouvernement fédéral, les anciens États esclavagistes sont ruinés, avilis et soumis à la dure loi des vainqueurs. Au poids de la défaite s'ajoutent les affres d'une occupation militaire qui perdure jusqu'en avril 1877. Bien qu'ils se tiennent éloignés de la scène publique, les Dalton voient d'un œil complaisant la formation de sociétés secrètes – telles que le Ku Klux Klan – et de ligues extrémistes (Fils du Sud, Chevaliers de la croix noire, Fraternité blanche) destinées à promouvoir le principe de la suprématie de la race blanche et à entretenir le mythe de la cause perdue. La violence endémique qui sévit alors dans cette partie des États-Unis ne les laisse pas indifférents, tant s'en faut. Adeline est la tante des frères Younger, lesquels forment avec Jesse et Frank James, leurs cousins éloignés, la bande de hors-la-loi la plus recherchée du pays.

En 1880, Lewis Dalton décide de quitter le Missouri. Il lorgne sur des terres situées plus à l'ouest, que le gouvernement fédéral cède à prix réduit pour les besoins de l'expansion économique. Avec ses modestes économies, il achète une ferme dans le comté de Montgomery, dans le sud-est du Kansas, à quelques kilomètres de la bourgade de Coffeyville.

Deux ans plus tard, il acquiert une nouvelle propriété dans le Territoire indien, dans l'actuel Oklahoma. Dure à la tâche, la famille se consacre à l'élevage et à la culture. Sans pour autant prospérer, elle finit par accumuler un pécule suffisant pour vivre à l'abri du besoin.

En raison des absences répétées de son époux, Adeline Dalton règne en véritable matriarche sur l'étendue de la concession. Ses enfants lui sont dévoués. De son propre aveu, ils

CHEF DE GANG

William Quantrill, ancien soldat confédéré, exclu de l'armée pour meurtre, s'allie aux frères James et à Cole Younger, neveu d'Adeline. Ils deviennent les pires hors-la-loi du Missouri.

> *LES EFFORTS D'ADELINE ONT PAYÉ. SES FILS AÎNÉS SORTENT DIPLÔMÉS DE L'UNIVERSITÉ ET ONT DE BELLES SITUATIONS. MAIS C'EST COMPTER SANS LES CADETS, QUI TOURNENT MAL*

constituent sa «raison d'être». Surtout, pour son plus grand bonheur, l'amour qu'elle leur porte et le soin qu'elle a pris pour les éduquer lui sont payés de retour. Ses deux aînés, Benjamin et Cole, sortent diplômés de l'université. En 1884, Frank, son fils favori, porte l'étoile de marshal adjoint fédéral dans l'Arkansas, sous l'autorité du magistrat Isaac Parker, surnommé le «Juge de la potence» *(voir p. 45)*, à Fort Smith. Quant à Bill, il devient un entrepreneur si prospère en Californie

qu'une carrière politique lui tend les bras. Au comble de la fierté, Adeline envisage l'avenir sous les meilleurs auspices. Elle se met à rêver d'une dynastie de businessmen.

Des événements inattendus viennent contrecarrer ce projet. Obsédé par son désir de faire fortune, Lewis Dalton fait de mauvais placements et contracte d'importantes dettes. Son goût immodéré pour l'alcool lui fait perdre le sens des réalités et le détache de sa famille. Un jour, il dispa- ●●●

LE FILS CHERI

Frank Dalton, le quatrième des enfants, fait l'admiration de tous, mais surtout de sa mère, dont il est le favori. Il devient marshal adjoint en 1884 et réside à Fort Smith, dans l'Arkansas. Alors qu'il est en opération en territoire indien cherokee pour arrêter un voleur de chevaux et de whisky, il se fait tuer le 27 novembre 1887. Il avait 28 ans.

EN 1971

GOSCINNY

Ses dernières années, après la tourmente de 1968, sont de plus en plus vouées à l'audiovisuel. L'amitié de Pierre Tchernia l'aide à apprivoiser ce monde nouveau. À ses côtés, il commence une carrière de scénariste de long métrage. Son coup d'essai, *Le Viager*, que Pierre tourne en 1971, est un coup de maître. Au milieu des années 1970, après un essai sans suite à la radio, il met un pied à la télévision. Mais c'est dans le cinéma d'animation qu'il va avoir le temps de s'imposer, au travers de l'étonnante aventure des studios Idéfix, qu'il crée en 1974 avec son vieux complice Albert Uderzo. Leur vie éphémère – quatre années: ils ferment à la mort de Goscinny – ne doit pas occulter le rôle essentiel qu'ils ont joué dans la renaissance de l'animation en France.

Les patrons ne lésinent ni sur les moyens techniques ni sur les émoluments du personnel. À côté d'une dizaine de projets plus légers, les deux grandes entreprises menées à bien seront deux longs métrages. On ne s'étonnera pas d'y retrouver un *Astérix* et un *Lucky Luke*. Pas l'adaptation d'un album, mais deux scénarios originaux. Déjà, en 1971, Goscinny avait réussi à imposer un scénario original de *Lucky Luke* (*Daisy town*) à l'entreprise belge Belvision, qui, dans un premier temps, avait essayé de l'ignorer. Quand, cinq ans plus tard, il est avec Uderzo seul maître à bord, il y va franchement. Côté *Astérix*, cela donnera *Les Douze Travaux*; côté *Lucky Luke*, *La Ballade des Dalton* – crédités comme réalisateurs: Goscinny et Morris, assistés de Tchernia au scénario. Ce dernier film, sorti en salle en octobre 1978, c'est-à-dire un an après la mort de Goscinny, peut être considéré comme le chef-d'œuvre du film d'animation français dans son mode classique. À elle seule, la séquence du rêve, traitée en comédie musicale, est un morceau d'anthologie. ● P. O.

LE BON ET L'EX-TRUAND

Emmett Dalton *(à g.)* survit à 23 blessures par balles lors de l'attaque de la banque de Coffeyville en 1892. Arrêté, il devient, à sa sortie de prison, un acteur et un écrivain reconnu. Le 6 octobre 1931, au salon du livre de Beverly Hills (Los Angeles), il rencontre Tom Rynning *(à dr.)*, ancien chef des rangers de l'Arizona.

avait pris l'habitude, au cours des dernières années, de canaliser le caractère turbulent de ses cadets et de leur imposer le respect de la morale. « Je reste persuadé, expliquera plus tard Emmett, que, s'il avait été là, le blason des Dalton serait demeuré sans tache. C'était lui notre vrai chef, notre modèle, et les sombres faits qui se sont produits par la suite résultent directement de sa mort… »

Un braquage de banque qui finit dans un bain de sang

La triste équipée des frères Dalton (Grattan, Emmett et Bob) prend son envol. De son domicile, Adeline prie pour que ses fils échappent aux représentants de l'ordre et… reviennent dans le droit chemin. Peine perdue…

À l'été 1890, ils dévalisent une salle de jeu à Silver City. En février 1891, ils attaquent un train en Californie. Trois mois plus tard, ils récidivent à proximité de la gare de Wharton, dans le Nouveau-Mexique. En septembre, ils font de même à Lillieta, dans le Territoire indien. Puis à Red Rock, à Aldair… Plus rien ne semble les arrêter. Ils sont en passe d'éclipser les exploits des frères James, ces héros de leur jeunesse.

Malgré le poids du déshonneur, leur mère reste attachée aux valeurs familiales. Un signe ne trompe pas. En juillet 1890, elle apprend le décès de son époux, Lewis, revenu s'éteindre dans le Kansas. S'élevant au-dessus de tout ressentiment personnel, elle obtient le rapatriement de sa dépouille pour l'enterrer dans le caveau familial du cimetière d'Elmwood, à

●●● raît sans laisser de traces. Fière dans l'adversité, Adeline refuse de se remarier et décide de s'occuper seule de ses enfants. Un choix qui contribue à renforcer encore les liens familiaux. Aidé de ses fils, elle s'attelle aux travaux agricoles et n'hésite pas à se rendre en personne dans les marchés à bestiaux des environs pour y vendre son cheptel. C'est grâce à sa gestion des affaires que les Dalton parviennent à rembourser les dettes de leur père. Malheureusement, l'embellie n'est que passagère.

En novembre 1887, Frank, l'enfant modèle, est tué alors qu'il tente d'interpeller des trafiquants de whisky opérant aux confins du Territoire indien. Sa mère surmonte avec d'autant plus de peine sa douleur que le défunt

---

● DES FEMMES LE PLUS SOUVENT SOUMISES

À l'époque de la conquête de l'Ouest, hommes et femmes sont convaincus que la Providence a décidé du rôle de chaque sexe. Dans une société virile, à la fois attachée aux mœurs puritaines et secouée par une flambée de violence, la femme se tient nécessairement à l'arrière-plan. Elle n'a pas vocation à être une héroïne, à briguer les faveurs ou à rechercher les honneurs. Pour l'homme, elle est d'abord une compagne solide qui partage la dureté de son quotidien et lui donne des enfants. Le jour de son mariage, elle passe sous l'autorité de son

époux, auquel elle jure fidélité et obéissance. La maison familiale devient aussitôt sa sphère incontestée. Les tâches ménagères, l'éducation des enfants, la bonne tenue du logement relèvent de sa responsabilité. Gardienne du foyer, elle veille aux bonnes mœurs, en particulier à la pudeur des jeunes filles. Le dimanche, elle doit conduire sa progéniture à l'église pour assister aux offices et faire bonne figure auprès de la communauté. Elle occupe son temps libre dans des lieux de sociabilité féminine, souvent des sociétés

de bienfaisance, des réunions religieuses ou des ligues de tempérance. L'occasion de nouer des liens, de contracter des alliances matrimoniales et de faire acte de charité. Les femmes ont tout à redouter des effets de l'âge et de la maladie. Faute de personnel et de matériel médical adapté, les hémorragies et la fièvre puerpérale peuvent leur être fatales lors des accouchements. Le divorce est en général admis en cas de faute du conjoint, à savoir : abandon du domicile, violences et alcoolisme invétéré. Sans biens et sans revenus, les femmes sont alors condamnées

à se remarier, au même titre que les veuves. D'où le nombre élevé de familles recomposées. Celles qui refusent de se placer sous la dépendance d'un époux, au mépris des convenances, courent le risque de devoir embrasser une mauvaise vie pour subvenir à leurs besoins. La majorité d'entre elles finissent leurs jours dans la demeure d'un de leurs enfants, qui a accepté de les prendre en charge, par devoir et pour leur éviter de dépendre des œuvres charitables. Mais il ne faut pas sous-estimer le rôle militant de ces pionnières *(lire p. 86)*. **F. A.**

INTERDIT AU MOINS DE DOUZE ANS

Bloody Mama, un film américain de Roger Corman, sorti en salles en 1970, l'est alors au moins de 18 ans. Il raconte l'histoire de la famille Baker – la mère (interprétée par Shelley Winters) et ses quatre fils (Don Stroud, Robert de Niro, Clint Kimborough et Alex Nicol) –, partie dans un trip ultraviolent à travers les États-Unis.

DANGEREUSE RANDONNEE

La mort de Bob Dalton se trouve en couverture du numéro du 24 juillet 1910 de cet hebdomadaire pour jeunes, paru entre 1877 et 1929. Dix-huit ans après les faits, le gangster est entré dans la légende puisque l'auteur de l'article, un certain Victor Forbin (écrivain et voyageur), le surnomme déjà «la terreur du Far West».

Coffeyville. Là où le destin attend ses trois fils: le 5 octobre 1892, le braquage simultané de deux banques tourne au bain de sang. Après dix minutes de fusillade, huit hommes sont tués. Trois autres sont blessés, dont le jeune Emmett, si grièvement touché qu'on prédit qu'il ne passera pas la nuit.

Fidèle à elle-même, Adeline Dalton accourt à son chevet, authentifie les corps de Bob et de Grattan et se fait un devoir d'organiser leurs funérailles. Elle en impose tant et si bien aux habitants de Coffeyville que ceux-ci contiennent leur joie en sa présence et lui présentent leurs respects. Le cœur brisé, elle supporte une nouvelle avanie deux ans plus tard, lorsqu'un autre de ses fils, Bill Dalton, est abattu lors d'une échauffourée avec des forces de l'ordre. Lui aussi avait choisi d'embrasser la carrière criminelle alors qu'un brillant avenir se dessinait pour lui en Californie…

Adeline Dalton finit ses jours avec un motif de satisfaction. Emmett, qui a survécu à ses blessures, échappe à la réclusion à perpétuité. Il est libéré pour bonne conduite après quatorze années d'emprisonnement au pénitencier du Kansas. À sa sortie de prison, il est transformé. Convaincu que «le crime ne paie pas», il se repentit de ses actions passées et mène une brillante carrière d'agent immobilier, d'écrivain, de scénariste et d'acteur. «Je crois qu'elle est heureuse, écrit-il un jour en parlant de sa mère, de savoir que, parmi ceux qui lui furent cause de douleur et d'opprobre, l'un d'eux s'est efforcé de regagner le droit chemin, et y a réussi.» Adeline meurt le 24 janvier 1925, à Kingfisher, dans l'Oklahoma. Elle avait presque 90 ans. ● **FARID AMEUR**

● DES ENFANTS ÉLEVÉS À LA DURE

Dans les solitudes de l'Ouest, l'éducation est des plus rudimentaires. Rien d'étonnant quand on sait que les familles modestes ont, suivant la formule consacrée, «plus d'enfants que d'argent». À partir de 8 ans, les garçons travaillent aux côtés de leur père. Ils le suivent aux champs, conduisent des charrettes et apportent leur concours pendant les labours, les semailles et les moissons. On leur apprend à se servir d'un fusil pour se défendre contre les loups, les Indiens ou les maraudeurs. Pendant l'hiver, ils assistent à la coupe du bois, rapportent des fagots et posent des clôtures autour de la ferme familiale. Vers 12 ans, on les place dans une échoppe voisine ou dans un ranch des environs afin d'y acquérir une expérience et un savoir-faire qu'ils pourront valoriser sur le marché de l'emploi. La petite fille, quant à elle, fait très tôt figure de servante. Elle se lève à l'aube, s'affaire à la cuisine, lave le linge, va chercher de l'eau, tout en s'occupant de ses cadets. Une sorte d'adulte «en miniature» soumise à la seule volonté de ses parents. À la ferme, les enfants n'ont guère l'occasion de se former l'esprit. Si l'un des deux parents sait lire, il les familiarise au contenu de la Bible, souvent le seul ouvrage accessible. Fidèle retranscription de la parole divine, le Livre saint édicte des règles de vie, délivre le message d'amour du prochain et détient la vérité infinie des cieux. Les offices religieux servent à diffuser ces valeurs auprès des plus jeunes. Le passage sur les bancs de l'école ne dure généralement pas plus de deux ans. Les cours sont interrompus à loisir par les récoltes, les épidémies ou les intempéries. Assidus ou non, les élèves ont tous un but en tête: savoir lire et écrire, et posséder des rudiments de calcul. Un bagage nécessaire pour se lancer dans la vie active. F. A.

James Gamble
OPTIMISTE A TOUT CRIN

Cet ingénieur un peu lisse, mais qui croit à sa bonne étoile, est chargé de la liaison télégraphique entre Carson City, Nevada, et Salt Lake City, capitale des mormons. Une autre équipe est sur le coup. Un espion se cache…

Le Fil qui chante, qui paraît en 1977, est sans doute l'un des épisodes les plus dramatiques de *Lucky Luke*. Pas tant par son contenu, qui repose sur l'histoire de la pose de la première ligne télégraphique entre l'est et l'ouest des États-Unis, qu'en raison de la disparition inopinée de René Goscinny à l'âge de 51 ans. *Le Fil qui chante* est le dernier album que Morris signe avec le scénariste français après une collaboration ininterrompue de vingt-trois ans. Ce titre est d'ailleurs celui de toutes les ruptures. Il clôt une période orageuse commencée quelques années plus tôt où les relations entre Goscinny et son éditeur Georges Dargaud étaient de plus en plus tendues. Déjà, en août 1974, le scénariste abandonne la direction de *Pilote,* dont, de toute façon, il s'éloignait peu à peu. Plus question d'y publier *Astérix* ni *Lucky Luke*. On lui préfère désormais des supports pour un plus large public, comme *Le Monde* ou *Le Nouvel Observateur* pour *Astérix*, *Le Journal du dimanche* pour *Iznogoud* ou *Paris Match* pour *Lucky Luke* – c'est là qu'est publié *Le Fil qui chante* à partir de juillet 1977.

Dargaud a bien tenté de lancer en 1975 un mensuel *Lucky Luke*, auquel chacun fait semblant de croire, mais il s'arrête au bout de 12 numéros, n'ayant pas trouvé son lectorat – un comble pour un personnage dont chaque nouveau tirage dépasse régulièrement le million d'exemplaires… Entre le scénariste et son dessinateur non plus les relations ne sont plus au beau fixe. Dans une lettre du 20 février 1971, Goscinny fait à Morris l'amical reproche d'avoir signé un contrat avec un éditeur allemand sans son consentement. L'affaire n'est pas très importante, mais elle indique un malaise: Morris, en sa qualité de créateur de Lucky Luke, s'estime légitime pour mener seul cette affaire. Goscinny, fort de sa position de directeur éditorial chez Dargaud et de son statut de scéna-

riste vedette depuis l'immense notoriété d'*Astérix*, a, de son côté, le sentiment qu'il doit être crédité, pour une large part, de la notoriété et du succès commercial du cow-boy solitaire. Il aurait aimé être au moins consulté par le dessinateur… L'échange se terminera par d'aimables civilités, comme il se doit pour des amis de longue date. Mais une sorte de fissure s'est installée dans ce duo de grands sensibles. Deux ans plus tard, Morris fait observer peu diplomatiquement à Goscinny qu'il trouve le dernier scénario de *Lucky Luke* un peu inférieur aux précédents…

En 1976, la relation entre Dargaud et Goscinny s'envenime sérieusement. Le scénariste décide d'aller vers la rupture. Dargaud fait intervenir les huissiers auprès d'Uderzo pour que lui soient livrées les planches d'*Astérix chez les Belges*, pour lequel les auteurs ont signé un contrat. Mais ce n'est pas le cas pour *Le Fil qui chante*: Goscinny, qui n'a accordé aucune autorisation de publication, obtient par une action en référé la saisie de l'album. Cette fois, c'est Morris qui trouve que son coauteur y va un peu légèrement avec leur œuvre commune. En pragmatique, il choisit le camp de Dargaud. Tout cela se passe quelques jours avant le décès du scénariste… On comprend dès lors toute la portée symbolique de cet opus: alors qu'il raconte un épisode fondamental de l'histoire de la communication du jeune État américain – et même du monde, puisque le téléphone et la TSF seront inventés dans la foulée –, cette communication est pratiquement rompue entre les deux auteurs!

La trame du *Fil qui chante*, c'est le cas de le dire, est parfaitement linéaire. Lucky Luke est chargé d'accompagner l'ingénieur James Gamble dans l'établissement d'une liaison télégraphique entre Carson City, une ville de l'est des États- ●●●

p. 120-121
LE FIL QUI CHANTE
La boucle est bouclée

p. 122-127
TÉLÉGRAPHE
Connecting people

●●● Unis, et Salt Lake City, la capitale des mormons, située en plein milieu du pays. Parallèlement, son confrère Edward Creighton se charge de relier l'Est avec la même ville. L'un et l'autre sont mandatés par le président des États-Unis lui-même, le légendaire Abraham Lincoln! Le plus rapide des deux entrepreneurs empochera une prime de 100 000 dollars.

La structure du récit est la même que dans plusieurs albums précédents: le parcours est semé de sabotages en tout genre, ourdis par un traître caché au sein même de l'équipe; on traverse un terrain hostile, voire impraticable, battu par les intempéries, sans parler des Indiens, dont on traverse le territoire. Mais rien ne semble pouvoir atteindre l'éternel optimiste James Gamble, qui, en bon Américain, «positive» toujours malgré obstacles et contretemps. L'histoire ressemble pas mal à un classique du cinéma hollywoodien: *The Telegraph Trail* (1933), où le jeune John Wayne est chargé de protéger l'acheminement du télégraphe. Il est accompagné de Duke, sa monture attitrée de l'acteur, figurant sous ce nom au générique – un cheval dont l'intelligence a bien des points communs avec un certain Jolly Jumper…

G oscinny introduit cependant un élément original dans son script: les mormons, qui sauvent l'expédition de Gamble, égarée dans le désert de sel de l'Utah. L'Église de Jésus-Christ des saints des derniers jours y est montrée de façon moins terrible que dans la nouvelle de Stevenson intitulée *L'Histoire de l'Ange exterminateur* (1885), qui influença directement le roman d'Arthur Conan Doyle, *Une étude en rouge* (1887), que Goscinny a probablement lu. S'il mentionne leur piété et leur tempérance, le scénariste juge cependant raisonnable de ne pas évoquer la polygamie qui caractérise cette communauté.

Le sujet de l'album avait tout pour passionner: il s'agit de montrer comment l'Ouest est entré dans la modernité, suscitant en réaction la nostalgie du *Wild West* et l'émergence du mythe du Paradis perdu, sur lequel le western tout entier bâtira sa légende. Pourtant, cette histoire a été ressentie à l'époque comme le signe de l'essoufflement du scénariste. Cette perception, largement infondée, tient à plusieurs raisons: la première est que l'acheminement de poteaux télégraphiques n'a rien de foncièrement accrocheur et il est trop facile d'imaginer le parcours avant même de l'avoir lu. Une deuxième explication réside dans l'absence ici d'un «vrai» méchant, dont la caractérisation créerait la surprise, comme dans les albums mettant en scène Billy the Kid, Jesse James ou encore les Dalton. Goscinny s'était cuirassé contre une telle critique: «Depuis que Jacques Martin a commencé, les gens disent qu'il baisse, expliquait-il à Bernard Pivot un an avant sa disparition en prenant l'exemple du père d'*Alix*. Je ne peux pas voir deux personnes qui ne me disent: "Oui, j'ai vu Jacques Martin, mais il baisse! Depuis le début, il baisse! Moi, quand j'ai écrit mon premier scénario, on m'a dit: "Est-ce que tu pourras en faire un deuxième? Et quand j'ai fait le deuxième, on m'a dit: "Il ne vaut pas le premier." Moi aussi, je baisse depuis le début…» Exigeant du scénariste un perpétuel renouvellement, le public attend aussi du dessinateur une qualité immuable. À cet égard, Morris saura le satisfaire jusqu'à son dernier souffle. ● D. P.

C'est dans *Paris Match* que paraît, en avant-première en 1977, cette histoire, publiée la même année chez Dargaud.

MORRIS OU L'INVENTION DU WESTERN HUMORISTIQUE

«Morris avait une façon unique de choisir ses angles de vue avec une qualité qui rejoignait un peu celle d'Hergé, lequel tenait à la lisibilité de son dessin», constatait Tibet, le dessinateur pour *Tintin* d'un western humoristique «concurrent», la série *Chick Bill*. La première influence de Morris est, en effet, Hergé: «Un des premiers albums que j'aie lus était *Tintin au pays des soviets*, témoigne Morris, album que j'ai lu, relu, redessiné, recopié deux ou trois fois.» Sa rencontre avec Franquin fut sa deuxième influence déterminante: son dessin s'assouplit, se dégageant de la raideur hergéenne, tout en opérant une synthèse avec la rondeur de Walt Disney. Le style de Morris se parachève néanmoins outre-Atlantique, au contact des créateurs américains rencontrés dans l'entourage de René Goscinny: Harvey Kurtzman, Jack Davis, John Severin… les propres fondateurs de la mythique revue *Mad Magazine*! Inspiré en particulier par le cartoonist américain Virgil Partch, qu'il s'appliquera à faire traduire en France chez Dupuis dans la collection «Gag de poche», le dessin de Morris acquiert définitivement son swing inimitable.

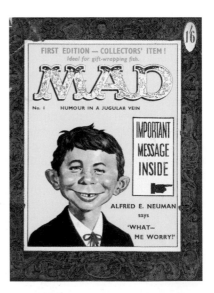

LE FIL QUI CHANTE

La boucle est bouclée

Goscinny avait inauguré sa collaboration avec Morris par l'histoire de la liaison ferroviaire entre l'Est et l'Ouest. Ici, c'est l'installation du fil télégraphique entre les deux bords des États-Unis qui fournit la trame de son scénario. Mais il ne pouvait pas savoir que cette première ligne serait aussi la dernière qu'il écrirait pour *Lucky Luke*.

7

C'est le nombre de personnages réels apparaissant dans l'album : Buffalo Bill, collègue de… Luke au Pony Express ; les ingénieurs Creighton et Gamble ; Hiram Sibley, président de la Western Union ; Washakie, le chef soshone ; le chef des mormons, Brigham Young, et le président Abraham Lincoln en personne !

La consécration de l'écran

Et il se mit à parler. *(De g. à dr. :) Tous à l'Ouest* (2007), *La Balade des Dalton* (1978), *Lucky Luke.* (1991).

Le cinéma, Morris en rêvait. Ses débuts dans le dessin animé, il les avait faits dans un studio bruxellois aux côtés d'André Franquin et d'Eddy Paape, excusez du peu ! Il amena l'un et l'autre chez Dupuis. Mais c'est avec le concurrent d'en face,

Raymond Leblanc, le fondateur du *Journal de Tintin*, que Morris concrétisa son rêve. Leblanc avait fondé le studio Belvision à Bruxelles qui produisit le premier dessin animé de *Lucky Luke* en 1971 : *Daisy Town.* « Le succès d'*Astérix* a achevé de décider les

producteurs », reconnaît Morris. Si le Gaulois d'Uderzo se retrouve en pole position, le fait est que *Lucky Luke* rattrapa largement son retard, en particulier dans le domaine de la télévision. Après deux films d'animation, le cow-boy solitaire connut plusieurs

incarnations en chair et en os : Terence Hill (1991), Éric et Ramzy (2004) et Jean Dujardin (2009). Ce sont surtout les dessins animés pour la télévision, produits par Hanna & Barbera (1981), Dargaud Films, IDDH et FR3 (1991) et Xilam, Dargaud Films,

France 2 et France 3 (2001, 2009) qui marquent sa présence sur le petit écran. Morris y collabora jusqu'à sa mort. Depuis sa disparition, l'aventure continue : Xilam est en train de réaliser une toute nouvelle série autour des Dalton.

L'AVENTURE CONTINUE !

Après le décès de Goscinny, Morris se tourne vers divers scénaristes : Vicq, De Groot, Greg puis, avec *Sarah Bernhardt* (1982), Xavier Fauche et Jean Léturgie, qui inaugurent une collaboration plus régulière. Ce seront ensuite Lo Hartog Van Banda, Guy Vidal et Claude Klotz, entre autres. À la mort de Morris en 2001, le dessinateur Achdé *(photo, à g.)* reprend le personnage, avec une continuité remarquable dans le trait. Laurent Gerra *(à dr.)* assure le scénario de ces *Aventures de Lucky Luke d'après Morris.* Tonino Benacquista et Daniel Pennac signent les deux derniers albums parus à ce jour.

HAUTS PERCHES

Si l'on connaît déjà les techniques de construction – une première ligne existe depuis 1843 entre Baltimore et Washington –, traverser les Grandes Plaines de l'Ouest, la sierra Nevada, les terres sauvages de l'Utah (*photo, 1869*) est une tout autre affaire. Il faut acheminer les poteaux le long des voies ferrées, s'exposer à la chaleur intense, vaincre les distances.

TELEGRAPHE CONNECTING PEOPLE

Prouesse : 4 000 kilomètres de fils de cuivre reliant les grandes plaines du Nebraska aux villes de l'Est américain. En quelques mois seulement, le défi est relevé. Même les Indiens apportent leur aide ! Et le 24 octobre 1861, le président Lincoln reçoit à Washington le premier message en provenance de la côte pacifique.

Au XIXᵉ siècle, l'immensité du territoire américain pose des difficultés pour les communications. Les colonies initiales, devenues des États en 1776, ne peuvent échanger que par la mer, aucune route nord-sud n'existant avant 1830. L'avènement du chemin de fer apporte une solution efficace, et les États à l'est du Mississippi se couvrent de lignes nombreuses et concurrentes. Samuel Morse met au point son invention du télégraphe à la fin de la décennie 1830. La première expérimentation sur le terrain a lieu en 1844, entre Washington et Baltimore, sur une distance d'une soixantaine de kilomètres. La conquête de l'Ouest présente un nouveau défi, car il est très difficile de poser des traverses de chemin de fer et des poteaux de télégraphes sur 4 000 kilomètres.

Dans la première moitié du XIXᵉ siècle, la traversée du continent depuis Saint Louis vers la côte du Pacifique est lente et dangereuse ; elle ne se fait qu'à la vitesse d'un homme au pas, que ce soit celui des explorateurs, comme Jean-Charles Frémont, en 1840, ou des colons, comme les mormons, partis fonder Salt Lake City en 1846. Deux ans plus tard, lors de la Ruée vers l'or en Californie, le seul moyen de transport à disposition des orpailleurs est le bateau. De New York, il descend vers le sud, passe le cap Horn avant de remonter la côte du Pacifique jusqu'à San Francisco. Tout au plus peut-on alors débarquer

dans l'isthme de Panamá, le traverser jusqu'à l'autre côte pour prendre un autre navire vers la mythique Californie. À partir de 1855, le chemin de fer permet d'effectuer ce trajet dans de meilleures conditions. Mais ces voyages très coûteux grèvent le budget des nouveaux arrivants.

Le développement de San Francisco et de sa région pose rapidement le problème de communications plus directes à travers le continent. Non seulement des dizaines de milliers de personnes ont afflué, réclamant des produits en provenance des grandes villes du Nord-Ouest, mais, à partir de 1850, quand la Californie est admise comme nouvel État, les citoyens exigent du gouvernement fédéral – lequel a le monopole de la poste –, qu'il leur achemine le courrier. Comme il est hors de question que les autorités fédérales assument la construction d'une route, celles-ci décident, avec l'accord du Congrès, l'attribution de subventions à des entreprises capables d'assurer ce service.

Des fardiers lourdement chargés sillonnent l'Utah

Pendant la quinzaine d'années qui sépare la découverte de l'or en Californie de la fin de la construction du chemin de fer (1869), de nombreuses initiatives voient le jour pour, au moins, faire parvenir dans l'extrême Ouest les documents officiels, les traites de banque, les divers contrats nécessaires au développement.

Les premiers promoteurs pensent à utiliser les convois militaires, surtout dans le Sud-Ouest, mais leurs trajets, d'un fort à l'autre, sont trop lents et irréguliers. Des entrepreneurs se lancent dans la fourniture de biens aux colons éloignés, aux réserves indiennes et aux bases militaires : ils acheminent de la farine, du sucre, du sel, des graines, de la viande ainsi que des équipements militaires.

La société la plus importante est formée en 1855 par trois partenaires, Alexander Majors, William Russel et W. Waddell : ils proposent des fardiers (chariots très bas) tirés par des bœufs, qui peuvent se nourrir à même la prairie au cours du voyage ; dans les trois années qui suivent, ils utilisent 3500 chariots avec 4000 employés. Un contrat de deux ans leur assure le transport des fournitures officielles. Le jeune William Cody – futur Buffalo Bill – a commencé sa vie aventu- ●●●

POINT POINT TIRET

L'Américain Samuel Morse (1791-1872) n'est pas l'inventeur du télégraphe. Mais il est le premier à concevoir une machine qui permet, avec son alphabet, de transmettre les messages.

●●● reuse comme apprenti dans ces équipes qui allaient ravitailler les troupes positionnées autour des regroupements mormons de l'Utah. Les risques étaient nombreux, que ce soit l'affolement des bêtes lors d'un orage ou les raids d'Indiens. Ces professionnels du transport ont assuré une tâche obscure, mais indispensable, tout en réalisant de considérables profits.

William Russel se lance alors dans la création d'une ligne de diligences vers Salt Lake City, puis vers la Californie. Ne bénéficiant d'aucune subvention, il ne parvient pas à rentabiliser son entreprise. Elle est sauvée de justesse par ses deux partenaires, qui l'avaient toujours jugée très risquée.

Vingt-quatre jours pour relier San Francisco

D'autres entrepreneurs audacieux, John Butterfield, Henry Wells et William G. Fargo, obtiennent du ministre des Postes et du Congrès le droit de transporter du courrier; leur Overland Mail Company assure que, avec un réseau de diligences, la traversée de Saint Louis jusqu'à San Francisco se fera en vingt-quatre jours. Il leur faut une année et un million de dollars d'investissement pour mettre en place hommes et équipements. De lourdes diligences, suspendues avec des lanières de cuir, sont tirées par quatre chevaux et six mules, elles doivent parcourir des étapes d'une cin-

SIMPLE ET EFFICACE

L'appareil inventé, Samuel Morse en dépose le brevet en 1840. Mais il faudra attendre plusieurs années pour qu'en 1854 la Cour suprême le valide. Entre-temps, des bureaux télégraphiques fonctionnent déjà (tel celui-ci) sur la ligne Baltimore-Washington.

quantaine de kilomètres pour trouver un médiocre relais où les chevaux et les mules sont changés, les passagers rafraîchis et restaurés. La première traversée du continent en diligence est réalisée dans le temps imparti, avec une arrivée à San Francisco le 10 octobre 1858, le retour ayant été effectué en vingt et un jours!

Les passagers sont nombreux à payer 200 dollars pour ce voyage extraordinaire et peu confortable qui a lieu deux fois par mois, ces revenus s'ajou-

tant aux subventions assurées pour l'acheminement du courrier. Pendant les trois ans de ce contrat, Butterfield et Fargo font de considérables profits; ils étendent même leurs opérations vers d'autres destinations californiennes et provoquent la ruine de l'ensemble de leurs concurrents.

Les débuts de la guerre de Sécession vont interrompre le trajet transcontinental, et les entrepreneurs vont se concentrer sur le développement du transport dans la région autour de la

LES POSEURS DE RAIL

Ils font partie du légendaire Ouest américain. Le projet de voie ferrée transcontinentale, lancé en 1861, se concrétise en 1869, date de cette photo prise dans le Nevada. Elle suit la ligne du télégraphe *(voir carte p. 16-17),* que l'on distingue sur la droite.

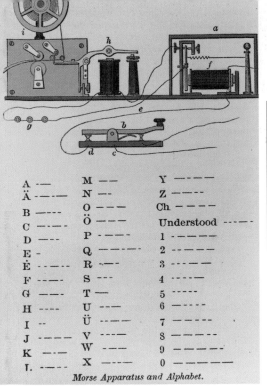

Morse Apparatus and Alphabet.

A — ——		M —— —		Y —— · ——
Ä · —— · —		N —— ·		Z —— —— · ·
B —— · · ·		O —— —— ——		Ch —— —— —— ——
C —— · —— ·		Ö —— —— —— ·		Understood · · · —— ·
D —— · ·		P · —— —— ·		1 · —— —— —— ——
E ·		Q —— —— · ——		2 · · —— —— ——
É · · —— · ·		R · —— ·		3 · · · —— ——
F · · —— ·		S · · ·		4 · · · · ——
G —— —— ·		T ——		5 · · · · ·
H · · · ·		U · · ——		6 —— · · · ·
I · ·		Ü · · —— ——		7 —— —— · · ·
J · —— —— ——		V · · · ——		8 —— —— —— · ·
K —— · ——		W · —— ——		9 —— —— —— —— ·
L · —— · ·		X —— · · ——		0 —— —— —— —— ——

TOUJOURS EN USAGE

Ce code, qui porte son nom, est créé en fait par un de ses collègues, Alfred Lewis Vail. Simplifié, remanié, il est encore utilisé par les militaires.

Californie. Longtemps après l'arrivée du chemin de fer, des diligences assurent le transport dans de nombreuses bourgades reculées de l'Ouest ; la dernière, qui a desservi Deadwood, dans le Dakota du Sud, en 1876, sera utilisée dès 1884 dans le *Buffalo Bill's Wild West*, ie célèbre spectacle sur la conquête de l'Ouest.

Pour contrer leur concurrent, Russel, Majors et Waddell proposent une traversée encore plus rapide pour le courrier, comptant sur une nécessaire subvention fédérale. Ils lancent, en avril 1860, le Pony Express : une forme de poste privée qui achemine le courrier dans des endroits isolés, mais sans argent ni documents fa-

res moyennes s'étendent sur environ 72 kilomètres, en changeant trois fois de monture.

Il faut tenir à disposition 500 chevaux, répartis dans 90 postes, qui ne sont pas les mêmes que ceux des diligences, car le Pony Express dessert une route plus septentrionale. En dépit d'une remarquable organisation et d'un considérable investissement, cet époustouflant système de messagerie n'est pas rentable. Les cavaliers ne peuvent être dévalisés, n'ayant ni arme ni argent, mais les relais sont parfois fermés ou brûlés et des chevaux frais indisponibles. Ces folles chevauchées dans la prairie n'ont duré que dix-huit mois. Elles s'inscrivent néanmoins dans la légende de l'Ouest et rayonnent d'une aura romantique.

Quelques mois pour construire le télégraphe

L'avènement du télégraphe, en octobre 1861, conduit à la faillite totale de l'entreprise du Pony Express, et avec elle de ses promoteurs. Le premier poteau de la Pacific Telegraph Company et de l'Overland Telegraph Company est posé en juillet 1861 ; le premier message est transmis sur la nouvelle ligne le 24 octobre de la même année. Ce n'est pas une surprise car, à la veille de cet événement, 80000 kilomètres de lignes traversent l'est du pays.

C'est une révolution dans la transmission des nouvelles : le système permet d'annoncer à l'avance les incidents sur les voies de chemin de fer ou de donner des moyens surmultipliés aux financiers et aux hommes d'affaires. La construction de la ligne n'a pris que quelques mois. Mais elle a reposé sur

> POUR ACHEMINER LE COURRIER, LES QUATRE-VINGTS CAVALIERS DU PONY EXPRESS TRAVERSENT LE CONTINENT EN DIX JOURS. LA MOITIÉ DES HOMMES GALOPE VERS L'EST ET L'AUTRE VERS L'OUEST

cilement monnayables (*voir le tracé sur la carte p. 16-17*). Des cavaliers légèrement chargés traversent le continent deux fois plus vite que les diligences, soit en dix jours. Afin de réussir cet exploit, la logistique déployée est impressionnante : à l'apogée de l'entreprise, 80 cavaliers sont en selle quotidiennement, la moitié galopant vers l'ouest et l'autre vers l'est ; les relais sont parfois éloignés d'une vingtaine de kilomètres ; les étapes journaliè-

une considérable organisation et d'importants investissements. Deux firmes obtiennent le contrat du gouvernement fédéral, au début de 1861, avec une subvention de 40000 dollars sur dix ans pour réaliser la liaison télégraphique de la côte atlantique à celle du Pacifique. L'Overland Telegraph Company, regroupement de nombreuses compagnies californiennes, devra commencer sa ligne à partir de Carson City au Nevada – le réseau est déjà dense ●●●

EN 1977

GOSCINNY

Dans l'histoire de Goscinny et de Morris, 1977 est une triste année. *Le Fil qui chante* sera leur dernier album. Goscinny affronte Morris sur une question juridique touchant au contrat qui les unit – ou, plutôt, désormais, les désunit. Le 2 novembre 1977, un jugement en référé entraîne la saisie de l'album. Trois jours plus tard, Goscinny, que le surmenage conduit à subir un « test d'effort » dans un cabinet médical, meurt brutalement : le test, dernier trait d'humour (noir), a été concluant. Sa disparition prématurée – à 51 ans – signifie la fin de deux couples d'auteurs stables depuis des années : vingt-cinq ans pour Goscinny et Uderzo, vingt-deux pour Goscinny et Morris. ● P. O.

MORRIS

Pilote devenu un mensuel s'adressant plus spécifiquement aux adultes, Morris en a déserté les pages en 1974 pour le magazine… *Lucky Luke*, édité par Dargaud et dédié au western. Après la disparition du titre dès l'année suivante, notre cow-boy solitaire trouvera refuge dans des supports aussi variés que *Tintin, Le Nouvel Observateur, Paris Match, VSD, Le Matin de Paris*, etc. Mais la véritable rupture dans la vie de Morris sera avant tout la disparition en 1977 de René Goscinny. Se remémorant leur collaboration dans une interview réalisée onze ans plus tard, il dira à l'auteur de ces lignes : « Nous nous accordions parfaitement : quand il écrivait un scénario, je voyais exactement ce qu'il voulait exprimer et lui voyait déjà le dessin que j'allais en faire. » ● PH. M.

MACHINE DE GUERRE
L'usage de la télégraphie dans le conflit qui oppose les États du Nord à ceux du Sud rend la communication des chefs militaires entre eux *(central mobile en Virginie, 1864)*, ou avec les autorités politiques, plus rapide. Couper les lignes pour isoler l'adversaire devient alors l'une des nouvelles formes de combat.

●●● dans cet État – et en Californie, en direction de Salt Lake City (Utah). La Pacific Telegraph Company dirigée par Western Union partira de la ville mormone, où arriveront de leur côté les Californiens, vers Omaha (Nebraska). Dans tout l'Est, le télégraphe fonctionne déjà.

Les deux entreprises se mettent rapidement à l'œuvre pour faire face à de nombreuses difficultés. Certaines sont spécifiques à la section oc-cidentale : les rouleaux de cuivre qui constitue le fil télégraphique ainsi que les indispensables isolateurs de céramique sont acheminés par bateaux. Depuis New York, ils doublent le cap Horn avant de remonter la côte américaine jusqu'à San Francisco, alors que Western Union peut les obtenir de son côté par le chemin de fer.

Les poteaux de bois sont absolument indispensables pour soutenir le câble ; dans la partie orientale, les masses forestières ne sont pas trop éloignées, et le bois nécessaire se trouve assez facilement alors que le relief des Rocheuses jusqu'à Salt Lake City et sa sécheresse ne sont pas favorables à la pousse d'arbres de bonne taille. Les dirigeants des deux firmes vont négocier avec les mormons pour leur acheter plus de 650 kilomètres de poteaux, le tiers pour la section occidentale, le reste pour aller de Salt Lake City vers l'est. Cette masse de bois est acheminée le long du tracé de la ligne par d'énormes convois dont les wagons sont tirés par des bœufs.

Un mois aux équipes pour franchir la sierra Nevada

Le 27 mai 1861, les Californiens regroupent tout le matériel nécessaire sur 26 véhicules : 228 bovins, 50 hommes et de nombreux chevaux. Il leur faut un mois pour franchir la sierra Nevada, car les routes sont très étroites et les wagons très lourdement chargés. Dans l'Est, le câble et les isolateurs sont venus par la rivière Missouri jusqu'à Salt Lake City.

Le travail commence alors dans les deux sections car les poteaux ont été répartis le long du tracé. La ligne est d'abord mesurée avec précision et jalonnée de repères, les ouvriers chargés de creuser les trous pour les poteaux interviennent à la suite, puis ceux qui mettent en place les supports pour le câble ; viennent enfin les équipes chargées du fil télégraphique le

◉ MONSIEUR LE PRÉSIDENT, VOUS AVEZ UN MESSAGE...
Aucun Américain n'est aussi vénéré que le seizième président des États-Unis, dont l'effigie figure sur les monnaies, dont le portrait orne des multitudes de maisons, dont le Mémorial à Washington (inauguré en 1931) est toujours visité, chaque année, par des dizaines de milliers de personnes, dont les discours et les lettres sont régulièrement réédités, dont le rôle et la personnalité ont été décryptés dans des centaines de volumes – et à qui l'on doit le développement du télégraphe : le premier câble transcontinental lui sera d'ailleurs personnellement adressé le 24 octobre 1861.

Or la grandeur du personnage est essentiellement due à son rôle durant la guerre civile – et à son amendement sur l'abolition de l'esclavage *(lire à ce sujet l'encadré p. 36)* –, d'autant qu'il était relativement peu connu avant, et qu'il a été assassiné le 15 avril 1865, six jours après la reddition de Lee à Appomattox.
Abraham Lincoln *(photo)* est issu d'une famille pauvre, il n'a guère fait d'études. Après avoir gagné sa vie dans quelques emplois dans l'Illinois, il devient avocat à Springfield, où la passion politique le saisit. Élu au parlement de l'État puis à la Chambre des représentants à Washington, il se fait connaître par sa réprobation de l'esclavage. Il appartient au nouveau Parti républicain, bien implanté dans l'Ouest, région dans laquelle les fermiers sont fondamentalement hostiles à l'extension de l'esclavage. Les élus des États occidentaux, avec l'accord du président, adopteront dès 1861 les lois qui autorisent l'installation du télégraphe et du chemin de fer (achevé seulement en 1869) à travers le continent.
Sans être très connu, Lincoln est choisi comme candidat à la convention de son parti en 1860 : il est élu en rassemblant les seules voix du Nord et de l'Ouest. En réaction, le Sud fait sécession. Pour le président fraîchement élu, l'Union doit être préservée à tout prix : l'homme qui, à 52 ans, entre à la Maison-Blanche est un pragmatique, un homme de principes doté d'un bon sens politique. C'est en outre un défenseur acharné de l'Union, et sa première tâche est d'en défendre l'intégrité. S'il rejette viscéralement l'esclavage, il refuse de même les solutions brutales prônées par les partisans de l'abolition. Le principal paradoxe concernant cet homme, tourmenté et profondément pacifique, concerne son revirement qui fait de lui le chef d'une guerre inexpiable de plus de quatre ans. Il révèle dans ce rôle sa ténacité, sa détermination et sa hauteur de vues... **J. P.**

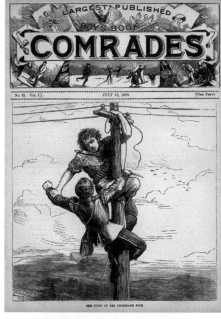

L'AMOUR EN BOUT DE LIGNE

Les Pionniers de la Western Union, film de Fritz Lang sorti en 1941, raconte l'histoire d'un ingénieur chargé d'installer le télégraphe dans les territoires de l'Ouest. Il est secondé par sa sœur, Sue *(à dr.)*, qui met bien vite le feu… dans le cœur de deux ouvriers de la compagnie. Qui de Shaw ou de Blake l'emportera ?

LA BAGARRE AUSSI

Dans cette série pour garçons intitulée *Comrades* («Camarades»), le n° 32 du vol. 1, datant du 22 juillet 1893, il est encore question du fil qui sème le trouble. L'un des héros veut le couper, l'autre doit le maintenir en état. Un combat sans merci, tout comme pendant la guerre de Sécession.

fixent. La ligne avance, inexorablement, au rythme de 5 à 12 kilomètres par jour suivant les difficultés du terrain. Le télégraphe fonctionne en tête de ligne, d'où sont transmises chaque jour les données sur l'avancement des travaux; ces renseignements y arrivent grâce aux cavaliers du Pony Express, qui, avant de disparaître, ont encore une utilité locale. Les journaux de San Francisco et des villes de l'Est sont ainsi tenus au courant des progrès du télégraphe. En octobre, des poteaux manquent dans la section ouest sur une centaine de kilomètres. Le temps pressant, des montagnards et des Indiens sont envoyés dans les environs pour y chercher des arbres de taille suffisante. En dépit du changement de saison et de la neige menaçante, un bosquet suffisant est découvert au sommet d'une montagne. Les délais sont tenus de justesse.

Les Shoshones se méfieront longtemps de ce fil chantant

Les ouvriers qui posent la ligne sont relativement qualifiés, ils ont été recrutés dans les villes. En revanche, les tâches secondaires – cuisine, garde du bétail, etc. – sont souvent assurées par des Indiens Shoshones, uniquement dans la partie occidentale. Ces derniers sont ravis de pouvoir gagner un peu d'argent et ils veillent à ne pas provoquer de réactions racistes chez les autres travailleurs. Les Indiens

sont mal à l'aise à l'égard du télégraphe. Comment un tel dispositif peut-il transmettre des paroles? Le médecin de la firme décide l'un d'eux, malade, à venir se faire soigner à San Francisco. Pour le rassurer, il lui dit qu'il pourra communiquer avec sa famille par ce fil étonnant; le pauvre homme, effrayé, insiste pour qu'on le ramène aussitôt chez lui. Les ingénieurs vont peu à peu convaincre les tribus de l'innocuité du télégraphe, car leur main-d'œuvre est appréciée. Mais elles resteront longtemps circonspectes quant à ce fil qui coupe la prairie. Des employés sont chargés au fur et à mesure de l'avancement des travaux d'assurer les réparations éventuelles; chacune des stations est éloignée l'une de l'autre d'environ 80 kilomètres, et les hommes n'ont pas grand-chose à faire.

Pourtant, les volontaires sont nombreux à se faire embaucher. Le 24 octobre 1861, Stephen J. Field, le président de la Cour suprême de Californie, envoie un message au président Abraham Lincoln afin d'inaugurer la ligne:

«Je vous envoie le premier message transmis par le câble du télégraphe qui relie le Pacifique aux États de l'Atlantique. Les habitants de Californie veulent vous féliciter pour l'achèvement de cette grande œuvre… Ils veulent, grâce à ce premier message à travers le continent, exprimer leur loyauté envers l'Union et leur détermination à soutenir le gouvernement dans ce moment décisif.» À partir de ce moment, le télégraphe devient un moyen courant de transmission des nouvelles;

> TOUS PRÊTENT MAIN-FORTE À LA CONSTRUCTION: LES INDIENS, LES MORMONS, LES MONTAGNARDS. UN CHANTIER INCROYABLE, UN EFFORT SURHUMAIN, SALUÉ COMME IL SE DOIT PAR LE PRÉSIDENT LINCOLN

très utilisé pendant la guerre de Sécession, il est parfois coupé par des bandits qui isolent ainsi une bourgade qu'ils veulent dévaliser, ou interdisent au chef de gare d'avertir ses collègues. Le train intercontinental, dont le projet a été lancé par le gouvernement fédéral en 1861 *(lire p. 22-27)*, dans le même esprit que celui du télégraphe, n'est achevé qu'en avril 1869. L'Ouest est alors relié au reste du pays et même au reste du monde. Et Lucky Luke peut du même coup élargir son champ d'action!

● JACQUES PORTES

LE CHEMIN DE FER

• **Go West! Une histoire de l'Ouest américain d'hier à aujourd'hui,** *de Philippe Jacquin et Daniel Royot* (Flammarion, «Champs», n° 568, 2004, 352 p., 9,20 €). Une synthèse indispensable.

• **Le mythe de l'Ouest. L'Ouest américain et les «valeurs» de la Frontière,** *de Philippe Jacquin et Daniel Royot* (Autrement, n° 71, oct. 1993, 215 p. – épuisé). Remarquable étude par deux spécialistes français.

• **Les Bâtisseurs du rail,** *de Keith Wheeler* (Time-Life, 1978, 240 p. – épuisé). L'épopée du chemin de fer. Très riche iconographie.

LA GUERRE DE SÉCESSION

• **Abraham Lincoln: l'homme qui sauva les États-Unis,** *de Bernard Vincent* (L'Archipel, 2009, 425 p., 21 €). Biographie complète du 16e président de l'Union.

• **La Guerre de Sécession: les États-Unis désunis,** *d'André Kaspi* («Découvertes Gallimard», 1992, 192 p., 16 €). Le conflit, ses causes, ses conséquences. Concis, clair.

• **La Guerre de Sécession, 1861-1865,** *de James M. McPherson*

(Robert Laffont, «Bouquins», 1991, 1004 p., 30 €). Le livre somme de cette période.

LES DALTON

• **Le Sang des Dalton,** *de Ron Hansen* (Points, 2009, 411 p., 7 €). Roman signé d'un expert du western. Minutieuse reconstitution de l'univers des hors-la-loi.

• **Le Gang des Dalton: notre véritable histoire,** *d'Emmett Dalton* (Futur luxe nocturne, 2004, 159 p., 15 €). Le récit du gang par le survivant de la tuerie de Coffeyville.

L'OKLAHOMA

• **The Dawes Commission and the Allotment of the Five Civilized Tribes, 1893-1914,** *de Ken Carter* (Ancestry Publishing, 1999, 284 p., 22 €). À l'appui des documents originaux de la commission, une analyse (en anglais) de la répartition des terres des «cinq nations» et de ses conséquences.

BILLY THE KID

• **Hors la loi: anarchistes, illégalistes, as de la gâchette…. Ils ont choisi la liberté,** *de Laurent Maréchaux* (Arthaud, 2009, 237 p., 42 €). Beau livre dédié aux Robin des bois et justiciers

au grand cœur: Billy the Kid, Jesse James, Doc Holliday ou Butch Cassidy.

• **Billy the Kid, œuvres complètes,** *de Michael Ondaatje* (Point Seuil, 2007, 160 p., 7 €). Récit poétique signé de l'écrivain sri-lankais.

COW-BOYS ET FERMIERS

• **Les États-Unis en quête d'Amérique,** *d'Yves Figueiredo* (Presses de l'Université Paris-Sorbonne, à paraître à l'automne 2013). Ce livre aborde le rôle de l'Ouest dans l'invention de l'identité américaine.

• **Les Pionniers de l'écologie: Nature's Economy,** *de Donald Worster* (Le Sang de la Terre, 2009, 414 p., 23 €). L'auteur analyse la façon dont l'environnement a façonné l'histoire de son pays.

• **L'Ouest américain, réalités et mythes,** *de Pierre Lagayette* (Ellipses, 1998, 128 p., 9 €). Aménagement des Plaines, mise en valeur des grands espaces et mythe du cow-boy sont présentés avec clarté.

CALAMITY JANE

• **Héros et légendes du Far West,** *de Farid Ameur* (François Bourin, 2012, 207 p., 34 €). Enrichi d'une superbe

iconographie mêlant photographies, tableaux et gravures d'époque, cet ouvrage nous fait revivre les grandes figures de la conquête de l'Ouest.

• **Vers l'Ouest: un nouveau monde,** *de Philippe Jacquin* («Découvertes Gallimard», 1987, 208 p. – épuisé). Le Far West, celui des pionniers ou des Amérindiens, comme si vous y étiez.

LA DILIGENCE

• **Wells, Fargo & Co. Stagecoach and Train Robberies, 1870-1884,** *de James B. Hume, John N. Thacker et Michael R. Wilson* (McFarland, 2010, 275 p., 35 €). Le rapport du détective en chef de la Wells Fargo, complété par un spécialiste du sujet (en anglais).

• **Black Bart: the Poet Bandit,** *de Gail L. Jenner et Lou Legerton* (Infinity Publishing, 2009, 238 p., 22 €). Récit romancé de la vie de Charles E. Bolles, détrousseur de diligences et poète.

JESSE JAMES

• **Reconstruction,** *de Stephen Ash* (World Book, 2012). Ouvrage qui explique le contexte de l'après-guerre de Sécession et y resitue Jesse James (en anglais).

• **L'Assassinat de Jesse James par le lâche Robert Ford,** *de Ron Hansen* (Buchet Chastel, 2007, 504 p., 23 €). Le livre qui a inspiré le film réalisé par Andrew Dominik en 2007, avec notamment Brad Pitt dans le rôle-titre.

MA DALTON

• **Women of the West,** *de Cathy Luchetti* (W. W. Norton & Company, 2001, 240 p.). La condition féminine pendant la conquête de l'Ouest. Remarquablement illustré (en anglais).

• **Pioneer Women: The Lives of Women on the Frontier,** *de L. Peavy et U. Smith,* (University of Oklahoma Press, 1998, 144 p.). Vibrant hommage aux héroïnes oubliées de l'avancée du front pionnier.

LE TÉLÉGRAPHE

• **Buffalo Bill,** *de Jacques Portes* (Fayard, 2002, 235 p., 19 €).
• **Go West!,** *de P. Jacquin et D. Royot, op. cit.*

Buffalo Bill souligne l'importance de la traversée des grands espaces à cheval, par le fil du télégraphe puis par le chemin de fer. *Go West!,* saga de cinq siècles, replace le processus de conquête de la nation-continent avec ses outils.

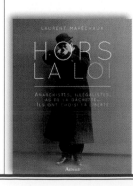

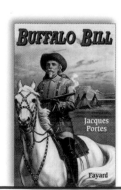

• **Lucky Luke: les dessous d'une création,** *de Rémy Goavec et Didier Pasamonik* (Lucky Comics/Atlas, 2009-2012). 38 volumes pour une édition de luxe de l'intégrale des aventures du cow-boy solitaire, richement illustré et enrichie d'un solide appareil critique.

• **Spécial Lucky Luke,** collectif (*Rantanplan*, n° 22, 1977). Un dossier complet – à l'époque – sur le personnage dans un fanzine aujourd'hui disparu… qui bizarrement cachait le sérieux de ses études sous le nom du cabot le plus stupide de l'Ouest!

• **Schtroumpf-Les Cahiers de la bande dessinée,** collectif, n° 43 (1980). Un «Spécial Morris» dans une autre revue spécialisée, également disparue.

• **Le Livre d'or de Morris,** *de Jean-Paul Tibéri* (Goupil éditeur, 1984).

• **L'Univers de Morris,** *de Philippe Mellot* (Dargaud, 1988). Le premier livre de référence sur Maurice De Bevere, alias Morris: longue interview, documents et dessins

inédits, hommages, bibliographie… Une somme qui mériterait d'être mise à jour et rééditée.

• **La Face cachée de Morris,** *d'Yvan Delporte* (Lucky Productions, 1992). Tout sur le dessinateur, ses débuts, ses premières esquisses, ses influences, ses rencontres – dont Goscinny – et, bien évidemment, sur *Lucky Luke*.

• **René Goscinny,** *de Claude-Jean Philippe* (Seghers, «Humourm», 1976).

• **Goscinny,** *de Marie-Ange Guillaume* (Seghers, 1987).

• **Goscinny: biographie,** *de Marie-Ange Guillaume et José-Louis Bocquet* (Actes Sud, 1997). La première biographie pour le dixième anniversaire de la mort du scénariste.

• **René Goscinny: profession humoriste,** *de Patrick Gaumer et Guy Vidal, avec Anne Goscinny – préface de Pierre Tchernia –* (Dargaud, 1997).

• **L'Album Goscinny,** *de Phil Casoar et Jean-Pierre Mercier – préface d'Alain Chabat –* (Les Arènes, 2002). Le premier «beau livre» consacré au scénariste.

• **Le Dictionnaire Goscinny,** *d'Aymar du Chatenet* (JC Lattès, 2003). De A, comme Agnan, le copain du Petit Nicolas, qui espère échapper aux baffes grâce à ses lunettes, à Z, comme… Iznogood, celui qui veut être calife à la place du calife, tout (ou presque) sur les personnages créés par Goscinny.

• **Goscinny,** *d'Olivier Andrieu et Caroline Guillot* (Le Chêne, 2005).

• **René Goscinny: la première vie d'un scénariste de génie,** *d'Aymar du Chatenet et Christian Marmonnier* (La Martinière, 2005). «R. G.» dessinateur, car, même si les lecteurs d'aujourd'hui l'ont souvent oublié et même si ce ne fut pas son talent majeur, Goscinny avait un joli coup de crayon grâce auquel il se lança dans la carrière.

• **Goscinny et moi,** *de José-Louis Bocquet* (Flammarion, 2007). Dix ans après avoir cosigné la première biographie de Goscinny, Bocquet regroupe 30 entretiens de personnalités ayant côtoyé le génial scénariste: des dessinateurs, comme Morris, Uderzo, Franquin, Gotlib, Bretécher, Bilal…, mais aussi la grande prêtresse de l'édition, Françoise Verny, qui voyait en lui – à juste titre – un authentique écrivain. Anne Goscinny conclut cet hommage à plusieurs voix.

• **Goscinny: la liberté d'en rire,** *de Pascal Ory* (Perrin, 2007). Trente ans après la disparition brutale de René Goscinny, un de nos meilleurs historiens et spécialiste aussi de la bande dessinée signe ce qui reste à ce jour la biographie de référence. Incontournable.

• **La Vie secrète de Goscinny,** collectif (*Lire*, hors-série, 2007).

• **Goscinny: faire rire, quel métier!,** *d'Aymar du chatenet et Caroline Guillot* («Découvertes Gallimard», 2009). Un bel hommage au créateur, joliment illustré, comme

il est d'usage avec les ouvrages de cette fameuse collection.

• **Le Bruit des clefs,** *d'Anne Goscinny* (Nil éditions, 2012). Goscinny fut le père d'Astérix, du Petit Nicolas – et de tant d'autres! –, mais il fut aussi et d'abord le «papa» d'une petite fille qui n'avait que 9 ans à sa mort et n'entendit plus jamais le bruit que faisaient les clefs quand son père rentrait à la maison…

• **René Goscinny: mille et un visages,** *de José-Louis Bocquet* (Imav éditions, 2012). Après avoir recueilli les témoignages de ceux qui avaient connu le scénariste, l'auteur a publié l'année dernière 460 caricatures de Goscinny réalisées par pas moins de 93 dessinateurs – dont bon nombre ont travaillé avec lui, à commencer par Morris, Uderzo, Sempé, Tabary et Gotlib.

Les Personnages de Lucky Luke et la Véritable Histoire de la conquête de l'Ouest est une publication proposée par Sophia Publications (*Historia*) avec *Le Point* pour la France, *La Libre Belgique* pour la Belgique, *Le Temps* pour la Suisse.

Historia

74, avenue du Maine
75014 Paris

Directeur de la rédaction
Pierre Baron

Conseiller éditorial
Jacques Langlois

Rédacteur en chef
Patricia Crété

Rédacteur en chef délégué
Éric Pincas

RÉALISATION
Conception graphique
A noir,

Direction artistique
Stéphane Ravaux,
assisté de Nicolas Cox

Iconographe
Annie-Claire Auliard

Secrétaire de rédaction
Xavier Donzelli

Réviseurs
Alexis Charniguet,
Jean-Pierre Serieys

Fabrication
Christophe Perrusson

IMPRESSION
G. CANALE & C.S.P.A.
Via Liguria 24
CAP 10 071 - Borgaro T. se,
Torino (Italie).
Achevé d'imprimer en juillet 2013.

Directrice ventes au numéro
Évelyne Miont

Ventes Messageries
VIP Diffusion Presse,
contact : Frédéric Vinot
(N° vert 0 800 51 49 74).

Diffusion : Presstalis

Dépôt légal : juillet 2013
N° de commission
paritaire : 0316 K 80413
ISSN : 0018-2281

Historia est édité
par la société Sophia
Publications. Philippe
Clerget, président-directeur
général et directeur de la
publication.

REMERCIEMENTS
La rédaction tient
à exprimer toute sa
reconnaissance envers
Virginie Bottemane et
Catherine Goethals,
du Studio Médiatoon,
pour leur aide et leurs
conseils avisés.

Le Point

74, avenue du Maine
75014 Paris

Directeur de la publication
Franz-Olivier Giesbert

Diffusion et développement
Jean-François Hattier

Le Point, fondé en
1972, est édité par la
Société d'exploitation de
l'hebdomadaire *Le Point*,
société anonyme au capital
de 10 100 160 € R.C.S
Paris B 312 408 784

Président-directeur général
Cyrille Duval

Associé principal
ARTEMIS S.A.

LE TEMPS

Place de Cornavin 3
Case postale 2570
CH-1211 Genève 2
+41 22 888 58 58

Présidence du Conseil d'administration
Stéphane Garelli

Direction générale
Valérie Boagno

Rédaction en chef
Pierre Veya

www.letemps.ch
info@letemps.ch

La Libre / DH Les Sports

TVA : BE0403.508.716
R.C.B. : 185.436

79, Rue des Francs,
1040 Bruxelles
Tél : 02 744 44 44

Libraires :
Tél. : 02 744 44 77
Fax : 02 744 45 60
Ouvert tous les jours
ouvrables de 8 heures à
14 heures

Administrateur délégué - Éditeur responsable
François le Hodey

Directeur général
Denis Pierrard

Crédits des illustrations

COUVERTURE

© Lucky Comics 2013 - DR - Corbis - Picture Library/Art Archive

INTÉRIEUR

• **6** *De g. à dr.:* Bettmann/Corbis - Musée de l'Armée/RMN/Grand Palais - Underwood & Underwood/Corbis (x 2) - Rue des Archives (RDA)/Tallandier - Interfoto/La Collection • **7** *De g. à dr.:* Bianchetti/Leemage - Bill Manns/Dagli Orti - Universal History Archive/UIG/Art Archive - Corbis - North Wind Pictures/Leemage • **8** *À g.:* DR - The Granger Collection NYC/RDA ; *à dr., de haut en bas:* DR - Jacques Graf/fedephoto - Gil Lefauconnier - DR - Atiq Rahimi • **9** *À g.:* DR (x5) ; *à dr., de haut en bas:* DR (x4) - Laurent Melikian • **11** Photo News/Yves Fonck/Gamma-Rapho • **12** *À g.:* Philippe Crochet/Photonews/Gamma-Rapho ; *à dr. (12-13):* Keystone-France/Gamma-Rapho • **13** *À g.:* Jacques Loic/AFP ImageForum ; *à dr.:* Frédéric Soreau/AFP ImageForum • **16-17** *Carte:* Loïc Derrien • **19** Bettmann/Corbis • **20** DR • **21** *Centre:* RDA/PVDE (x2) ; *bas:* James L. Amos/Corbis • **22** Bettmann/Corbis • **23** *À g.:* The Granger Coll. NYC/RDA ; *à dr.:* RDA/BCA/CSU • **24** *Haut:* Art Archive ; *bas, à g.:* Corbis ; *(24-25:)* The Granger Coll. NYC/RDA • **25** Herman Selleslags/Dargaud • **26** *Haut:* Art Archive ; *bas:* Bettmann/Corbis • **27** *À g.:* Coll. Christophel ; *à dr.:* DR • **29** Musée de l'Armée/RMN/Grand Palais • **31** *Médaillon:* Jean-Pierre Couderc/Roger-Viollet ; *bas:* RDA/PVDE • **32** Musée de l'Armée/RMN-Grand Palais • **33** RDA/PVDE • **34** *Haut:* Medford Historical Society Coll./Corbis ; *bas:* Corbis • **35** *À g.:* Art Archive/F&A Archive ; *à dr.:* Dalmas/Sipa • **36** *Haut:* Corbis ; *centre:* Gérard Blot/RMN ; *bas:* The Image Works/Roger-Viollet • **37** *À g.:* Coll. Christophel ; *à dr.:* The Granger Coll. NYC/RDA • **39** Underwood & Underwood/Corbis (x2) • **41** Agip/RDA • **42** Underwood & Underwood/Corbis (x2) • **43** The Granger Coll. NYC/RDA • **44** *À g.:* The Granger Coll. NYC/RDA ; *à dr.:* The Granger Coll. NYC/RDA • **45** *Haut, à dr.:* DR ; *bas, à g.:* The Granger Coll. NYC/RDA • **46** *Haut:* The Granger Coll. NYC/RDA ; *bas, à g.:* Jules Frazier/Getty Images ; *à dr.:* Jodie Coston/Getty Images • **47** *À g.:* Universal/The Kobal Coll. ; *à dr.:* Private coll./Peter Newark American Pictures/The Bridgeman Art Library • **49** RDA/Tallandier • **51** *Haut.:* Coll. Christophel ; *centre:* Éric Preau/Sygma/Corbis • **52** RDA/Tallandier • **53** Coll. Dagli Orti/Culver Pictures • **54** Corbis • **55** *À g.:* Bettmann/Corbis ; *à dr.:* AFP • **56** *Haut:* The Picture Desk/Art Archive ; *bas:* Interfoto/La Collection • **57** *À g.:* The Kobal Coll./RKO/Art Archive ; *à dr.:* The Granger Coll. NYC/RDA • **59** Interfoto/La Collection • **61** *Haut:* DR ; *bas:* Bill Manns/Art Archive (x2) • **62** Interfoto/La Collection • **63** akg-images • **64** The Granger Coll. NYC/RDA • **65** *À g.:* New York Historical Society/Bridgeman-Giraudon ; *à dr.:* DR • **66** *À g.:* RDA/BCA ; *à dr.:* Bettmann/Corbis • **67** *À g.:* Coll. Christophel ; *à dr.:* DR • **69** Bianchetti/Leemage • **71** *Haut:* Mary Evans/RDA ; *bas:* Stefan Wackerhagen/Agefotostock • **72** Bianchetti/Leemage • **73** Corbis • **74** *Haut:* Corbis ; *document:* DR • **75** *Haut:* Dalmas/Sipa ; *bas:* RDA/BCA • **76** *Haut, centre, bas:* The Granger Coll. NYC/RDA (x3) • **77** *À g.:* Coll. Christophel/Warner Bros ; *à dr.:* DR • **79** Bill Manns/Dagli Orti • **80** RDA/BCA • **81** RDA/BCA • **82** Bill Manns/Dagli Orti • **83** Art Archive/Bill Manns • **84** *Haut:* Michael Maslan Historic Photographs/Corbis ; *bas:* Corbis • **85** *Haut:* DR ; *bas:* The Granger Coll. NYC/RDA • **86** *Haut, à g.:* Hulton-Deutsch Coll./Corbis ; *à dr.:* Jonathan Blair/Corbis ; *bas:* Bettman/Corbis • **87** *À g.:* Paramount/The Kobal Coll. ; *à dr.:* DR • **90** RDA • **91** The Granger Coll. NYC/RDA • **92** Universal History Archive/UIG/Art Archive • **93** *À g.:* Bettmann/Corbis ; *à dr.:* Peter Newark Pictures/Bridgeman-Giraudon • **94** *Haut:* The Granger Coll./Art Archive ; *(coffre:)* Ed Young/Corbis • **95** *Haut:* Patrick Guis/Kipa/Corbis ; *bas:* Peter Newark Western America/Bridgeman-Giraudon • **96** *Haut, à g.:* Bettmann/Corbis ; *à dr.:* The Granger Coll. NYC/RDA ; *bas:* Minnesota Historical Society/Corbis • **97** *À g.:* Paramount/The Kobal Coll. ; *à dr.:* DR • **99** Corbis • **101** Coll. Christophel • **102** Corbis • **103** The Print Collector/Heritage-Images/Scala, Florence • **104** *Haut:* Look and Learn/Bridgeman-Giraudon ; *bas:* Private Coll./Peter Newark American Pictures/Bridgeman-Giraudon • **105** *Haut:* Archives nationales La Haye ; *bas:* Corbis • **106** Interfoto/La Collection • **107** *À g.:* The Kobal Coll./Warner Bros/Plan B/Scott Free/French, Kimberley ; *à dr.:* DR • **109** North Wind Pictures/Leemage • **112** North Wind Pictures/Leemage • **113** DR • **114** *Haut:* DR ; *bas:* The Granger Coll. NYC/RDA • **115** *Haut:* Roger-Viollet ; *bas:* DR • **116** *Haut:* RDA/BCA/CSU ; *bas:* DeAgostini/Leemage • **117** *Haut, à g.:* AIP/The Kobal Coll. ; *à dr.:* Leemage ; *bas:* Oscar White/Corbis • **119** The Granger Coll. NYC/RDA • **120** The Advertising Archives/RDA • **121** *Centre, de g. à dr.:* RDA/BCA - RDA/PVDE - RDA ; *bas:* Bertrand Rindoff Petroff/Angeli/Getty Images • **122** The Granger Coll. NYC/RDA • **123** akg-images/SPL • **124** *Haut:* Jean-Paul Dumontier/La Collection ; *bas:* Bettmann/Corbis • **125** *À g.:* Costa/Leemage ; *à dr.:* Éric Aldag/Dargaud • **126** *Haut:* The Granger Coll. NYC/RDA ; *bas:* RDA/PVDE • **127** *À g.:* The Kobal Coll./20th Century Fox ; *à dr.:* DR.